Sabine Rädisch

Bis auf weiteres für immer

Die Autorin
Sabine Rädisch, geboren 1973, wuchs auf einem Bauernhof in Niederbayern auf. Ihre erste Geschichte konnte daher nur von einem Traktor handeln; sie erschien 1986 im Landwirtschaftlichen Wochenblatt. Seitdem hat sie das Schreiben nie mehr losgelassen. Trotzdem studierte sie Bauingenieurwesen in Regensburg und Dänemark, bevor sie sich in Wien zur Schreibpädagogin ausbilden ließ. 2016 erhielt sie ein Stipendium für das Pécs Writers Program in Südungarn, gab sich dort hemmungslos dem Kaffeehausschreiben hin und überarbeitete nebenbei zwei Romane. Sabine Rädisch liebt die Nordsee und die Donau, lebt in Regensburg und leitet Kurse für kreatives Schreiben.

Das Buch
Zwischen Strandkorb und Dünengras wartet die große Liebe
Johanna kann gut mit Holz umgehen, aber nicht mit Männern: Nach einer missglückten Affäre mit einem Kollegen hat sie ihren Job als Tischlerin verloren. Da kommt die Einladung ihres verschlossenen Mitbewohners Malte zu einem Urlaub auf dessen Heimatinsel Föhr wie gerufen. Und noch während sich die burschikose Bayerin von der Fährüberfahrt erholt, steht plötzlich Kai vor ihr: Maltes Bruder, der so viel unkomplizierter ist als der Rest der Familie und außerdem sehr attraktiv. Schnell kommen sich die beiden näher und verbringen wunderbare Sommertage an der Nordsee. An die große Liebe denkt dabei keiner von beiden. Doch Kai merkt bald, dass er Johanna nicht so einfach gehen lassen will …

Sabine Rädisch

Bis auf weiteres für immer

Roman

FOREVER

MIX
Papier aus verantwortungsvollen Quellen
FSC® C083411

Originalausgabe bei Forever
Forever ist ein Digitalverlag
der Ullstein Buchverlage GmbH, Berlin Januar 2018

Umschlaggestaltung: zero-media.net, München
Titelabbildung: © FinePic®
Satz: Pinkuin Satz und Datentechnik, Berlin
Druck- und Bindearbeiten: CPI books GmbH, Leck
ISBN 978-3-95818-945-4

1

Regensburg

Bettina wälzte sich auf ihrem Handtuch herum und angelte ein Bier aus der Kühltasche.

»Du nimmst das alles viel zu ernst«, sagte sie.

Johanna lag neben ihr, hatte den Kopf in die Hand gestützt und schaute hinunter auf die Donau. »Wie kann man die Liebe nicht ernst nehmen?«

Die tiefstehende Sonne ließ kleine Lichtreflexe auf dem dunklen Wasser tanzen, und ein Schwarm Mücken lauerte über der Wasseroberfläche. Das Gelächter einiger Jugendlicher drang zu ihnen her, der Geruch von Grillfleisch lag in der Luft. Hinter ihnen rollte ein Fahrrad über den Schotterweg. Ansonsten war niemand mehr an der Schillerwiese. Es dämmerte bereits, und die Hitze staute sich immer noch im Donautal. Johanna griff nach ihrer Apfelschorle. Sie hätte sich jetzt gerne betrunken, aber sie wollte ihren Führerschein nicht verlieren. Als Schreinerin musste sie mobil sein – sofern sie wieder einen Job fand.

»Such dir doch zur Abwechslung mal einen Typen, mit dem du einfach Spaß haben kannst«, sagte Bettina.

»Und wenn ich meinen Spaß hatte, serviere ich ihn ab wie Patrick mich?«

»Woher sollte er wissen, dass du in ihn verliebt bist? Du hast ihn doch immer nur aus der Ferne angeschmachtet.«

»Wie dem auch sei«, sagte Johanna. Sie wollte ihrer Freundin nicht länger mit der Geschichte auf die Nerven gehen, auch wenn sie selbst nicht aufhören konnte zu grübeln: Vor ein paar Wochen war sie mit ihren Schreiner-Kollegen auf Montage gewesen. Sie hatten nicht wie üblich in einer billigen Pension übernachtet, sondern auf dem Hotelgelände des Auftraggebers. Sie durften den Pool benutzen, und die Bar war auch nicht übel. Nach drei oder vier Cocktails schaute ihr der Juniorchef lange genug in die Augen, um den Funken überspringen zu lassen. Wie in Trance war sie Patrick auf sein Zimmer gefolgt.

Am nächsten Morgen warfen ihr die Kollegen wissende Blicke zu, doch Patrick tat so, als wäre nichts passiert. Er redete nur noch das Nötigste mit ihr. Auch die Arbeit litt darunter, und einige Wochen später verlor Johanna ihren Job. Bettina verdrehte mittlerweile nur noch die Augen, sobald Johanna das Thema anschnitt. Dabei hatte sie ihr nicht einmal die ganze Wahrheit erzählt.

Mittlerweile war Johannas Zorn auf Patrick einer abgrundtiefen Traurigkeit gewichen. Sie kam sehr gut mit Männern aus, doch die meisten sahen in ihr nur den guten Kumpel. Sobald sie sich verliebte, begannen die Probleme.

Auch deshalb war sie damals vom Bayerischen Wald nach Regensburg gezogen. Sie hatte gehofft, in der Stadt eine andere zu werden, vielleicht sogar die Liebe zu finden. Doch das hatte nicht geklappt. Und nun lag sie hier neben ihrer besten Freundin an der Donau und fragte sich, was sie mit dem Rest ihres Lebens anfangen sollte.

»Am liebsten würde ich weggehen. Mich neu erfinden«, sagte sie.

»Wie wär's erst mal mit einem Urlaub?«

Warum musste ihre Freundin immer so verdammt pragmatisch sein?

Eine Stunde später ließ Johanna ihr Badezeug auf den Boden neben der Eingangstür plumpsen, ging in die Küche und riss die Kühlschranktür auf. Wieder nur alkoholfreies Bier. Noch dazu von einer friesischen Brauerei, wie immer, wenn Malte mit dem

Einkauf dran war. Den Öffner hatte er griffbereit auf der Fensterbank liegen lassen, zwischen dem Basilikum und dem Wasserfilter. Er war viel ordentlicher als sie.

Sie schnippte den Kronkorken in die gelbe Wertstofftüte und nahm einen tiefen Zug aus der Flasche. Still lag das Wohnzimmer nebenan im Dunkeln. Sie trat durch die Verbindungstür. Sogar die Couch schien unter ihrem schweren grauen Polsterstoff zu schwitzen. Die Gardine hing schlapp vor der weit geöffneten Balkontür, kein Lufthauch milderte die Schwüle.

Doch plötzlich bewegte sich etwas. Ein Schatten am Fenster! Johanna schrie auf. Dann erkannte sie ihren Mitbewohner. Seine altmodischen weißglänzenden Boxershorts ein heller Fleck im Dunkeln, der Rest seines Körpers fast eins mit dem Grau der Nacht. Sie tastete nach dem Lichtschalter.

»Lass das, die Mücken kommen rein«, fuhr Malte sie an.

»Ich dachte, die leben von Insekten.« Sie zeigte auf die Fensterbank mit den fleischfressenden Pflanzen. Soeben beugte er sich mit der Gießkanne über sie. Sein Körper zeichnete sich mager vor dem Fenster ab; man sah ihm überhaupt nicht an, wie gut und gern er kochte. Johanna hatte bereits einige Kilo zugelegt, seit sie mit ihm zusammenwohnte.

Wenn Malte nicht in der Küche stand oder sich um seine Pflanzen kümmerte, verließ er sein Zimmer nur, um an die Uni zu gehen – und wenn Bettina zu Besuch war.

»Musst du mich so erschrecken?«, fragte Johanna. »Du hast doch bestimmt schon x-mal nach deinen Pflänzchen geschaut.«

Er fuhr sich durch die zerrauften blonden Haare. »Ich kann mich nicht auf meine Bachelorarbeit konzentrieren.«

Sein Zimmer lag im Südwesten, das Rauschen der Furtmayrstraße unter den jalousielosen Fenstern. Darin ein Laptop auf einem schmalen Schreibtisch, ein niedriges Regal voller Ordner und ein naturfarbener Futon mit zerwühltem Bettzeug. Jedenfalls hatte es das letzte Mal so ausgesehen, als Johanna durch das Schlüsselloch geschaut hatte.

»Kein Wunder bei der Hitze.« Sie trat hinaus auf den Balkon und versuchte sich einzureden, dass die Luft hier draußen besser war. In Wirklichkeit stauten sich Auto- und Industrieabgase über Regensburg, und der Geruch von Mülltonnen stieg aus dem dämmrigen Innenhof zu ihnen herauf. Sie stützte die Unterarme auf das Geländer und leerte das Bier Zug um Zug. Plötzlich stand Malte mit zwei weiteren Flaschen neben ihr.

»Willst du mit mir klönen?«, fragte sie.

Er hielt ihr eine Flasche hin. »Ich wusste gar nicht, dass du meine Sprache sprichst.«

»Das muss am Bier liegen«, sagte sie. Verstand der etwa plötzlich Spaß? »So bitter, wie das ist, bringe ich den Mund kaum weit genug auf, um ratschen zu sagen.«

»Schmeckt es dir nicht?«

»Doch«, sagte sie. Der herbe Geschmack passte gut zu ihrer Stimmung.

Er starrte ebenfalls in den dunklen Innenhof. Dann fragte er: »Hast du am Wochenende schon was vor?«

Aha! Wahrscheinlich sollte sie ihn mit dem Auto irgendwohin fahren, er hatte kein eigenes. Doch daraus würde nichts werden.

»Ich muss zu meinem Bruder in den Bayerischen Wald. Mein Auto hat ein Loch im Auspuff.«

»Na, hoffentlich wird die Reparatur nicht zu teuer.«

Johanna schaute ihn misstrauisch von der Seite an. So viel Mitgefühl zeigte er selten. Außerdem klang er irgendwie enttäuscht.

»Mein Bruder flickt mir das Auto schon wieder zusammen.«

»Bei dir klingt das immer so einfach. Du wirfst eine Sporttasche ins Auto und düst in den Bayerischen Wald.«

Johannas Mutter und ihre vier Brüder wohnten in der Gegend um Frauenau. Wenn das Heimweh allzu groß wurde, fuhr sie hin. Doch es war immer das Gleiche: Nach ein paar Tagen wurde es ihr zu eng, und sie flüchtete zurück in die Stadt.

»Das ist doch nichts Besonderes«, sagte sie.

»Für mich schon. Ich bin nicht grundlos so weit weggezogen.«

Johanna wusste, dass seine Eltern in Flensburg wohnten.

»Verstehst du dich nicht mit deinen Leuten?«, fragte sie.

Er schüttelte den Kopf. »Nee. Aber irgendwann muss ich ja mal wieder vorbeischauen. Wir treffen uns in unserem Ferienhaus auf Föhr.«

»Ein Ferienhaus an der Nordsee! Das klingt traumhaft.«

Malte schwieg.

»Freust du dich nicht?«, fragte sie.

»Nee«, sagte Malte noch einmal. »So eine niederbayerische Großfamilie ist natürlich was anderes. Da ist immer was los, und auf ein paar Leute mehr oder weniger kommt es nicht an.«

Johanna schnaubte. »Ja, und? Meine Familie ist tatsächlich sehr gastfreundlich. Wir haben sogar eine Pension. Das musst du nicht gut finden, aber beleidigen brauchst du uns auch nicht.«

»Entschuldige. Vielleicht bin ich einfach neidisch.«

Eine Weile starrten sie beide ins Dunkel. Johanna trank den Rest von ihrem zweiten Bier, das bereits zu warm war, um noch gut zu schmecken.

»Möchtest du mitkommen?«, fragte er.

»Ich? Nach Föhr? Zu deiner Familie?«

»Du hast doch jetzt Zeit, und ein Urlaub würde dir guttun.«

»Das kann ich mir nicht leisten. Außerdem muss ich einen Haufen Papierkram erledigen. Arbeitsamt und so weiter.«

»Wir bleiben nicht lang. Du kannst auch bei meinen Eltern übernachten.«

»Die kennen mich doch gar nicht.«

»Ich schleuse dich natürlich mit einem Sack über dem Kopf ins Haus. Dann musst du dich nicht vorstellen.«

Damit drehte er sich um und ließ sie stehen. Johanna schaute ihm verblüfft hinterher. Als sie sicher war, dass Malte sich in sein Zimmer zurückgezogen hatte, ging sie ebenfalls hinein. Die Wohnung war immer noch dunkel, nur unterhalb seiner Tür lag ein schmaler Lichtspalt. Johanna räumte ihre Badesachen auf und putzte sich die Zähne.

Ihr Zimmer war kleiner als Maltes, hatte jedoch ein Fenster zum ruhigeren Innenhof und heizte sich im Sommer nicht so stark auf. Sie warf ihre Kleider auf einen Haufen und kletterte nackt auf ihr selbstgebautes Hochbett. Die Hitze und ihre Gedanken hielten sie wach.

Wenn Malte nicht allein zu seinen Eltern fahren wollte, warum fragte er dann nicht Bettina? Mit ihr verstand er sich doch neuerdings so gut. Außerdem liebte Bettina die Nordsee. Was sie wohl dazu sagen würde, wenn Johanna dort mit Malte hinfuhr? Immerhin hatte ihre Freundin selber vorgeschlagen, dass Johanna Urlaub machen sollte. Und den brauchte sie auch dringend.

Sie musste herausfinden, was sie wirklich wollte. Nach den Jahren auf der Baustelle wünschte sie sich einen Arbeitsplatz, an dem sie wieder mit Möbeln zu tun hatte. Eine Werkstatt, in der sie nicht die einzige Frau war, wäre auch eine willkommene Abwechslung. Denn mit Männern konnte sie offenbar nicht halb so gut umgehen wie mit Holz.

Nur mit Malte kam sie überraschend gut aus. Warum sollten sie also nicht gemeinsam wegfahren? Sie hatte noch Resturlaub und Überstunden abzufeiern. Erst in einem Monat würde sie offiziell arbeitslos sein.

Ein ums andere Mal wendete Johanna ihr Bettzeug in der Hoffnung, dass die Oberseite etwas kühler war. Ein dünnes Laken wäre bei dieser Hitze besser gewesen, doch ohne eine Kuscheldecke konnte sie nicht einschlafen.

2

Bettina saß im Dunkeln am offenen Wohnzimmerfenster und nippte an ihrem Sauvignon blanc. Sie liebte die sommerliche Geräuschkulisse von Stadtamhof: Stimmen und Gelächter stiegen zu ihr auf und Absätze klapperten über das Kopfsteinpflaster. An Abenden wie diesen hatte sie das Gefühl, hoch über einer italienischen Piazza zu leben. Ihre Mutter wohnte im selben Haus. Obwohl Bettina nur über die Steinerne Brücke zu gehen brauchte, um in die Altstadt zu gelangen, war Stadtamhof für sie eine eigene Welt.

Sie dachte an jenen sonnigen Nachmittag im September vor sechs Jahren, als sie auf das Café Early Bird zugegangen war. Sie hatte sich gerade setzen wollen, als in ihrem Augenwinkel etwas Rotes aufblitzte. Eine kupferfarbene Haarsträhne fiel aus dem ansonsten braunen, kurzgeschnittenen Haar in ein ausdrucksstarkes Gesicht: hohe Wangenknochen, braune Augen und ein kleiner, ungeschminkter Mund. Die junge Frau trug ein staubiges T-Shirt und darüber braune Latzhosen. Sie deutete auf den letzten freien Tisch und sagte: »Mogst di a hersitzen?«

Ihre Stimme klang dunkel und rau, und dem starken Dialekt nach zu urteilen kam sie vom Land. Ohne Bettinas Antwort abzuwarten, plumpste sie auf einen der Stahlrohrsessel.

Beide bestellten Cappuccino. Dann saßen sie schweigend nebeneinander und beobachteten die Radfahrer und das Fußvolk. Bettina hatte das Gefühl, dass die andere Frau sie immer wieder musterte. Irgendetwas schien ihr zu missfallen. Dabei war es nicht Bettina, die in schmutzigen Klamotten im Café saß! Im Gegenteil, sie trug ihr schlichtes, hellblaues Lieblingskleid und Perlenohrringe, das blonde Haar hatte sie gerade frisch zu einem Knoten hochgesteckt und die Sonnenbrille hineingeschoben.

Doch vielleicht war es genau das, was ihre Sitznachbarin störte. Sie beide waren jedenfalls so unterschiedlich wie Tag und Nacht. Nur der Genuss von Kaffee einte sie. Wenn sie den Cappuccino ausgetrunken hatte, würde Bettina der anderen einfach den Tisch überlassen. Sie winkte nach der Kellnerin. Doch so intensiv sie auch in ihrer Handtasche wühlte: Ihr Geldbeutel war nicht da.

»So ein Mist«, murmelte sie.

Da hörte sie die Stimme im schönsten Niederbayerisch sagen: »Ois z'samm!« Die burschikose Frau legte einen Geldschein auf den Tisch.

»Danke«, sagte Bettina. »Ich habe meinen Geldbeutel in der Arbeit vergessen. Wenn du mitkommst, gebe ich dir das Geld zurück. Es ist nicht weit von hier.«

Die andere schaute an sich hinunter und winkte ab. »Mit dem G'wand geh ich heut nirgends mehr hin«, sagte sie. »Du kannst mich nächste Woche einladen. Wieder hier, so gegen zwei?«

»Danke. Ich werde da sein. Ich heiße Bettina Kluge, übrigens.« Sie streckte die Hand aus und wusste nicht, was sie von der neuen Bekanntschaft halten sollte.

Die andere nickte. »Ich bin die Scheungrab Johanna.« Dann schlenderte sie zu ihrem Omafahrrad und radelte davon.

Eine Woche später rollte sie wieder über das Kopfsteinpflaster heran. Bettina saß bereits vor dem Café. Diesmal schüttelten sie sich zur Begrüßung die Hand. Johanna trug saubere Jeans und eine Karobluse.

»Heute bin ich frisch geduscht«, sagte sie, und Bettina lachte.

»Ich habe uns schon mal einen Platz gesichert. Was möchtest du trinken?«

Sie bestellten Aperol Spritz, und da es immer noch ungewöhnlich warm war, sanken sie bald in die Trägheit des wohlverdienten Feierabends hinüber.

»Normalerweise mache ich nie so früh Schluss«, sagte Bettina.

»Wo arbeitest du denn?«, fragte Johanna.

»In einem Fotostudio, nur ein paar Gassen weiter. Und du?«

»Ich hab in Zwiesel eine Schreinerlehre gemacht, und jetzt arbeite ich bei einer Firma in Regenstauf.«

»Und warum wohnst du dann nicht dort?«

Johanna grinste. »Sehnsucht nach der Großstadt.«

»Regensburg ist nicht wirklich eine Großstadt. Wahrscheinlich wären wir uns so oder so wieder über den Weg gelaufen.«

»So gut kenne ich mich hier noch nicht aus. Kannst du mir ein Fitnessstudio empfehlen?«

»Wozu brauchst du denn ein Fitnessstudio?« Bettina war erstaunt. »Schleppst du nicht in deiner Arbeit schwer genug?«

»Zum Ausgleich!«, sagte Johanna, und Bettina lachte.

Sie waren im Early Bird geblieben, bis es zumachte, und hatten dann bei Bettina weitergequatscht bis spät in die Nacht. Schon damals hatte Johanna für ihren Juniorchef geschwärmt, doch Bettina war bald klargeworden, dass er nichts von Johanna wollte. Schon gar keine feste Beziehung.

Doch vor ein paar Wochen war er schwach geworden. Vermutlich hatte er gar nicht darüber nachgedacht, welche Folgen das Intermezzo im Hotelzimmer für Johanna haben konnte. Es war nicht gerade klug, wenn die einzige Frau im Team mit dem Juniorchef ins Bett ging.

Trotzdem wurde Bettina nicht recht schlau aus der Geschichte. Johanna hatte wochenlang über nichts anderes geredet, doch warum genau sie den Job verloren und wer wem gekündigt hatte, wusste Bettina noch immer nicht. Es war wie ein blinder Fleck, und Bettina würde sich hüten, das Thema nochmals anzuschneiden.

Sie selbst ging immer unbeschadet aus ihren Männergeschichten hervor; egal, ob es sich um kurze Beziehungen handelte oder nur um eine Nacht. Meistens war sie diejenige, die Schluss machte – um sich gleich darauf ins nächste Abenteuer zu stürzen. In letzter Zeit allerdings zog es sie immer häufiger in Johannas WG in der Furtmayrstraße.

3

Kurz nach sieben Uhr morgens wachte Johanna von einem Scheppern aus der Küche auf, und die Wohnung roch nach Mehlspeise. Sie zog sich an und tapste in die Küche, warf erst einen Blick auf Maltes dampfenden Ostfriesentee und dann auf das Thermometer. Noch zeigte es nur zwanzig Grad, aber das würde sich bald ändern. Sie holte sich einen Orangensaft aus dem Kühlschrank und griff nach der Knäckebrotdose. Auf Maltes Teller lag ein dicker Pfannkuchen.

»Möchtest du Erdbeermarmelade?«, fragte Johanna. »Selbstgemachte von meiner Mutter.«

Maltes Gesicht hellte sich auf. »Das wäre cool. Nimm dir auch einen!«

Johanna stellte die Marmelade auf den Küchentisch, dann ließ sie sich auf den Stuhl fallen und griff nach einem Pfannkuchen. Das Knäckebrot ließ sie links liegen.

»Ich hatte wirklich die besten Vorsätze«, sagte sie, und Malte lachte. Das Frühstück war eine der wenigen Gelegenheiten, bei denen sie ihn zu Gesicht bekam. Er kochte zwar oft abends für sie beide, doch meist nahm er den Teller mit in sein Zimmer und schloss die Tür hinter sich. Nur wenn Bettina zu Besuch war, tauchte er wie zufällig auf und mischte sich ins Gespräch ein, bis Johanna sich zurückzog. Sie wusste, sie sollte nicht eifersüchtig sein, aber immerhin war Bettina ihre Freundin. Warum konnten die beiden sich nicht einfach verabreden, wenn sie zusammen sein wollten?

Den letzten Bissen noch im Mund, stand Malte auf und schöpfte eine weitere Kelle des dickflüssigen Teigs in die Pfanne. Dabei wandte er Johanna den Rücken zu. Die schmale, beigefarbene Hose schlotterte ebenso wie das weiße T-Shirt. Johannas abgeschnittene Jeans und das ärmellose Shirt dagegen saßen stramm. Sie arbeitete nun schon seit vier Wochen nicht mehr, und das machte sich direkt an ihrem Gewicht bemerkbar.

»Schon was von deinen Bewerbungen gehört?«, fragte Malte.

Johanna zuckte mit den Schultern. »Ich habe erst eine abgeschickt. Am liebsten würde ich was Neues machen.«

»Was Neues?«

Johanna war überrascht, dass ihn das interessierte. Sie hatte noch nie mit Malte über ihre Berufswünsche gesprochen. Allerdings hatte es bis vor kurzem auch so ausgesehen, als ob sie immer weiter in ihrer bisherigen Firma arbeiten würde.

»Was mit Möbeln«, sagte sie. »Bei Patrick hatte ich ja kaum mehr damit zu tun.«

Am liebsten würde sie Restauratorin werden, doch es auszusprechen hätte bedeutet, den Worten Taten folgen zu lassen. Dazu fühlte sie sich momentan nicht in der Lage. Stattdessen biss sie in ihren dick mit Marmelade bestrichenen Pfannkuchen.

Zehn Minuten später brach Malte zur Uni auf, und Johanna telefonierte mit ihrem Bruder Florian. Er arbeitete in einer Autowerkstatt und riet ihr davon ab, die gut hundertdreißig Kilometer mit röhrendem Auspuff zurückzulegen. Stattdessen schlug er vor, am Freitag mit einem Ersatzteil vorbeizukommen.

»Jaqueline wollte eh mal wieder nach Regensburg«, sagte er. »Können wir ein paar Tage bleiben? Wir haben nämlich Urlaub.«

Johanna verdrehte die Augen. Sie war nicht wild darauf, mehrere Tage am Stück mit Floris Freundin zu verbringen. Andererseits konnte ihr die gelernte Friseurin gleich einen neuen Haarschnitt machen. Malte störte es bestimmt nicht, wenn die beiden hier übernachteten. Er fuhr ja sowieso weg.

Am Abend erzählte sie ihm von dem Besuch. Merkwürdigerweise wirkte er erleichtert. »Dann bist du nicht so lang alleine«, sagte er.

Sie standen wieder auf dem Balkon im Dunkeln, und wieder hatten sie beide ein alkoholfreies Pils in der Hand. Johanna sehnte sich langsam nach einem Weißbier. Aber nicht so sehr, dass sie dafür extra einkaufen gegangen wäre.

»Ich stürze mich schon nicht vom Balkon.«

»Nee. Aber die Geschichte mit Patrick hat dich ordentlich mitgenommen.«

»Ach?«

»Du hast dich verändert. Früher hast du viel mehr gelacht«, sagte er. Johanna schüttelte sich und nahm noch einen Schluck von dem bitteren Bier.

»Das täuscht«, sagte sie, doch insgeheim fragte sie sich, ob er recht hatte. Dabei lief er meistens selbst mit todernstem Blick herum. In seiner Gegenwart konnte man leicht trübsinnig werden. Vielleicht tat es ihr gut, die Wohnung ganz für sich zu haben.

»Willst du wirklich nicht mit nach Föhr? Du bekommst ein Zimmer für dich, sogar mit eigenem Bad.«

»Das fehlte noch, dass ich das Bett mit dir teile«, sagte sie, und Malte grinste.

»Keine Sorge, da besteht keine Gefahr. Wir können den Zug nehmen. Ich lade dich ein.«

Ein Haus am Meer! Sie dachte an die Werbung für das Bier, das sie gerade trank: Dünen und Deichschafe, feiner Sand zwischen den Zehen, rasch dahinziehende Wolken und schaumglitzernde Wellen. Sie konnte beinahe die Brandung hören, die Brise auf der Haut fühlen. Endlich durchatmen!

»Das Ferienhaus meiner Eltern ist voller alter Möbel«, sagte Malte. »Ist sozusagen ihr Hobby. Der Antiquitätenhändler ist ein Freund von ihnen, vielleicht kannst du dich dort ein wenig umsehen und mit ihm fachsimpeln.«

Er schien genau zu wissen, womit er sie ködern konnte. Aber

warum gab er sich solche Mühe, sie zu überzeugen? Bestimmt hatte die Sache einen Haken. Doch das Angebot war zu verlockend.

»Wenn ich die Zugfahrt selber zahlen darf?«, sagte sie.

»Du kommst also mit!« Seine Stimme klang, als grinste er von einem Ohr zum andern. So begeistert hatte sie ihn noch nie erlebt.

Johanna nickte und zwang sich, ihr Bier in Ruhe auszutrinken. Dann schlenderte sie in ihr Zimmer. Sobald sie die Tür hinter sich geschlossen hatte, brach sie in Hektik aus.

Sie konnte es nicht fassen: Sie fuhr mit Malte, ihrem zugeknöpften Mitbewohner, in Urlaub! Und dann auch noch mit dem Zug statt mit dem Auto. Das hatte sie noch nie gemacht. Sie konnte nur so viel mitnehmen, wie in ihren abgewetzten Trekkingrucksack passte. Aber ein Urlaub an der See bei Maltes gutbetuchten Eltern war keine Hüttentour. Probehalber verteilte sie alles, was ihr Kleiderschrank hergab, im Zimmer: Ihre T-Shirts, Jeans und ihre Lieblingsjacke, handgestrickt von ihrer Mutter.

Sie brauchte Hilfe. Sofort. Sie wählte Bettinas Nummer.

»Ich fahre mit Malte in Urlaub«, sagte Johanna. Sie spürte, wie ihr Herz schneller klopfte. Fast hatte sie Angst vor Bettinas Reaktion, doch ihre Freundin lachte nur.

»Echt jetzt? Wohin denn?«

Johanna erklärte es ihr.

»Keine Panik«, sagte Bettina. »Du wirst bestimmt viel draußen sein. Dazu brauchst du keine feinen Klamotten. Eher einen Pullover oder eine Fleecejacke. Ich würde dir ja was von meinen Sachen leihen, wenn ich könnte«, sagte Bettina. Sie war ungefähr zwei Nummern schlanker und zehn Zentimeter größer als Johanna.

»Schon gut. Ich kaufe mir was vor Ort.«

»Malte hilft dir sicher gerne.«

»Ich gehe doch nicht mit ihm zum Einkaufen!«, sagte Johanna.

»Schade. Er ist ziemlich stilsicher.«

»Woher willst du das denn wissen?«

»Ich weiß es eben.«

Wann waren die beiden zusammen einkaufen gegangen? Und was hatten sie sonst noch so getrieben? Johanna ahnte, dass Bettina keine dieser Fragen beantworten würde. Zum Glück hatte sie nicht eifersüchtig reagiert. Dabei wünschte Johanna sich beinahe, sie hätte es getan. So als wäre Johanna eine ernstzunehmende Konkurrentin. Aber vielleicht interessierte sie sich doch nicht für Malte. Bettina arbeitete ohnehin so viel, dass für eine Beziehung keine Zeit blieb.

»Kannst du inzwischen unsere Blumen gießen?«

»Nur, wenn du mir eine Schneekugel mitbringst!«

Bettina hatte eine Schwäche für Schneekugeln und besaß bereits eine kleine Sammlung. Johanna versprach, sämtliche Souvenirläden der Insel zu durchforsten.

»Soll ich vorbeikommen und dir beim Packen helfen?«

»Nein, lass mal, ich komme schon zurecht«, sagte Johanna. Ihre Freundin kannte sie einfach zu gut. Wenn man Romanen und amerikanischen Fernsehserien glaubte, liebten alle Frauen Schuhe, Klamotten und Make-up. Alle außer Johanna. Ihr Glamourfaktor war gleich null, und Kofferpacken gehörte ganz bestimmt nicht zu ihren Stärken. Eher schon Chaos im Kleiderschrank. Zumindest brauchte sie kein Beauty Case mit sich herumzuschleppen.

Sie würde einfach T-Shirts, Jeans und ihre Badesachen einpacken und obendrauf Sandalen und Laufschuhe.

Am Samstagmorgen saßen Johanna und Malte beim Frühstück, als es klingelte.

»Das sind bestimmt dein Bruder und seine Freundin«, sagte Malte. Er klang nicht eben begeistert. Johanna stellte ihre Kaffeetasse ab und ging zur Tür. Ihr Bruder Flori strahlte sie an.

»Servus, Schwesterherz!«

Sie umarmten sich. Hinter ihm stand Jaqueline.

»Wir sind viel besser durchgekommen, als wir dachten«, sagte sie. Johanna drückte auch ihre Schwägerin kurz an sich. Sie roch nach Haarspray, Weichspüler und irgendetwas Blumigem.

»Super!«, sagte Johanna. »Kommt doch rein. Wir frühstücken noch. Wollt ihr Kaffee?«

Sie hätte gern eine Galgenfrist bis Mittag gehabt, aber Jaqueline duldete keinen Aufschub.

»Bist du fertig?«, fragte sie, sobald sie ihren Kaffee ausgetrunken und Johanna ihre zweite Marmeladensemmel aufgegessen hatte.

Johanna übergab ihren Autoschlüssel an Flori und ging mit Jaqueline zur Bushaltestelle am Stobäusplatz. Sie mussten nicht lange warten, und wenige Minuten später stiegen sie vor dem Donaueinkaufszentrum aus dem Einser-Bus.

Johanna wappnete sich innerlich gegen das Gedränge. Jaqueline hätte wohl alleine nicht zum DEZ gefunden, doch kaum war sie drin, übernahm ihr inneres Mode-Navi die Führung. Auf ihrem Eroberungszug durch die Läden versorgte sie Johanna ganz nebenbei mit mehreren Oberteilen, von denen eins auf Anhieb passte. Jedenfalls behauptete Jaqueline das; Johanna hatte Zweifel. Die locker fallende dunkelrote Tunika hing ihr bis über den Po. Sie nahm sie trotzdem, denn schließlich war Jaqueline die Stylingexpertin. Als Johanna selbst noch ein blaues Herrenhemd und eine Bermudajeans für sich aussuchte, schüttelte sie missbilligend den Kopf.

»Damit schaust du aus wie dein Bruder«, sagte sie.

Beinahe hätte Johanna die Stücke wieder zurückgehängt, doch da der Preis gut war, ging sie damit zur Kasse. Danach reichte es ihr. Als Jaqueline einen Kaffee trinken gehen wollte, sagte Johanna: »Komm, lass uns in die Altstadt gehen. Da gibt es auch tolle Läden.«

Während Jaqueline die Boutiquen der Innenstadt durchstreifte, erholte Johanna sich vor der Cafébar bei einem doppelten Espresso. Ihre Schwägerin hatte einfach unglaublich viel Energie.

Zurück in der Wohnung, machte sich Jaqueline sofort ans Haareschneiden. »Komm«, sagte sie. »Das wird eine richtige Wellnessanwendung.«

Johanna versuchte, es auch so zu sehen. Beim Schnitt ließ sie aber nicht mit sich verhandeln. »Die bleibt«, sagte sie, als Jaqueline die rote Haarsträhne durch die Finger gleiten ließ. Der Rest sollte wieder schön kurz werden. Bei der Arbeit trug sie immer ein elastisches Tuch – mal als Haarband, mal als Mütze – um ihr Haar vor Staub und den Maschinen zu schützen.

»Wie du meinst.«

Jaqueline machte sich ans Werk. Als Johanna ihr auch noch die Farbe hinstellte, die sie auf ihrer Einkaufstour besorgt hatte, schüttelte sie ungläubig den Kopf.

»Du traust dich was«, sagte sie, begann jedoch unverdrossen zu färben und zu schnippeln. Eine Stunde später leuchtete die Haarsträhne in einem besonders intensiven Kupferton.

Kurz darauf kam Flori zurück in die Wohnung. Er hatte den Tag in Pentling verbracht, wo einer seiner Schulkameraden eine kleine Werkstatt hatte.

»Deine Haare sind orange«, sagte er zur Begrüßung, und Malte, der gerade nach seinen Pflanzen schaute, grinste still. Am liebsten hätte Johanna ihn in die Rippen geknufft, doch das traute sie sich nicht. Noch nicht. In den nächsten Tagen würden sie sich vielleicht näher kennenlernen als in all den Monaten zuvor.

»Was ist mit meinem Auto?«, fragte sie.

»War keine große Sache. Ich habe sogar noch Zeit gehabt, mit meinem Kumpel ein Bierchen zu trinken und was auf den Grill zu legen.«

»Wir wollten doch essen gehen!« Jaqueline schnaubte, doch Flori sagte nur: »Ja und? Das machen wir auch. Ich gehe mich nur kurz umziehen.«

Kurz darauf verabschiedeten sie sich, und Johanna war mit Malte allein.

»Hast du fertig gepackt?«, fragte er.

»Klaro«, log Johanna. Sie musste noch die neuen Sachen in ihrem Rucksack verstauen und ein letztes Mal das Gesamtkunstwerk prüfen. »Ich schaue noch mal nach …«

Kurz darauf lehnte ihr Gepäck an Maltes Rollkoffer im Flur, und sie kehrte erleichtert ins Wohnzimmer zurück.

»Bettina fährt uns«, sagte sie. Sie würden den Nachtzug nehmen, der von Wien aus über Regensburg nach Hamburg fuhr.

»Die Frau mit der Kamera?«, fragte Malte.

Als ob er das nicht wüsste! Johanna lachte. Es tat ihr beinahe leid, wie verlegen er sein Interesse an Bettina zu verbergen versuchte.

»Nein, die mit dem gelben Cabrio.«

4

Bettina erinnerte sich noch genau an ihre erste Begegnung mit Malte: Er hatte mit dem Rücken zu ihr in der WG-Küche gestanden und Radio gehört, während Johanna die Einweihungsparty mit den Gästen bestritt.

»Wenn du mich fotografierst, schmeiße ich dich raus«, sagte er, ohne sich umzudrehen. Bettina schloss die Tür hinter sich und legte ihre Kamera auf das Fensterbrett. Alle Arbeitsflächen waren mit Schneidebrettern und Schüsseln mit Champignons, Paprikastücken, Oliven, Peperoni, Salami und anderen Zutaten bedeckt.

Sie hob die Hände. »Ich bin entwaffnet«, sagte sie. »Aber ich habe ein Recht darauf zu wissen, wer hier kocht.« Bettina nahm sich eine Olive und steckte sie in den Mund. »Schließlich bin ich Johannas beste Freundin.«

»Die Fotografin«, sagte er. »Ist das deine einzige Kamera?« Er nickte in Richtung ihrer alten, analogen Spiegelreflex, während er weiter Zwiebeln schnitt.

»Natürlich nicht«, sagte Bettina. Was bildete der sich eigentlich ein? Doch als er ihr den Kopf zuwandte, las sie nichts als Neugier in seinem Blick. Seine Augen waren hellgrau, ohne Anteile von Blau oder Grün. Eine seltene Augenfarbe, die sie nicht nur als Fotografin faszinierte. Außerdem fragte sie sich, woher die Lachfältchen kamen. Seine Ernsthaftigkeit gefiel ihr, genauso wie das Interesse an ihrer Arbeit.

»Hast du schon mal von Fridl Fischer gehört?«, fragte er plötzlich.

Bettina nickte. »Ein berühmter Konzertfotograf. Vor kurzem habe ich einen Artikel über ihn gelesen. Ein Museum in München will seinen Nachlass ankaufen, tausende von Bildern ab Mitte der Sechziger bis in die Neunziger. Er war überall in Europa und auch in den USA und hat sie alle abgelichtet: Die Beatles auf ihrer Deutschland-Blitztournee, die Stones …«

»… oder Simon & Garfunkel im Central Park.« Malte lächelte. »Und das Beste: Ich werde meine Bachelorarbeit darüber schreiben.«

»Du hast Zugang zu dem Archiv?«, fragte Bettina. Das interessierte sie brennend. Als er nickte, hätte sie beinahe begeistert in die Hände geklatscht. Bettina unterhielt sich so gut wie schon lange nicht mehr.

Seine eigenen Bilder zeigte er ihr erst Wochen später. Parks am frühen Morgen, spärlich beleuchtete Parkhäuser in pechschwarzer Nacht und stille Wasserflächen im Winter. Sie waren technisch perfekt, doch für Menschen schien er sich nicht zu interessieren. Als Hobbyfotograf konnte er sich das leisten. Bettina lud ihn ein, sich nach Feierabend das Fotostudio Konnerth anzusehen, in dem sie arbeitete, doch er kam nicht. Ihre Besuche in der WG waren die einzige Chance, Malte wiederzusehen. Oft, wenn sie mit Johanna in der Küche saß, schlenderte er nach einer Weile wie zufällig herein, und Johanna warf ihr jedes Mal finstere Blicke zu, bevor sie sich zurückzog. Als ob sie eifersüchtig wäre. Bettina ärgerte sich ein bisschen darüber, und sie verstand es auch nicht. Johanna hatte mehr als einmal betont, dass sie an Malte nicht interessiert war. Sie mochte ihn nicht mal besonders.

Umso erstaunlicher, dass die zwei jetzt zusammen verreisten. Und sie, Bettina, brachte die beiden zum Bahnhof. Es war kurz vor Mitternacht, und Malte saß schweigend neben ihr. Johanna malträtierte auf dem Rücksitz ihr Smartphone.

»Am liebsten würde ich mitfahren«, sagte Bettina. Malte richtete sich fast ruckartig auf, sagte jedoch nichts.

Johannas Gesicht erschien im Rückspiegel. »Warum nimmst du nicht ein paar Tage frei?«

Bettina dachte an ihre vielen, vielen Überstunden und die Müdigkeit, die sie seit Wochen verspürte.

»Geht nicht«, sagte sie knapp. Im Sommer gab Konnerth ihr keinen Urlaub, trotzdem wünschte sie, Malte hätte sie eingeladen. Stattdessen hatte er Johanna gefragt. Ob das gutgehen würde? Zumindest konnte Bettina sicher sein, dass die beiden nichts miteinander anfingen. Eher würden sie zerstritten zurückkommen.

Sie hielt auf dem Parkplatz am Bahnhof, und Malte hievte das Gepäck aus dem Kofferraum, während sie sich von Johanna verabschiedete. Ihre Freundin drückte sie herzlich an sich, dann nahm sie den Rucksack, den Malte ihr hinhielt. Er schaute nervös auf die Uhr. Der Zug fuhr erst in zwanzig Minuten; Zeit genug, sich ordentlich zu verabschieden, zumindest mit einem Blick oder einer Berührung. Stattdessen winkte er mit der rechten Hand, eine kurze und ziemlich abweisende Geste.

Enttäuscht schlug Bettina den Kofferraumdeckel zu, winkte ebenso unverbindlich zurück und sagte: »Macht's gut.«

Dann schlüpfte sie hinter das Steuer ihres gelben Cabrios und startete den Motor. Während sie vom Parkplatz fuhr, konnte sie Maltes schlanke Gestalt im Rückspiegel erkennen. Lässig zog er den glänzenden Rollkoffer hinter sich her, während Johanna schwer an ihrem Rucksack schleppte.

5

Föhr

Johanna holte Malte erst auf dem Bahnsteig wieder ein, doch sie würden ohnehin getrennt reisen: Er im Schlafwagenabteil und sie auf einem normalen Sitzplatz. Sie hatte ja darauf bestanden, ihr Ticket selbst zu bezahlen, und daher das günstigste Angebot gewählt.

»Wir sehen uns beim Frühstück!«, sagte Malte, dann war er auch schon verschwunden. Johanna drückte sich durch die engen Gänge und fand zwei freie Plätze nebeneinander. Sie balancierte ihr Gepäck in die Ablage und rollte sich auf den Sesseln zusammen. Ihre erste größere Reise ohne Eltern kam ihr in den Sinn: Sie war gerade achtzehn geworden und wollte mit ihrer Clique auf einem Campingplatz am Gardasee übernachten. Doch ein Regenguss setzte ihre billigen Zelte unter Wasser, und sie mussten zu fünft im Auto Zuflucht suchen. Dabei hatte Johanna gehofft, endlich Simon näher zu kommen, mit dem sie seit ihrer Schulzeit befreundet war. Doch am nächsten Morgen setzte er sich von der Gruppe ab und trampte nach Sizilien.

Damals war es wärmer gewesen als hier im Nachtzug. Die Klimaanlage verbreitete gefühlte fünfzehn Grad. Trotzdem nickte sie ein und träumte vom Meer.

Als sie aufwachte, war es draußen schon hell. Johanna streckte sich. Zwar konnte sie in nahezu jeder Lage schlafen, aber es ging nicht mehr so locker wie vor ein paar Jahren. Sie spürte jeden Muskel. Langsam rappelte sie sich auf und schaute auf die Uhr.

Noch zwei Stunden bis Hamburg. Sie brauchte dringend einen Kaffee! Wo war der Speisewagen? Mühsam wand sie sich aus dem Sitz und machte sich auf die Suche.

Malte saß bereits vor einem Croissant und badete einen Teebeutel in lauwarmem Wasser; ihr eigenes Getränk war heiß und schmeckte stark und säuerlich nach Koffein. Sobald sie einen Schluck davon genommen hatte, krampfte sich ihr Magen zusammen.

»Ich vertrage einfach keinen Filterkaffee«, sagte sie, doch ihr Gegenüber hüllte sich in Schweigen. Johanna vertrieb sich die Zeit damit, ihr Ticket zu betrachten. Von Hamburg nach Dagebüll würden sie noch gut drei Stunden brauchen und eine weitere für die Überfahrt.

»Ich war noch nie auf einer Nordseefähre«, sagte sie. Erst seit gestern Abend wusste sie Genaueres über Föhr. Es befand sich im Nordfriesischen Wattenmeer, geschützt von Sylt und Amrum. »Wie kommen wir vom Hafen zum Ferienhaus? Können wir laufen?«

Malte schüttelte den Kopf. »Das Haus liegt gut fünf Kilometer außerhalb von Wyk, auf halbem Weg nach Nieblum. Mein Bruder holt uns am Hafen ab. Unsere Eltern kommen erst morgen oder übermorgen aus Flensburg.«

»Du hast einen Bruder?«, fragte sie erstaunt. »Das hast du mir nie erzählt. Ist er älter als du? Wo wohnt er?«

Malte sah sie irritiert an, als müsste er erst überlegen. »Ungefähr so alt wie du. Er lebt in Wyk und führt den Laden.«

»Welchen Laden?«

Wieder einmal wurde ihr bewusst, dass Malte kaum etwas über sich erzählte, während er gut über Johannas Familienverhältnisse Bescheid wusste: Sie hatte vier Brüder, ihr Vater war schon gestorben und ihre Mutter arbeitete in der Pension ihres ältesten Bruders Franz. Johanna hingegen konnte nur vermuten, dass Maltes Eltern gut verdienten; sie hatten ein Geschäft und finanzierten ihm das Studium.

»Kannst du mir noch was über deine Leute erzählen, damit ich nicht ganz blöd dastehe?«, fragte sie.

Malte rollte mit den Augen. »Da gibt es nicht viel zu erzählen. Meine Eltern haben in Flensburg ein Geschäft. Tee, Kaffee, Wein, Spirituosen. Mein Bruder führt die Zweigstelle in Wyk. Im Gegensatz zu mir hat er das Geschäft von der Pike auf gelernt.«

»Wohnt er das ganze Jahr über dort?«

Malte nickte.

»Hoffentlich ist der etwas redseliger als du.«

Er nickte noch einmal.

»Ist es denn wirklich okay für deine Familie, dass ich mitkomme?«

»Sicher. Die sind ganz ausgehungert nach Informationen über meine Sozialkontakte.«

Warum nur hatte sie das Gefühl, dass er sie auf den Arm nahm?

»Ich verstehe immer noch nicht, warum du ausgerechnet mich gefragt hast.«

»Ich würde deine blöden Witze und deine pampigen Kommentare vermissen.«

»Klaro. So sparsam, wie du mit Witzen umgehst.«

Sie genoss seinen verständnislosen Blick, dann lachte er tatsächlich los. Doch er hatte sich schnell wieder unter Kontrolle. »Meine Eltern wollten immer, dass ich die Firma übernehme.«

»Warum studierst du dann Kunstgeschichte?«

»Sie wissen noch nicht, dass ich BWL geschmissen habe.«

Das war also der Haken. Maltes Eltern würden sauer sein, wenn sie erfuhren, dass Malte sie seit Jahren anlog.

»Aber du stehst kurz vor dem Abschluss! Ich hoffe, das vermiest uns nicht den ganzen Urlaub«, sagte sie.

»Wenn du dabei bist, reißen sie sich zusammen. Ich brauche einfach ein wenig Rückendeckung. Dann fällt es mir leichter, reinen Tisch zu machen.«

Johanna verschränkte die Arme. Sie hatte keine Lust, als Prellbock zwischen Malte und seiner Familie herzuhalten. Stattdessen würde sie die Insel auf eigene Faust erkunden, stundenlange Strandspaziergänge machen und im Meer schwimmen! In Hamburg stiegen sie in den IC um. Jetzt saßen sie nebeneinander, doch Malte holte sofort sein Laptop heraus. Johanna war es recht. Sie stöpselte Ohrhörer an ihr Handy und hörte Musik. *Water under the bridge*, sang Adele, während der Zug über eine wirklich hohe Bahnbrücke rollte. Ein schnurgerades Gewässer führte unter der Brücke hindurch und machte erst in einiger Entfernung eine Kurve hin zu den Windrädern am Horizont.

»Das ist der Nord-Ostsee-Kanal«, sagte Malte. Die wenig später vorbeifliegenden Baumreihen, Strommasten und grabendurchzogenen Wiesen würdigte er mit keinem Blick. Er brütete über seiner Bachelorarbeit. Dafür hatte er offenbar tausende von Dias und Negativen eines berühmten Musikfotografen gesichtet, die eingescannt worden waren und irgendwann über das Internet verfügbar sein würden. Für sie klang das Ganze mehr nach Computern als nach Kunstgeschichte, aber sie konnte nicht wirklich mitreden. Sie hatte ja nur ihren Gesellenbrief von der Handwerkskammer und die Auszeichnung als Jahrgangsbeste.

Kurz vor der Ankunft des Zuges tippte sie Malte auf die Schulter. »Hallo, ich bin's, deine Mitbewohnerin.«

Endlich schaute er zu ihr hinüber. »Entschuldige. Ich war vollkommen abgetaucht.« Er schloss die Datei und fuhr den Laptop herunter. »Ich bin fast fertig, jetzt lese ich alles noch einmal durch.«

»Wo wirst du arbeiten, wenn du mal fertig bist?«

»In einem Museum, hoffe ich.«

»Toll«, sagte sie und versuchte, sich für Malte zu freuen. Über kurz oder lang würde er wegziehen und sie musste sich einen neuen Untermieter suchen. Man konnte über Malte sagen, was man wollte, aber als Mitbewohner war er okay: Er schmutzte nicht und nervte kaum. Sie hoffte, dass es auf Föhr ebenso unkompliziert laufen würde – trotz seiner Querelen mit den Eltern.

Ihre erste Begegnung mit der Nordsee war stürmisch. In Dagebüll regnete es, und ein scharfer Wind fegte über die Mole.

Als Johanna den Fuß auf die MS Rungholt setzte, wurde ihr klar, dass sie nicht seefest war. Sie hatte es nur mangels Gelegenheit vergessen. Auf unsicheren Beinen folgte sie Malte ins Innere des Schiffes und ließ sich auf eine Bank fallen. Er hatte sich unterwegs eine Tageszeitung gekauft und begann zu lesen, während das Schiff auslief. Das zunehmende Schaukeln schien er gar nicht zu bemerken; er bestellte sich sogar ein Fischbrötchen. Der Geruch drehte Johanna fast den Magen um.

Sie lehnte sich gegen das Fenster und lauschte angestrengt auf die Durchsage aus dem Bordlautsprecher: »Sehr geehrte Fahrgäste, wir begrüßen Sie an Bord …«

Sie versuchte sich abzulenken, indem sie die Regentropfen auf der Scheibe zählte. Bald atmete sie angestrengt durch den Mund, aber je mehr sie sich konzentrierte, desto schlechter ging es ihr. Ihr Magen drehte sich wie eine ungleichmäßig beladene Waschmaschinentrommel.

»Mir ist so komisch, ich geh mal raus.« Sie stemmte sich von der Bank hoch und holte tief Luft. Nein, sie würde sich nicht übergeben! Jedenfalls nicht sofort.

Malte legte die Zeitung zur Seite und sah sie überrascht an.

»Was ist los?«

»Seekrank.«

»Echt? Man spürt ja kaum eine Schiffsbewegung.«

Trotzdem stand er auf und nahm sie beim Arm.

»Ich komme mit«, sagte er und führte sie hinaus an die frische Luft. Es nieselte, doch der salzige Wind tat ihr gut. Malte blieb die ganze Zeit über neben ihr.

»Schau auf den Horizont«, sagte er.

Sie befolgte seinen Rat und stützte sich auf die Reling. Obwohl der scharfe Wind ihr Tränen in die Augen trieb, beruhigte sich ihr Magen.

Eine Weile standen sie nebeneinander im Regen. Maltes blonde Haare schlugen sanfte Wellen, und das T-Shirt klebte ihm am Körper.

»Herrlich!«, sagte er und atmete tief ein. Er schien ganz und gar bei sich zu sein, während er aufs Meer hinausschaute.

»Schade, dass Bettina nicht hier ist«, sagte Johanna.

Malte nickte. »Es würde ihr gefallen.«

»Bist du verknallt in sie?«

Johanna war jedes Thema recht, um sich von ihrer Seekrankheit abzulenken. Außerdem interessierte diese Frage sie brennend.

»Ach, verknallt – das ist man doch nur mit sechzehn.«

»Und in wen warst du mit sechzehn verknallt?«

Malte lehnte an der Reling, die Hände locker gefaltet, und schaute intensiv auf die Wellen hinunter. Nur sein Rücken war angespannt.

»In Lene«, sagte er. »Ich war mit ihr auf dem dänischen Gymnasium.«

»Du bist in Dänemark zur Schule gegangen?« Jetzt war Johanna doch einigermaßen irritiert. Malte hatte noch nie von Dänemark erzählt.

»Nein, erst hier in Wyk, dann in Flensburg. Bis ich fünfzehn war, habe ich auf Föhr bei meinen Großeltern gelebt. Meine Oma gehörte zur dänischen Minderheit und legte Wert darauf, dass ich auf dänische Schulen ging.«

»Du bist hier auf Föhr großgeworden?« Johanna kam aus dem Staunen nicht heraus, während Malte weitererzählte.

»Als ich geboren wurde, steckten meine Eltern mitten in der Geschäftsgründung. Mein Bruder ist dann schon in Flensburg aufgewachsen.«

»Hm. Wart ihr lange zusammen, Lene und du?«

»Genau 364 Tage. Bis sie sich in einen andern verliebte. Jemanden, der mir sehr nahe stand.«

»Klingt dramatisch!«

»Damals war es vielleicht dramatisch. Aber es ist zehn Jahre her.«

Er wandte sich ab und ging zur anderen Seite des Schiffes hinüber, als sähe das Meer dort anders aus. Kurz vor dem Anlegen kam er zurück und schulterte Johannas Rucksack. Dankbar folgte sie ihm die überdachte Rampe hinunter.

Draußen stellte er Rucksack und Rollkoffer neben ihr ab. »Warte hier«, sagte er. »Ich suche Kai.«

Johanna nickte erschöpft. Es gab keine Bänke oder Wartestühle, also blieb sie stehen und atmete tief ein. Die Luft war frisch und kühl – sonst nichts. Sie wusste nicht genau, was sie erwartet hatte, aber es enttäuschte sie, dass es am Hafen nach fast gar nichts roch.

Mit den Augen suchte sie den Platz vor dem Terminal nach einem Mann ab, der Malte ähnlich sah. Doch am Ende blieb nur eine Dame mit Rollator zurück. Sie war mindestens achtzig und schien auf jemanden zu warten. Sie stand etwa zehn Meter von Johanna entfernt und hatte den angespannten Gesichtsausdruck eines Menschen, dem alles schwerfällt. Vielleicht hatte sie Schmerzen.

Schließlich näherte sich vom Parkplatz her ein Typ in Jeans und weißem Hemd. Das dunkelblonde Haar fiel ihm fast bin in die Augen, und es wirkte, als käme er geradewegs aus der Dusche. Bettina hätte wahrscheinlich behauptet, dass er sexy aussah, doch sein gelangweilter Blick gefiel Johanna überhaupt nicht.

Bis er die Frau im Rollstuhl entdeckte: Plötzlich lächelte er, und Johanna spürte einen Stich im Magen. Sie wünschte, das sympathische Lächeln gälte ihr. Doch er hatte nur Augen für die alte Dame. Vielleicht war es seine Oma oder Lieblingstante. Er sagte etwas zu ihr, und sie lachte wie ein junges Mädchen. Wäre der große Altersunterschied nicht gewesen, hätte Johanna schwören mögen, dass die beiden flirteten. Dann reichte er ihr förmlich die Hand, drehte sich um und ging auf Malte zu.

Was wollte der Typ? War er ein Taxifahrer auf der Suche nach Kundschaft? Oder ein Taschendieb? Malte stand mit dem Rücken zu ihm und schaute immer noch in die andere Richtung. Entschlossen überquerte Johanna den Platz mit ihrem Baustellenschritt und stoppte direkt neben dem Mann. Erst schaute er sie fragend an, dann schenkte er auch ihr das Zauberlächeln. Ihre Knie gaben nach, als hätte ihr jemand einen Tritt verpasst. Sie schwankte, und der Mann fasste sie blitzschnell am Arm.

»Ist Ihnen nicht gut?«, fragte er.

Vielleicht war es keine Seltenheit, dass jemand mit wackeligen Beinen das Schiff verließ. Aber warum schaute er sie so an? So … intensiv?

Da hörte sie Maltes Stimme hinter sich. »Hallo Kai, da bist du ja!«

Johanna staunte. Das war Maltes Bruder? Die beiden glichen sich ungefähr so sehr wie Weizenbier und Friesentee.

Endlich ließ er sie los und wandte sich Malte zu. Einen Moment lang sah es so aus, als wollte Kai seinen Bruder an sich drücken, doch dieser stand mit verschränkten Armen da. Johanna spürte, dass Kai verunsichert war, doch er lächelte und sagte: »Hallo Malte. Schön, dass ihr gekommen seid!«

»Das ist meine Mitbewohnerin Johanna«, sagte Malte.

Kais Blick wanderte zu ihr zurück. »Soso. Mitbewohnerin nennt man das.«

Er grinste. Dann fasste er sie an den Schultern und tauschte Luftküsse mit ihr. Johanna war so überrascht, dass sie beinahe die Richtung verfehlt und ihn auf den Mund geküsst hätte. Stattdessen berührten sich ihre Wangen. Sein Gesicht war rau und duftete nach etwas Frischem. Gurke vielleicht? Johanna warf Malte einen, wie sie hoffte, vernichtenden Blick zu.

Kai sah sich nach dem Gepäck um. »Denn kommt mal mit!«

Sein norddeutscher Akzent war viel ausgeprägter als Maltes. Er trug Johannas Rucksack in Richtung Parkplatz, Maltes Rollkoffer ratterte hinterher. Im Vorbeigehen winkte Kai noch einmal der alten Dame zu.

»Tschüs, Frau Hansen«, rief er, dann wandte er sich an Johanna: »Eine langjährige Kundin. Hat gerade eine Teebestellung aufgegeben.«

Er ging auf einen älteren, dunkelblauen Kombi zu und hielt ihr die Beifahrertür auf. Benommen versank sie in dem bequemen Autositz. Als Kai neben ihr auf den Fahrersitz rutschte, betrachtete sie sein Profil und fand, dass er auf unspektakuläre Weise gut aussah – wie jemand, der genau wusste, was er wollte und kein Imponiergehabe nötig hatte. Er schien wirklich nett zu sein. Und, im Gegensatz zu seinem Bruder, sehr gesprächig. Da sollte noch mal jemand behaupten, die Nordlichter seien reserviert.

Kaum eine Viertelstunde später wusste Kai schon eine ganze Menge über ihre Familie und ihren Beruf, und dass sie auf der Fähre seekrank geworden war.

»Du musst ja nicht gleich wieder zurück«, sagte er und sah sie aus seinen bleifarbenen Augen an. Als sie ausstieg, war sie immer noch wackelig auf den Beinen.

Trotzdem verliebte sie sich gleich in das weißgekalkte Reetdachhaus: Einige Stellen des Daches waren schon mit Moos bewachsen. Ein Kiesweg führte zu der breiten, grün gestrichenen Eingangstür, daneben stand eine Holzbank.

»Ist das schön hier!«, rief Johanna, und Kai lachte amüsiert.

»Willkommen in der Villa Knies«, sagte er. »Du hast wohl noch nie ein Friesenhaus gesehen?«

Johanna schüttelte den Kopf. »Nur im Fernsehen. Ist es weit bis zum Meer?«

»Nein, vom oberen Stockwerk aus kann man es sogar sehen. Die Häuser stehen hier alle auf Warften, also etwas erhöht, falls die Sturmflut doch mal über den Deich schwappt. Zwischen den Grundstücken führt ein Trampelpfad direkt ans Meer. Schau dich ruhig um.«

Das ließ Johanna sich nicht zweimal sagen. Sie umrundete das Haus und entdeckte eine großzügige Terrasse. Daran schloss sich eine weite, akkurat gekürzte Rasenfläche an. Etwas abseits stand ein kleiner, ebenfalls reetgedeckter Geräteschuppen. Das Grundstück war ja riesengroß! Es wurde von einem Steinwall und Hagebuttensträuchern eingefasst, doch ganz am Ende befand sich ein Holzgatter, über das Johanna kurzerhand hinwegkletterte.

Sie gelangte auf einen Weg, und wenige Schritte weiter lag, hinter einem mit Dünengras bewachsenen Deich, tatsächlich der Strand. Aber wo war das Meer? Vor ihr breitete sich grauer Sandboden aus, darin glitzerten silbrige Pfützen. Es musste Ebbe sein.

Der Himmel war aufgerissen, über ihr stapelten sich weiße Wölkchen und ließen die Sonne durch. Der Saum des Meeres lag ein gutes Stück entfernt, und der unablässige Wind pustete ihr den Stadtmief aus dem Kopf. Es war fast so gut wie auf einem Berg zu stehen – weit weg von allem, umgeben von Naturgeräuschen. Sie hätte ewig hier sitzen können, doch dann erinnerte sie sich an ihre Gastgeber und ging zurück.

Sie entdeckte, dass sich das Tor zum Grundstück ganz einfach öffnen ließ, erklomm die Warft und entdeckte Kai, der sich von innen mit der Terrassentür abmühte. Behutsam drückte Johanna sie auf.

»Die kann man bestimmt einstellen«, sagte sie und schloss die Tür langsam wieder, um zu sehen, wo es klemmte. Dabei streiften ihre Finger aus Versehen Kais Hand. Sie zuckte zurück, doch das Gefühl von Wärme blieb auf ihrer Haut.

»Wäre schön, wenn du das in Ordnung bringen könntest«, sagte er. »Aber jetzt komm erst mal rein. Es gibt gleich Tee.«

Ihr Blick fiel auf die gemütlichen Sessel, und sie schlüpfte schnell aus ihren Straßenschuhen, um den grau-weiß gemusterten Webteppich nicht dreckig zu machen.

Kai führte sie in den Flur, wo Malte das Gepäck abgestellt hatte. Er stand gegenüber in der Küche und tat, was er auch in Regensburg immer tat: Er kochte Tee. Kai griff in den Küchenschrank und stellte Tassen und Teller auf ein Tablett.

»Wollt ihr euch vorher noch frisch machen?«, fragte er. »Ich habe dein altes Zimmer vorbereitet, Bruderherz.«

Johanna war alarmiert: Nur ein Zimmer? Das musste ein Missverständnis sein. Malte tat, als hätte er nichts gehört, und Kai war auf dem Weg zurück in das Wohnzimmer.

»Geh schon mal nach oben«, sagte Malte, und Johanna stieg die die knarrenden Holzstufen hinauf. Die Treppe mündete in eine helle Diele. Am Giebelfenster standen zwei große Korbsessel, der Blick ging auf den Garten hinaus. Außerdem gab es einen schönen, alten Holzschrank. Die Zimmertür daneben stand offen. Johanna war überrascht, hellgelb gestrichene Wände und beige-rot gestreifte Vorhänge zu sehen. Auf dem Bett lag eine rote Tagesdecke. War das etwa Maltes Zimmer? Was für ein Kontrast zu den ewigen Erd- und Naturtönen, die sie sonst von ihm gewohnt war! Durch die Gaubenfenster sah man das Meer. Eine Wolke schob sich vor die Sonne und legte einen Schatten über das Zimmer. Jetzt hörte sie Malte ebenfalls die Treppe heraufkommen und drehte sich nach ihm um.

»Jetzt weiß ich endlich, warum du so launisch bist«, sagte sie. »Du bist wie das Wetter hier.« Dann ließ sie sich auf das französische Bett fallen.

Malte zog eine Augenbraue hoch und gab sich geschlagen.

»Ich nehme dann wohl Kais altes Zimmer nebenan.«

Er hob seinen Koffer wieder hoch und verließ den Raum, kurz darauf hörte sie ihn nebenan rumoren. Johanna lächelte in sich hinein. Selber schuld, dachte sie. Warum hatte er sie auch alleine vorausgeschickt? Sie sah sich um. Es gab ein schmales Regal mit Büchern, Zeitschriften und einem CD-Spieler. Zum Zimmer gehörte auch ein kleines Bad. Würde Malte etwa am frühen Morgen hereinspazieren, um zu duschen und sich die Zähne zu putzen? Und wenn er nachts aufs Klo musste? Sie spähte hinaus in den Flur. Da hörte sie hinter der Tür nebenan eine Spülung rauschen; anscheinend hatte Malte sein eigenes Bad.

Einigermaßen beruhigt begann sie, ihre Sachen auszupacken.

Als Malte zurückkam, stopfte sie gerade ihre zerknitterten T-Shirts, die kurze Jeans aus dem Sonderangebot und zwei Hosen in den Kiefernholzschrank. Im nächsten Moment stand Malte neben ihr, sie hatte ihn gar nicht hereinkommen hören. Ohne zu fragen, nahm er ihre einzige Bluse und hängte sie auf einen Bügel. Er behandelte sie fast so liebevoll wie seine fleischfressenden Pflanzen.

»Draußen im Flurschrank ist ein Bügeleisen«, sagte er. Johanna hob eine einzelne Socke vom Boden auf und hängte sie über die Kleiderstange.

»Ja, ich bügel gleich 'ne Runde«, rief sie enthusiastisch, und wieder zog Malte eine Augenbraue hoch.

»Kommst du? Der Tee ist fertig.«

Auf dem Couchtisch standen hauchdünne Porzellantassen mit Zwiebelmuster, die dazu passende Teekanne ruhte auf einem Stövchen. Kai hatte belegte Brote und Muffins dazugestellt. Nach dem ersten Schluck Tee entspannte sich Johanna und sank tief in die helle Sofalandschaft ein. Kai saß ihr gegenüber in einem Sessel.

»Na? Ist das eine Alternative zum Weißbier?«

»Besser. Der Tee bringt meinen Magen wieder in Ordnung«, sagte sie, griff nach einem Muffin und biss hinein. Natürlich fielen sofort einige Krümel auf das makellose Polster. Sie schnippte sie verstohlen auf den Boden und fragte Malte: »Wann warst du eigentlich zum letzten Mal hier?«

Er zog lediglich die Schultern hoch.

»Vor sieben Jahren«, antwortete Kai an seiner Stelle. »Aber ich habe ihn hin und wieder besucht. Erst in Freiburg und später in seiner ersten Wohnung in Regensburg.«

»Was hast du denn in Freiburg gemacht?«, wunderte sich Johanna.

»Abitur«, antwortete Malte widerwillig.

»Du warst doch in Flensburg.«

»Nur bis zur zehnten Klasse. Dann bekam ich Probleme und wechselte auf ein Internat.«

»Warum so weit weg?«

Malte zuckte mit den Schultern. »Auf die Insel konnte ich nicht zurück, Oma und Opa waren inzwischen gestorben, und in Flensburg …« Er warf Kai einen Blick zu, der schwer zu deuten war.

»Es tut mir immer noch leid«, sagte der, und Johanna hatte das Gefühl, dass er sich ebenso unwohl fühlte wie Malte. Als ob etwas zwischen ihnen vorgefallen wäre.

Für eine Weile kamen die einzigen Geräusche von außen. Man hörte den Wind ums Haus streichen, als suchte er eine Angriffsfläche. Doch das Ferienhaus war solide gebaut, es gab keine klappernden Fensterläden und keine losen Dachrinnen. Johanna hätte sich behaglich und sicher fühlen können – wenn da nicht diese unbestimmte Spannung im Raum gewesen wäre. Malte und Kai schienen mit den Gedanken weit weg zu sein.

»Ich muss hier raus«, sagte sie, ruppiger als beabsichtigt. »Ich meine: Ich brauche Bewegung. Habt ihr einen Tipp für mich?«

Kai erwachte als Erster aus seiner Versunkenheit, sah ihr direkt in die Augen und knipste sein Lächeln an, als könnte er damit die schlechte Stimmung wegschmelzen. Sofort fühlte Johanna sich besser.

»Du könntest mit dem Fahrrad nach Nieblum fahren, dort einen Kaffee trinken und dir anschließend das Goting-Kliff anschauen. Es ist nicht weit.«

»Gibt es mein altes Mountainbike noch?«, fragte Malte und stand auf.

»Mountainbike klingt super«, sagte Johanna. Sie hatte schon immer Sport mit Geräten bevorzugt. Zum Beispiel Langlaufschi, die Maschinen im Fitnessstudio, im Gebirge Seile und Haken oder wenigstens Stöcke.

Neugierig folgte sie Kai und Malte nach draußen zu dem kleinen roten Gerätehaus. Kai steckte den Schlüssel in das Schloss und rüttelte an der Tür. Malte behielt die Hände in den Hosentaschen.

»Genau wie früher«, sagte er. »In der feuchten Luft verzieht sich das Holz schon mal.«

»Darf ich?« Johanna schob sich an den beiden Männern vorbei, hob die Tür ein wenig an und zog daran. Plötzlich schwang sie auf, und Johanna stolperte rückwärts. Kai fing sie auf.

»Entschuldigung«, murmelte sie. Als er sie losließ, spürte sie eine unangenehme Kälte im Rücken.

»Das ist auch wie früher. Immer fliegen dir die Frauen zu«, sagte Malte. Kai antwortete nicht. Stattdessen griff er nach einem der Gartenstühle, die in dem Schuppen gestapelt waren, und reichte ihn seinem Bruder. Beinahe wütend.

»Hier, die müssen sowieso auf die Terrasse.«

Schweigend räumten sie den Schuppen aus, bis ganz hinten an der Holzwand ein verstaubtes Rad zum Vorschein kam. Johanna schob es heraus ans Licht. Die Reifen waren platt und die Kette rostig, doch der schwarze Rahmen begann zu glänzen, als sie mit der Hand darüberwischte, und in einer Ecke des Schuppens entdeckte sie eine Luftpumpe.

»Zu Hause habe ich noch mehr Werkzeug«, sagte Kai. Er schien es ganz selbstverständlich zu finden, dass sie das Fahrrad selbst reparierte. Das gefiel ihr.

»Wo wohnst du denn?«, fragte sie.

»In Wyk, über dem Teeladen. Das Haus gehörte mal unseren Großeltern. Ebenso wie das Grundstück hier. Sonst hätten Mama und Papa sich das Ferienhaus gar nicht leisten können.«

Johanna fand es sympathisch, dass Kai nicht mit dem Wohlstand der Familie protzte. Malte hingegen war kurz zusammengezuckt. War die Erinnerung an seine Großeltern schmerzhaft für ihn? Oder passte es ihm nicht, dass Kai den Teeladen als seinen eigenen bezeichnete? Vielleicht war es gut, wenn sie die Geschwister mal eine Weile sich selbst überließ. Vielleicht hatten sie etwas miteinander zu klären. Sie ging in die Hocke und setzte die Luftpumpe an das Ventil des Vorderreifens.

»Ich drehe jetzt eine Runde«, sagte sie.

Kai nickte. »Habt ihr Lust, zum Abendessen nach Wyk zu fahren?«

»Gerne«, sagte Malte. Johanna nickte nur, während sie die Reifen aufpumpte. Dann schwang sie sich auf den Sattel und radelte los.

In Nieblum kaufte sie Schmieröl für die Kette, anschließend rollte sie am Dorfweiher vorbei in Richtung Meer. Dort döste sie eine Weile im Sand. Die Nacht im Zug war anstrengend gewesen, dafür schien jetzt die Sonne warm, und sie nickte für eine Weile ein.

Am späten Nachmittag fuhr sie zurück ins Ferienhaus und ging unter die Dusche. Dabei hatte sie ausreichend Zeit zum Nachdenken. Kai glaubte offensichtlich, dass sie und Malte eine Beziehung hatten. Wenn er wüsste, wie lachhaft das war! Malte musste das unbedingt aufklären, bevor es peinlich wurde. Sie hätte gerne mit ihm darüber geredet, aber als sie an seine Zimmertür klopfte, antwortete er nicht. Sie drückte die Klinke herunter, doch es war abgeschlossen. Da hörte sie ein Geräusch auf dem Flur, und kurz darauf knarrten die Treppenstufen. Wie ertappt sprang Johanna von der Tür weg.

»Wo bleibst du denn?«, sagte Malte. »Kai ist schon da.«

Als sie nach draußen kam, saß Malte auf dem Rücksitz von Kais Auto. Sie selbst nahm wieder vorne Platz. Ihr Haar war noch feucht, und sie trug Jeans und das neue rote Oberteil, das Jaqueline für sie ausgesucht hatte.

»Die Farbe steht dir gut«, sagte Kai.

»Beißt sich nur ein bisschen mit deiner Koboldfrisur«, sagte Malte vom Rücksitz aus, und Johanna zischte zurück: »Pass auf, dass ich dich nicht beiße.«

Kai schien das für Spaß zu halten, denn er lachte und startete den Motor.

Zehn Minuten später hielt er in Wyk vor einem unscheinbaren Klinkerhaus. Sie stiegen aus, und während Kai das Tor zu seinem Parkplatz öffnete, bewunderte Johanna die Auslage des Teegeschäfts. Eine alte Teekiste diente als Tisch für drei Keramikkannen in satten Erdtönen. Johanna schirmte die Reflexe auf der Schaufensterscheibe mit den Händen ab und spähte ins Innere: Auf den dunklen Borden hinter der Theke standen die großen Blechdosen mit Tee. Es war Sonntag, und der Laden hatte geschlossen.

Da trat Kai neben sie. »Gefällt es dir?«, fragte er.

Johanna sah ihn an und nickte. »Alles so schön klar und übersichtlich.«

»Genau. Bei mir gibt es keinen Tourischnickschnack. Ich berate an der Theke und fülle fast jeden Tee frisch ab. Deshalb kann die Schlange schon mal etwas länger werden. Dafür kaufen auch die Einheimischen gerne bei mir ein. Wollt ihr reinschauen?« Er sah auf die Uhr. »Ein bisschen Zeit haben wir noch. Oder möchtest du vor dem Essen noch die Stadt angucken oder zum Strand gehen, Johanna?«

»Dafür ist morgen auch noch Zeit«, sagte sie. »Kann ich bei dir ins Internet?«

»Klar.« Wahrscheinlich dachte er jetzt, dass sie zu den Menschen gehörte, die es keine Stunde offline aushielten.

»Ich warte auf Jobangebote«, erklärte sie. »Und das Datenvolumen auf meinem Handy ist nicht so toll.«

»Sie will ja nur mit Bettina chatten«, sagte Malte. »Das ist ihre beste Freundin. Die zwei sind wie Pech und Schwefel.«

»Eher wie Feuer und Wasser«, warf Johanna ein.

»Sie ist Fotografin. Leider kriegt sie keinen Urlaub, im Geschäft ist zu viel los.«

»Das blüht mir morgen auch wieder«, sagte Kai. »Meine Mitarbeiterin hat gekündigt, und das in der Hauptsaison.«

»Wie gemein«, sagte Johanna.

»Ich bin selbst schuld. Maria war nicht nur meine Mitarbeiterin. Sie war auch meine Freundin.«

Johanna zuckte zusammen. Von Männern, die etwas mit ihren Angestellten anfingen, hatte sie eigentlich genug. Doch im Gegensatz zu Patrick hatte Kai wohl eine richtige Beziehung mit seiner Ex gehabt.

Sie folgte Kai durch den Ladeneingang, neben dem ein einfaches weißes Schild mit blauer Aufschrift hing: *Tee und Gewürze Knies.*

Ein intensiver Duft schlug ihnen entgegen. Der Laden war größer, als Johanna zunächst angenommen hatte. Hinter einem Durchgang lag ein weiterer Raum mit Wein, Spirituosen und Gewürzen. Das meiste davon trug Bio- und Fair-Trade-Siegel.

»Du hast untertrieben«, stellte Johanna fest. »Hier gibt es doch einiges zu entdecken.«

Malte hatte bereits eine Flasche mit altem Portwein in der Hand und betrachtete sie interessiert. »Ist bestimmt lecker. Wer hat den ausgesucht?«

»Um Tee und Gewürze kümmert sich Vater, um den Alkohol ich.« Kai lächelte. »Im Winter schließe ich für ein paar Wochen und gehe auf Reisen. Im Februar war ich mit Anne in Frankreich und Italien.«

»Steffen kauft Öko-Produkte, und Anne fährt mit dir quer durch Europa?«, fragte Malte, und Johanna wunderte sich, dass die beiden ihre Eltern offenbar beim Vornamen nannten.

»Logisch«, sagte Kai. »Ohne Mamas Sprachkenntnisse wäre ich aufgeschmissen.«

»Kann ich mir mal den Weinkeller ansehen?«

»Gerne. Johanna, kommst du mit oder willst du gleich ins Internet?«

»Ach, die Weinauswahl überlasse ich üblicherweise Malte«, flötete sie und hoffte, dass vor allem Malte den ironischen Unterton bemerkte.

Kai führte sie in ein kleines Büro hinter dem Verkaufsraum und schaltete das Licht an. Dort standen zwei Schreibtische, und auf einem lag ein Laptop.

»Du kannst den hier benutzen.«

Doch als er das Passwort eingab, erschien eine Fehlermeldung. »Mist. Sie hat das Passwort geändert.«

Johanna wusste gut, wozu enttäuschte Liebe fähig war. Vielleicht hätte sie es an Marias Stelle genauso gemacht, nur um ihren Ex zu ärgern. Kai startete den Rechner gegenüber.

»Wenigstens hat sie mir den Zugang zu meinem eigenen PC nicht gesperrt.«

Neben dem Bildschirm stand das Foto einer Frau mit dunkelbraunem, fast schwarzem Haar. Sie hatte dunkle Augen und ein sehr regelmäßiges, perfekt geschminktes Gesicht. Sie lächelte nur leicht, was ihr einen geheimnisvollen, sinnlichen Ausdruck verlieh.

»Das ist aber keine Friesin.«

»Sie stammt aus Meran«, sagte Kai, nahm den Rahmen und stopfte ihn mit der Bildseite nach unten in eine Schublade. Dann folgte er Malte in den Keller.

Johanna ließ die Finger knacken und legte sie auf die Tastatur, um Bettinas Mail abzurufen – sie hatte Johannas Bewerbungsbilder geschickt. Ihre Freundin hatte ganze Arbeit geleistet: Niemand wäre auf die Idee gekommen, dass Johanna sich vor der Kamera extrem unwohl fühlte. Es waren die ersten Bilder, auf denen sie sich selbst gefiel.

Hier die Ergebnisse von unserem Fotoshooting, schrieb Bettina. *Welches davon soll ich in deine Bewerbungsunterlagen einbauen? Ich hoffe, ihr seid gut angekommen und es weht eine ordentliche Brise – hier ist es immer noch so heiß und feucht wie im Regenwald. In meiner Verzweiflung war ich heute sogar mit Konnerth im Biergarten. Ich konnte überhaupt nicht abschalten, denn natürlich hat er nur von der Arbeit geredet. Was mir immer noch lieber ist, als wenn er versucht, mich anzubaggern. Ich glaube, er hat es endlich kapiert. Er versucht es halt bei jeder. Wie sind eigentlich Maltes Eltern so?*

Johanna bewunderte ihre Freundin dafür, dass sie es seit drei Jahren in Konnerths Fotostudio aushielt. Gegen Schmerzensgeld, wie Bettina es nannte: Letztes Jahr hatte ihre einzige Kollegin gekündigt, und Bettina hatte die Gelegenheit genutzt, eine fürstliche Gehaltserhöhung zu verlangen. Seitdem arbeitete sie für zwei, und Johanna fragte sich, wie lange sie das noch durchhalten würde.

Der alte Depp, schrieb Johanna, *pass bloß auf dich auf! Kannst du nicht auch herkommen? Die Landschaft ist toll – obwohl alles so flach ist. Morgen will ich mit dem Radl auf Entdeckungstour. Hast du gewusst, dass Malte einen Bruder hat?! Im Moment sind sie im Weinkeller, und Kai hat mir seinen Platz am Rechner angeboten. Ich mag ihn. Nein, nicht, was du denkst. Er ist bloß nett und hat Humor.*

Bettina hätte wahrscheinlich gefunden, dass Kai genau der Typ war, mit dem Johanna unverbindlich »ein bisschen Spaß haben« konnte – doch sie wäre lieber bei Sturm an Bord eines Schiffes gegangen, als diese Frage mit ihrer Freundin zu erörtern. In Sachen Männer waren sie einfach zu verschieden. Außerdem schien Kai zu glauben, dass sie mehr war als nur Maltes Mitbewohnerin.

Während sie die letzten Worte schrieb, hörte Johanna Malte und Kai die Kellertreppe heraufkommen. Sie unterhielten sich laut und lachten miteinander. Im nächsten Moment schlenderte Kai ins Büro und stellte zwei Flaschen Rotwein auf seinen Schreibtisch. Dann trat er hinter Johanna und schaute ihr ungeniert über die Schulter.

»Na? Welchen von den Traumjobs nimmst du?«

Johanna schloss das Fenster ihres Mailpostfachs und schwang auf dem Bürostuhl herum. »Es ist kein Stellenangebot gekommen«, sagte sie.

Nachdem Kai den Rotwein und einen Werkzeugkoffer im Auto verstaut hatte, machten sie sich zu Fuß auf den Weg zum Abendessen.

»Wir gehen zum Glücklichen Matthias«, sagte Kai. »Ich mag

das Essen dort, und der Wein ist auch gut.« Sie gingen nebeneinander und unterhielten sich leise, während Johanna den Blick über die Fassaden schweifen ließ.

Im Glücklichen Matthias gab es ganz normale Hausmannskost – oder musste man sagen, Seemannskost? Trotzdem entdeckte Johanna Gerichte, unter denen sie sich wenig vorstellen konnte. Kai schien zu ahnen, was in ihr vorging.

»Magst du Meeresfrüchte? Dann nimm den Pannfisch, der ist immer gut«, riet er ihr.

»Was ist das für eine Sorte?«, fragte sie. »Hoffentlich hat er nicht allzu viele Gräten.«

Malte und Kai schauten sich an – und prusteten gleichzeitig los.

»Habt ihr im Keller zu viel Wein erwischt?«, fragte Johanna beleidigt.

Erst als eine rustikale Eisenpfanne zu Johanna an den Tisch getragen wurde, darin eine Portion Bratkartoffeln mit Zwiebeln, verschiedene Weißfische und eine dicke Sahnesoße, ging ihr ein Licht auf.

»Der Pannfisch ist eine Fischpfanne!«, rief sie und erntete neues Gelächter, aber das kümmerte sie nicht. Sie hatte schon den ersten Bissen gekostet. War das gut! Und Kai hatte einen kräftigen Weißwein ausgesucht, der sogar Malte gesprächiger machte. Er selbst trank nur ein Glas.

»Wann kommen eure Eltern?«, fragte Johanna nach dem letzten Bissen Fisch.

Kai tupfte sich mit der Serviette die Lippen und sagte: »Nicht vor morgen Abend. Vater will vormittags noch in der Firma vorbeischauen.«

»Ich bin ein bisschen nervös«, gestand sie, und Malte sah sie überrascht an.

Kai legte ihr freundschaftlich die Hand auf die Schulter. »Sie werden dich mögen, Johanna. Sei einfach du selbst.«

Malte verschluckte sich an seinem Wein und begann zu husten. Kai klopfte ihm auf den Rücken. Johanna schaute schnell weg.

Eine Stunde später stand sie mit Malte allein in der Küche des Friesenhauses. Gemeinsam räumten sie das schmutzige Geschirr vom Nachmittag in die Spülmaschine, die hinter der safranfarbenen Küchenfront versteckt war.

»Muss komisch sein, nach sieben Jahren wieder hier zu sein.«

»Nee, wieso?« Er bückte sich nach dem Spülmittel im Unterschrank.

»Du hast mit deinen Eltern bestimmt viel zu reden. Störe ich euch wirklich nicht?«

»Nee.«

»Kai scheint zu glauben, dass wir ein Paar sind. Du stellst das hoffentlich klar – auch bei deinen Eltern.«

»Mach dir keine Sorgen«, sagte er, was Johanna nur halbwegs beruhigte. Warum sagte er nicht einfach ja? Sie war zu müde, um das jetzt noch zu klären.

Bald lag Johanna am offenen Fenster im Bett. Sie genoss die kühle, frische Luft, und plötzlich fühlte sich alles leichter an. Die Geschichte mit Patrick war in weite Ferne gerückt, und ein neuer Job würde sich schon finden. Jetzt wollte sie einfach ihren Urlaub genießen. Den hatte sie sich verdient, und es war richtig, hier zu sein. Das beständige Rauschen des Meeres trug sie in den Schlaf hinüber.

6

Als sie erwachte, fiel diffuses Licht durch das Gaubenfenster. Sie sprang aus dem Bett und sah hinaus. Der verhangene Himmel, das Dach, das Stück vom Meer, das sie von hier aus sehen konnte – alles grau in grau. Meerwetter. Na gut. Vielleicht änderte es sich im Laufe des Tages. Sie streckte die Hand aus dem Fenster und fühlte den frischen Wind. Sie war froh, dass sie ihre weißrot gestreiften Leggins dabei hatte. Dazu zog sie abgeschnittene Jeans und ein nicht mehr ganz so gutes T-Shirt an, schließlich wollte sie gleich nach dem Frühstück das Fahrrad reparieren. Duschen würde sie später.

Sie ging nach unten in die Küche und fand auf dem Esstisch eine Thermoskanne mit Tee, zwei Semmeln (hier heißt das wahrscheinlich »Brötchen«, sagte sich Johanna in Gedanken) sowie Butter, Marmelade und einen Zettel: *Bin draußen unterwegs, bis später, M.*

Es war neun Uhr morgens. Sie frühstückte und gab das Geschirr in die Spülmaschine, dann schnappte sie sich Kais Werkzeugkoffer und ging hinaus zum roten Schuppen, an dem Maltes Fahrrad lehnte. Befriedigt stellte sie fest, dass die Reifen die Luft gehalten hatten. Als Nächstes spritzte sie den schwarzen Lack mit dem Gartenschlauch sauber und wischte den Dreck von Speichen und Felgen. Als alles glänzte, sah sie sich die Bremsen noch einmal genauer an: Die Beläge waren hart geworden und mussten ausgetauscht werden. Sie würde später nach Wyk fahren und einen Fahrradladen suchen, in dem sie Ersatzteile kaufen konnte.

Während sie selbstvergessen an der Tretkurbel drehte, um noch ein bisschen Öl auf der ausgeleierten Kette zu verteilen, hörte sie ein Auto vorfahren. Dem Geräusch nach zu urteilen rollte es in die Einfahrt neben dem Haus. Sie hörte Autotüren zufallen, dann kamen Schritte auf sie zu. Immer noch in der Hocke, drehte sie sich um – und blickte direkt auf ein paar Knie in grauen Hosen. Sie widerstand der Versuchung, mit den Händen in den elegant fallenden, schweren Stoff zu greifen; als Tischlerin hatte sie eine Schwäche für hochwertiges Material. Sie legte den Kopf in den Nacken und fiel dabei rückwärts auf den Hosenboden. Vor ihr stand ein Riese mit kantigem Gesicht.

Der Riese blickte mit aufeinandergepressten Kieferknochen zu ihr herab, vermutlich knirschte er nachts mit den Zähnen. Johanna kam wieder auf die Füße und blickte auf seine Unterarme, die er vor der Brust verschränkt hatte. Sie hoben und senkten sich in einem viel zu schnellen Rhythmus, der verriet, dass dieser Mann nie wirklich zur Ruhe kam. Er war schlank, fast hager, und kam ihr bekannt vor: Die Augen glichen denen seiner Söhne. Von hier unten sah er kaum einen Tag älter aus als Malte.

»Reparieren Sie alle Fahrräder, bevor Sie sie klauen?«, erkundigte er sich. Johanna stand auf, wischte sich die ölige Hand notdürftig an einem Lappen ab und streckte sie ihm entgegen.

»Herr Knies? Ich bin die Johanna Scheungrab, grüß Gott.«

Seine Arme blieben verschränkt.

»Moin«, sagte er und musterte sie von der roten Haarsträhne bis zu den Sandalen.

Johanna hörte, wie hinter ihr die Terrassentür aufging. Als sie sich umdrehte, sah sie eine zierliche, blonde Frau.

»Malte ist nicht im Haus«, sagte sie, »aber in der Küche liegt ein Zettel von ihm.« Sie wandte sich direkt an Johanna. »Sie müssen seine Freundin aus Regensburg sein. Ich bin Anne Knies, Maltes Mutter.« Sie streckte die Hand aus, doch Johanna hob die schmutzigen Hände und nickte ihr nur zu.

»Grüß Gott. Wir haben schon ein paarmal miteinander telefoniert. Falls übrigens der Eindruck entstanden ist, dass Malte und ich …«

Frau Knies wich einen Schritt zurück, als fürchtete sie, dass ihr edles, marineblaues Etuikleid mit dem Werkzeug in Berührung kommen könnte.

»Ihr kennt euch?«, fragte Herr Knies.

»Jetzt schon«, sagte Johanna, und Frau Knies nickte.

»Malte hat uns doch erzählt, dass er jemanden mitbringt. Aus Regensburg.« Besonders begeistert schien sie davon nicht zu sein, und Herr Knies sagte: »Ach so. Entschuldigen Sie.« Dann ging er zum Auto zurück.

Sie starrte ihm hinterher. Was sollte sie entschuldigen? Den unfreundlichen Empfang? Seine Vergesslichkeit? Das konnte passieren, bestimmt hatte er vor dem Urlaub noch viel um die Ohren gehabt. Aber ein bisschen netter hätte er schon sein können, dachte Johanna.

»Wenn Sie fertig sind, kommen Sie doch rein und trinken Sie eine Tasse Tee mit uns«, sagte Frau Knies. Die Terrassentür schloss sich geräuschlos hinter ihr. Ob sie bemerkte, dass jemand sie repariert hatte?

Unglücklich zupfte Johanna an ihrer Streifen-Leggins. Die erste Begegnung mit Maltes Eltern hatte sie sich anders vorgestellt. Hoffentlich kam er bald zurück!

Sie ging die Treppe zum Dachgeschoss hinauf, um sich die Hände zu schrubben und zu duschen.

Energisch stieß sie die Tür zu ihrem Zimmer auf und prallte dabei gegen ein Hindernis. Gleichzeitig hörte sie einen Schmerzensschrei. Hinter der Tür stand Malte, oder besser gesagt, er krümmte sich auf ihrem Bett, während er sich eine Hand in die Nierengegend presste.

»Du hast mir die Klinke in die Seite gerammt«, stöhnte er.

Johanna starrte auf ihn hinunter. »Ich wusste nicht, dass du schon zurück bist. Außerdem konnte ich ja nicht wissen, dass du in meinem Zimmer …«

»In deinem Zimmer?« Er lachte auf. »Immerhin sind meine Sachen hier.«

»Es tut mir leid«, wiederholte Johanna. »Willst du das Zimmer tauschen?«

»Nee«, sagte Malte abweisend, und plötzlich kamen ihr die Tränen.

Malte schnellte vom Bett hoch und starrte sie an. Seine Schmerzen schien er vergessen zu haben.

»Deine Eltern«, schniefte sie. »Ich glaube, sie mögen mich nicht.«

Malte wurde blass. »Sie sind schon da? Seit wann?«

»Seit gerade eben. Du freust dich ja gar nicht ...«

Johanna dachte an ihren eigenen Vater. Er war ein besonnener, umgänglicher Mann gewesen und hatte immer ein Lächeln für sie gehabt. Sie vermisste ihn. Was sie von Maltes Eltern halten sollte, wusste sie noch nicht genau.

»Ich glaube, ich hatte mehr Herzlichkeit erwartet«, sagte sie ehrlich. »Ich habe eben meinen Job verloren und weiß nicht, wie es weitergehen soll. Ich möchte mich erholen. Ich ertrage es gerade nicht, so ... von oben herab behandelt zu werden.«

Er zog eine Packung Papiertaschentücher heraus und reichte ihr eines. »Tut mir leid, ich hätte dich vorwarnen sollen. Meine Eltern sind immer so, das ist nichts Persönliches.«

»Du hattest ja schon angedeutet, dass euer Verhältnis kompliziert ist.«

»Jetzt verstehst du vielleicht besser, warum. Als Kind habe ich mich nur hier bei meinen Großeltern geborgen gefühlt. Meine Eltern waren nie wirklich für mich da. Doch zu Außenstehenden können sie ganz charmant sein. Bestimmt tauen sie dir gegenüber noch auf. Lass uns zusammen runtergehen und mit ihnen Tee trinken, ja?«

Johanna schnäuzte sich. »Vorher gehe ich duschen und ziehe mir was anderes an.«

Malte grinste. »Gute Idee. Du hast nämlich Fahrradschmiere

auf der Stirn, und deine Beine könnte man glatt mit dem Leuchtturm von Amrum verwechseln. In doppelter Ausführung.«

Sie schlug lachend nach ihm. »Mach, dass du rauskommst!«

Das Duschen tat gut. Sie rubbelte sich trocken und föhnte sich kopfüber das Haar, was sie sonst nie tat. Erst danach warf sie einen Blick in den Spiegel. Ihre Haare standen strohig nach allen Seiten, und mittendrin loderte die flammenfarbene Strähne. Während sie ihre besten Jeans und das neue blaue Hemd anzog, fragte sie sich plötzlich, wie Kai ihr Aussehen finden würde. Jaqueline hatte recht gehabt: Sie wirkte ziemlich burschikos, doch Johanna gefiel es so. Nur die Haare waren eine Katastrophe.

Sie kramte in ihrem Kulturbeutel und fand das Bio-Haaröl, das Jaqueline ihr neulich mitgegeben hatte. Sie nahm eine kleine Menge und massierte es vorsichtig ein – schlimmer konnte es ja nicht mehr werden. Dann wurde sie mutiger und nahm noch mehr von dem Öl. Tatsächlich legte sich das Haar nach und nach in kurzen weichen Wellen auf den Kopf. Es fühlte sich nur ein wenig feucht an, nicht so klebrig, wie sie befürchtet hatte. Warum hatte sie sich so lange darum gedrückt, es auszuprobieren?

Sie ging in den Flur und klopfte an Maltes Zimmertür. Er sah sie an und sagte nichts. Johanna wertete das als Zustimmung. Zusammen gingen sie hinunter ins Wohnzimmer, und Malte begrüßte seine Eltern. Er reichte seinem Vater die Hand und tauschte Luftküsschen mit seiner Mutter. Mehr nicht.

»Setzt euch doch«, sagte Herr Knies. »Es gibt Tee.«

»Danke.« Heute fand Johanna das große Sofa nicht mehr einladend. Sie fühlte sich wie ein Sack Kartoffeln, während die Knies es schafften, aufrecht und würdevoll in ihren Sesseln zu sitzen. Johanna rutschte an die vorderste Kante und fasste die dünne Porzellantasse vorsichtig am Henkel, während Malte mit verschränkten Armen neben ihr saß. Es machte sie nervös, dass er noch immer nicht klargestellt hatte, wie sie zueinander standen. Beziehungsweise nicht standen. Er war überhaupt recht schweigsam.

»Wie war Ihre Fahrt?«, erkundigte sich Johanna. »Sind Sie gut durchgekommen?«

Herr Knies nickte. »Wir hatten keine Probleme.«

»Kai hat uns gestern seinen Laden gezeigt. Ich finde ihn toll.«

Frau Knies räusperte sich, und auch ihr Mann gab keine Antwort. Johanna fragte sich, ob sie etwas Falsches gesagt hatte, und wenn ja, was es gewesen sein konnte. Dann fiel es ihr ein. »Also, den Laden meine ich. Der Teeduft, die exotischen Gewürze. Und die alten Möbel gefallen mir.« Sie deutete auf den dunklen, schlichten Holztisch, auf dem das Teegeschirr stand. »Und der hier auch.«

»Malte erwähnte, dass Sie beruflich mit Holz arbeiten. Sind Sie Restauratorin?«, fragte Frau Knies.

»Nein, Tischlerin. Ich suche gerade einen neuen Job.«

Schon wieder räusperte sich Frau Knies. Johannas Beruf passte wohl nicht in ihr Weltbild, und dass sie arbeitslos war, auch nicht.

»Ich würde aber gerne restaurieren lernen.« Das hatte sie noch nie so formuliert, und sie war überrascht, dass Maltes Eltern die Ersten waren, mit denen sie darüber sprach.

Herr Knies sah sie interessiert an. »Ein guter Freund von uns handelt mit antiken Möbeln, und seine Tochter betreibt eine Restaurationswerkstatt beim Hafen. Ich kann gerne den Kontakt herstellen.«

»Das wäre super!« Johanna freute sich, doch am liebsten hätte sie Malte gegen das Schienbein getreten, damit er endlich auch etwas sagte. Aber er lümmelte nur auf dem Sofa und starrte die Vitrine neben dem Kamin an.

Bis Herr Knies fragte: »Wie läuft dein Studium?«

»Warum?« Plötzlich saß Malte kerzengerade auf der Sofakante.

»Ich möchte eben wissen, wie es dir geht.«

»Ich bin erwachsen geworden, ohne dass du es wusstest«, sagte Malte. Herr Knies sah aus, als würde er gleich explodieren, doch was immer ihm auf der Zunge lag: Er schluckte es hinunter und stand auf.

»Besonders erwachsen kommst du mir gerade nicht vor«, murmelte er, stand auf und stapfte mit zusammengebissenen Zähnen aus dem Zimmer.

»Ich kümmere mich dann mal weiter um das Fahrrad«, sagte Johanna. »Danke für den Tee.«

Jetzt lächelte Frau Knies. »Gerne«, sagte sie.

Johanna hatte das Fahrrad in der Einfahrt abgestellt. Sie montierte die kleine Werkzeugtasche, die sie im Gartenhäuschen entdeckt hatte. Mehr konnte sie ohne Ersatzteile nicht tun. Sie würde welche in Wyk besorgen müssen. Jetzt machte sie erst einmal eine Probefahrt zum Meer.

Unterwegs bemerkte sie, dass der Sattel etwas zu hoch war. Sie rollte zurück zum Ferienhaus und suchte nach einem passenden Schraubenschlüssel. Herr Knies saß auf der Hausbank neben dem Eingang und beobachtete sie dabei, wie sie die Sitzhöhe neu einstellte.

»Sie sind eine patente junge Frau«, sagte er plötzlich.

»Danke.«

»Aber Malte ist ein Träumer. In der Schulzeit wollte er Künstler werden. Dabei hatte ich mir gewünscht, dass er das Geschäft übernimmt.«

Johanna setzte sich ebenfalls auf die Hausbank und schlug die Beine übereinander. »Vielleicht ist das einfach nichts für ihn. Ich bin auch noch auf der Suche nach dem richtigen Beruf.«

»Immerhin haben Sie bereits einen. Malte sucht jetzt schon ziemlich lange, finden Sie nicht? Es würde mich nicht wundern, wenn er das Wirtschaftsstudium auch noch an den Nagel hängt. Die Seelenklempner damals haben ihn eher verwirrt als ihm geholfen. Erst im Internat haben sie ihn wieder hingekriegt.«

Johanna hatte keine Ahnung, wovon Vater Knies sprach. Sie blieb neben ihm sitzen und wartete darauf, dass er mehr erzählte.

»Es war also eine gute Schule?«, fragte sie schließlich.

»Ach was. Vergessen Sie den pädagogischen Krempel. Allein der geregelte Tagesablauf hat ihm gutgetan, sonst nichts. Das Wichtigste im Leben ist, dass man sich nicht hängen lässt. Mir hat das jedenfalls geholfen, als mein Vater gestorben ist.«

»Haben Sie das Geschäft von ihm übernommen?«

»Nein, mein Vater war Schlosser auf einer Schiffswerft. Als ich fünfzehn war, starb er bei einem Arbeitsunfall. Die Werft bot mir einen Ausbildungsplatz an, und ich brach das Gymnasium ab, um meine Mutter finanziell zu entlasten. Ich habe sogar auf dem Schiff gearbeitet, auf dem der Unfall passierte.«

Johanna wurde das Herz schwer. »Mein Papa ist auch gestorben«, sagte sie leise, aber Herr Knies schien sie gar nicht zu hören. Er war mit den Gedanken in der Vergangenheit.

»Nach der Ausbildung bin ich fünf Jahre lang zur See gefahren«, sagte er. »Ich habe ein bisschen was von der Welt gesehen. Asien und Lateinamerika vor allem. Natürlich blieb in den Häfen nicht viel Zeit, aber ich wollte immer wissen, wie die Menschen leben. Auf meinen kurzen Landgängen habe ich mir die Märkte und die Lebensmittelläden angesehen. Die fremden Gewürze, der Tee … das gefiel mir. Allerdings zog es mich nach Flensburg zurück. Also nahm ich mein Gespartes und wurde Teehändler.«

»Respekt«, sagte Johanna. Wie sympathisch, dass Vater Knies sich von exotischen Düften, Farben und Geschmackserlebnissen angezogen fühlte – und dass er seinen Traum verwirklicht hatte! Sicher würde er es verstehen, wenn Malte es genauso machte.

»Sind Sie einfach so ins kalte Wasser gesprungen?«, fragte sie. »Das würde ich mich nicht trauen.«

Herr Knies lachte. »Im Grunde hatte ich keine Ahnung, und das war mein Glück – sonst hätte ich es nicht gemacht. Am Anfang hat mich mein Segelkamerad Benedikt beraten, er ist Jurist. Und dann empfahl mir seine Frau ihre Freundin, eine Buchhalterin.« Er lachte herzlich. »Sie hatte in einer internationalen Firma gearbeitet und beherrschte mehrere Fremdsprachen. Jede größere Firma hätte sie mit Handkuss genommen. Stattdessen ließ sie sich auf einen unerfahrenen Jungunternehmer ein – unter der Bedingung, dass ich sie als Geschäftspartnerin ins Boot holte.«

»Und das haben Sie getan?« Johanna hielt Herrn Knies für einen Einzelkämpfer, ähnlich wie Malte. Trotzdem nickte er.

»Ich konnte mir die Chance nicht entgehen lassen. Ohne sie hätte ich das Geschäft gar nicht aufbauen können. Außerdem«, jetzt schmunzelte er, »stimmte die Chemie zwischen uns.«

»Und wo arbeitet sie heute?«, fragte Johanna. Sie hatte gedacht, Herr Knies sei der alleinige Chef der Firma. Sein rechter Mundwinkel wanderte noch weiter nach oben, ebenso wie eine Augenbraue, was ihm einen verschmitzten Gesichtsausdruck verlieh.

»Im Haus. Sie ist heute mit Kochen dran.«

Johanna spürte, wie sie rot wurde. Herr Knies bemerkte es und lachte laut.

»Ich kann es manchmal selbst kaum glauben, dass wir schon so lange zusammen sind«, sagte er. »Wir machen fast alles gemeinsam.«

Er stand auf und ging ins Haus, und Johanna folgte ihm. Frau Knies stand an der Küchenzeile vor einer großen Glasschüssel mit Salat. Er trat hinter sie und fasste sie liebevoll an den Schultern.

»Hast du einen Arbeitsauftrag für uns, Anne?«

Statt einer Antwort drückte sie ihm die Schüssel in die Hand und wandte sich an Johanna: »Möchten Sie den Tisch auf der Terrasse decken?« Sie zeigte Johanna, wo sie Geschirr und Besteck fand. »Und sagen Sie bitte Malte, er soll einen Rotwein aussuchen und öffnen.«

Malte saß immer noch auf seinem Sessel und blätterte in einer Zeitung. Sein Gesicht wirkte verschlossen.

»Deine Mutter meint, du bist für den Rotwein zuständig«, sagte Johanna. Malte stand tatsächlich auf, holte eine Flasche aus der Speisekammer und ging damit hinaus zu seinem Vater. Johanna kehrte in die Küche zurück. Dort duftete es inzwischen nach gebratenem Fleisch.

»Hab ich einen Hunger!«, sagte Johanna, und Frau Knies lachte. Dann legte sie ihr erschrocken eine Hand auf den Oberarm.

»Ich habe ganz vergessen zu fragen, ob Sie Vegetarierin sind!«

In der großen Pfanne vor ihr brutzelten die Rindersteaks.

»Noch nicht«, sagte Johanna. »Aber meine Freundin Bettina ist auf dem besten Weg.«

Wenig später bat Johanna um einen Nachschlag.

»Es schmeckt sehr gut«, sagte sie.

»Das Fleisch kommt von der Insel«, erklärte Frau Knies. »Ich kenne den Bauern persönlich.«

Wieder beteiligte sich Malte kaum an dem Gespräch. Nach dem Essen blieb er allein mit seinem Vater am Tisch, da Johanna beim Aufräumen half. Die beiden Frauen füllten die Spülmaschine mit Geschirr und nahmen sich dann die Töpfe und Pfannen vor. »Hoffentlich sprechen die beiden endlich miteinander«, sagte Frau Knies.

»Warum tun sie das nicht?«, fragte Johanna.

»Ach, wegen damals.«

»Was ist denn passiert?«

Frau Knies legte das Geschirrtuch weg, mit dem sie gerade einen Topf getrocknet hatte, und schaute aus dem Fenster.

»Hat er nicht mit Ihnen darüber geredet? Dann tue ich es auch nicht. Es wäre nicht fair, wenn ich Ihnen meine Version erzähle.« Sie griff nach dem Wasserkocher, um Tee aufzusetzen.

Johanna war verblüfft. Frau Knies hatte ihr eine ehrliche Antwort gegeben, ohne dabei Malte in den Rücken zu fallen. Gleichzeitig ärgerte es Johanna, dass sie immer weiter in Familienangelegenheiten hineingezogen wurde, von denen sie kaum etwas wusste. Da half nur eines. Sie musste mit Malte ein Gespräch unter vier Augen führen.

Doch zunächst trug sie artig das Teegeschirr auf die Terrasse. Herr Knies war verschwunden, und Malte hing wie ein nasses

Handtuch in seinem Gartenstuhl. Er schenkte den Tee ein, und Frau Knies setzte sich mit ihrer Tasse und einem Buch in einen Liegestuhl. Johanna warf einen neugierigen Blick auf den Einband. Es war ein englischsprachiger Krimi.

»Lesen Sie das im Original?«, fragte sie. Frau Knies nickte nur abwesend.

Das Umblättern blieb für lange Zeit das einzige Geräusch, wenn man vom Meeresrauschen und den Rufen der Vögel absah. In dieser Familie wurde einfach zu viel geschwiegen.

Irgendwann senkte Frau Knies ihr Buch. »Übrigens, Malte, die Kaisers haben sich auch ein Ferienhaus auf der Insel gekauft.«

»Und?«

»Sie sind diese Woche hier, auch Benedikt und seine Verlobte. Willst du dich nicht mit ihnen treffen?«

»Danke, ich verzichte.«

»Wer ist denn Benedikt?«, fragte Johanna.

»Ein alter Sprücheklopfer«, sagte Malte.

Frau Knies zuckte zusammen. »Die Kaisers sind unsere Nachbarn in Flensburg«, erklärte sie, »und ihr Sohn Benedikt ist ein Schulfreund von Malte.«

»Wahrscheinlich erinnert er sich nicht mal an mich.«

Ein Jugendfreund – ob der auch scharf auf diese Lene gewesen war, von der Malte ihr erzählt hatte? Johanna stand auf.

»Ich möchte ein bisschen spazieren gehen. Zeigst du mir deine Lieblingsplätze hier?«

Frau Knies lächelte Malte aufmunternd zu, fast bittend, und Johanna fürchtete schon, dass er sie stehen lassen und hinauf in sein Zimmer gehen würde. Doch dann sagte er: »Gute Idee.«

Er nahm sogar ihren Arm und zog sie hinter sich her. Wie Johanna konnte er es offenbar kaum erwarten, der angespannten Atmosphäre im Ferienhaus zu entkommen.

»Bis später, Anne.«

Maltes Mutter blätterte eine Seite um und lächelte gequält.

»Bis dann.«

7

Sie gingen in Richtung Meer, und Malte schwieg. Johanna ebenfalls. Das Rufen der Vögel, der Wind in ihren Haaren, das Licht und die Weite: Sie konnte gar nicht genug davon bekommen. Über dem Meer türmten sich Wolken. Für Sekunden kam die Sonne durch und ließ es weit draußen blausilbern aufglitzern.

»Hast du Lust auf Wattwandern?«, fragte Malte. »Man kann von Dunsum aus bis Amrum laufen.«

»Lieber nicht.«

»Aber warum denn nicht?« Das klang ehrlich verwundert.

»Wenn du es genau wissen willst, ich habe Angst vor dem Meer. Vor allem, wenn es nicht da ist und jederzeit zurückkommen kann.«

Er lachte. »Es kommt nicht jederzeit zurück, sondern ungefähr alle sechs Stunden. Wir würden nur losgehen, wenn die Bedingungen gut sind, und uns einem erfahrenen Wattführer anschließen. Du wärst nicht die erste Waldlerin im Watt.«

»Lach mich nicht aus, du Muschelschubser.«

Er setzte sich in den Sand. Sie ließ sich neben ihn fallen und beobachtete, wie er den Sand durch die Finger rieseln ließ. Dann zog sie die Schuhe aus und grub mit den Zehen Löcher in den Strand.

Nach einer Weile sagte Malte: »Ich dachte, es wäre anstrengender, so viel Zeit mit dir zu verbringen.«

»Wenn das ein Kompliment ist, vielen Dank«, sagte Johanna. Dann fasste sie sich ein Herz und nutzte die Gelegenheit. »Was ist eigentlich das Problem bei euch in der Familie? Dein Vater ist vielleicht ein bisschen streng und deine Mutter zu etepetete, aber das sind andere Eltern auch.«

»Du hast keine Ahnung, wie er sein kann. Und Mama schützt sich mit ihrer Perfektion.«

»Es wird nicht besser, wenn du sie anschweigst.« Johanna wackelte mit den Zehen und schnippte dabei Sand auf Maltes Schuhe. »Dein Vater ahnt schon, dass du nicht mehr BWL studierst.«

»Woher willst du das wissen?«

Johanna zuckte mit den Schultern. »Ich habe mich mit ihm unterhalten. Er wünscht sich, dass du dich für einen Beruf entscheidest. Für welchen, ist ihm eigentlich egal.«

»Du hast ja keine Ahnung. Ich werde einen Teufel tun und ihn in meine Pläne einweihen. Wusstest du, dass ich mit siebzehn eine Lehrstelle bei einem Fotografen in Aussicht hatte? Meine Eltern hätten nur noch den Vertrag unterschreiben müssen. Doch kurz vor dem Termin kam Steffen nach Hause und behauptete, er habe den Fotografen zufällig in der Stadt getroffen. Dieser müsste leider, leider kurzfristig absagen. Sehr zur Freude meines Vaters – er wollte unbedingt, dass ich nach den Sommerferien zurück auf die Schule gehe. Stattdessen wurde ich krank.«

»Was hat dir denn gefehlt?«, fragte Johanna.

»Depression«, sagte er knapp. »Aber das ist vorbei. Heute geht's mir wieder gut.«

Johanna schwieg betroffen. Das war also das Geheimnis! Dann fragte sie: »Hast du eine Therapie gemacht?«

»Ja. Am liebsten wäre ich zurück auf die Insel gegangen, aber Oma und Opa waren inzwischen gestorben und ihr Haus stand leer – das Haus, in dem heute der Laden ist. Außerdem war ich noch nicht achtzehn, und mein Vater hätte es nicht erlaubt. Also ging ich für acht Wochen in eine psychosomatische Klinik im Schwarzwald und von dort aus direkt nach Freiburg ins Internat.«

Johanna nahm eine Handvoll Sand und ließ sie über ihre Knie rieseln. »Freiburg liegt nicht direkt am Meer.«

»Es hat mir gutgetan, so weit weg von zu Hause zu sein. Es war ziemlich durchorganisiert, ich habe Kochen gelernt, im Garten gearbeitet und Fotokurse belegt. Ich habe mich dort wohlgefühlt.«

Damit stand er auf, streckte ihr die Hand entgegen und zog sie hoch. So viel wie heute hatte Malte ihr noch nie von sich erzählt, doch Johanna hatte das Gefühl, dass das noch nicht alles war.

Er blieb neben ihr stehen und hielt sie am Ellbogen fest, während sie den Sand von den Füßen streifte und wieder in ihre Turnschuhe schlüpfte. Die Geste hatte etwas Versöhnliches. Während sie sich bückte, um ihre Schnürsenkel zuzubinden, breitete er die Arme aus und drehte sich einmal um die eigene Achse.

»Ist das schön hier!«, rief er.

»Passt schon«, sagte Johanna.

Er schaute sie einen Moment lang irritiert an. Dann begannen sie beide zu lachen. Malte lebte schon lange genug in Bayern, um zu wissen, dass »passt schon« sowohl Zufriedenheit als auch das Gegenteil ausdrücken konnte.

»Danke, dass du mich mitgenommen hast«, sagte Johanna. Malte hakte sich bei ihr ein.

»Komm, lass uns meinen Bruder nerven gehen.«

Wenig später erreichten sie Wyk.

Sobald sie den Teeladen betraten, musste Malte niesen. Kai stand mit dem Rücken zu ihnen vor einem Regal.

»Ach, ihr schon wieder«, sagte er, ohne sich umzudrehen, aber Johanna hätte schwören können, dass er dabei lächelte.

»Ich will meine E-Mails lesen«, sagte Malte. »Ich verstehe nicht, warum unsere Eltern immer noch kein WLAN im Haus haben.«

»Weil Offline-Ferien schöner sind«, sagte Kai über die Schulter hinweg. Johanna kicherte, und Malte verschwand nebenan im Büro.

»Mir fehlt ja eher ein Cappuccino«, sagte Johanna. »Wo kann ich denn hier in der Stadt einen bekommen?«

Endlich drehte er sich um und schaute sie an, als müsste er intensiv über diese Frage nachdenken. Dabei pustete er sich die karamellfarbenen Strähnen aus den Augen und fuhr sich mit der rechten Hand durchs Haar.

»Bei mir?«

Plötzlich lachte er, und Johanna lachte unwillkürlich mit. Als ob sie beide etwas verlegen wären.

»Komm mit«, sagte er. »Hier ist gerade nicht viel los. Die Leute sind alle am Strand.«

Sie schlüpfte hinter die Theke und folgte Kai in die kleine Küche mit dem Samowar. Daneben stand eine edelstahlglänzende Espressomaschine mit Siebträger. Ob Kais Südtiroler Freundin sie angeschafft hatte? Johanna traute sich nicht zu fragen. Doch offenbar konnte Kai Gedanken lesen.

»Die habe ich aus Italien mitgebracht«, sagte er. »Von meiner letzten Weinkauf-Tour.«

»Cool.« Johanna fuhr mit dem Finger über die Reling der Tassenablage. »Ich liebe gutes Werkzeug«, sagte sie.

»Der Mann von heute braucht kein dickes Auto, um zu punkten. Eine Espressomaschine ist wichtiger.« Er grinste, trotzdem wirkte er irgendwie bedrückt.

In diesem Moment rief Malte: »Johanna, komm doch bitte mal!«

»Dein Freund ruft. Ich mache inzwischen den Kaffee.«

Malte hatte heute sein eigenes Laptop mitgenommen und sich mit Hilfe von Kais WLAN bei seinem Mailanbieter eingeloggt.

»Guck mal«, sagte er. »Bettina hat uns geschrieben.«

Johanna warf einen Blick auf den kurzen Text: *Hallo Malte, welche soll ich nehmen? LG Bettina.*

Johanna war ein wenig enttäuscht. Bettina arbeitete hart und hatte wenig Zeit, aber dass sie selbst offenbar eine Kopie der Mail an Malte erhalten hatte, kränkte sie. Malte öffnete den Anhang. Er enthielt vier verschiedene Bilder von Bettina, jedes Mal mit einem anderen Brillengestell, an dem noch das Preisschild hing.

Malte starrte wie abwesend auf den Bildschirm – und das lag nicht an der Brille, da war sich Johanna sicher. Ihre Freundin hätte ihn selbst mit einer hässlichen Sechziger-Jahre-Schmetterlingsbrille noch fasziniert. Genau genommen sah eines der Modelle genau so aus. Zum Glück deutete er auf ein anderes Bild. Darauf trug Bettina ein Gestell mit einem breiten, türkisfarben lackierten Rahmen. Ein modisches Statement.

»Die hier passt am besten zu ihrer Gesichtsform, und die kräftige Farbe steht ihr gut.«

»Finde ich auch. Wenn schon Brille, dann richtig«, sagte Johanna. »Schreibst du ihr?«

Nebenan zischte die Espressomaschine. »Klar«, sagte Malte, »trink du nur deinen Kaffee.«

Inzwischen hatte Kai zwei Tassen mit Milchschaum auf den kleinen Tisch gestellt. Sorgsam gab er den Espresso dazu und schob Johanna eine Tasse hin.

»Danke.« Sie nahm einen Schluck und entspannte sich augenblicklich. »Ich glaube, ich bin kaffeesüchtig«, sagte sie. »Der schmeckt gut. Kannst du auch so gut kochen wie Malte?«

»Nein. Nur meine Thunfisch-Spaghetti sind legendär.«

»Echt? Und was ist dein Geheimnis?«

Er beugte sich zu ihr herüber. Ganz nah, so dass seine Lippen beinahe ihr Ohr berührten und Johanna ein Schauer über den Rücken rieselte. »Safran und Erbsen«, sagte er.

Johanna atmete tief durch und hielt sich mit beiden Händen an ihrer Cappuccino-Tasse fest. »Wie lebt es sich so auf einer Insel?«, fragte sie.

»Ich genieße es. Die meisten Kunden sind in Urlaubsstimmung. Bis auf die, die immer was zu meckern haben, aber das nehme ich mit Humor. Ich habe viele Kontakte zu den anderen Geschäftsleuten hier, und letztes Jahr haben wir einen Kulturverein gegründet. Außerdem kümmere ich mich um den Internetauftritt unserer Firma, den Webshop und so weiter. Die Online-Bestellungen werden aus Flensburg verschickt. Vater verirrt sich nur einmal im Monat hierher. Er vertraut mir.« Kais Stolz war nicht zu überhören.

»Ist er wirklich so streng?«, fragte Johanna. »Unser erstes Zusammentreffen war etwas kurios.« Sie erzählte ihm die Geschichte, und Kai konnte gar nicht aufhören zu lachen. »Sie hatten sicher nicht damit gerechnet, dass Malte jemanden wie dich mitbringt, eine bayerische Tischlerin mit … sagen wir mal, ausgefallenem Outfit.«

»Was spricht gegen eine Handwerkerin im Haus?«, verteidigte Johanna sich. »So ganz nebenbei habe ich eure Terrassentür repariert, und bei dir würde ich am liebsten auch gleich loslegen. Allein die kaputte Schublade drüben im Büro …«

Kai schaute sie verständnislos an. Johanna nahm ihren letzten Schluck Kaffee und sprang auf.

»Komm mit, ich zeig's dir«, sagte sie. Sie zog ihn hinter sich her in sein Arbeitszimmer, wo Malte eifrig tippte. Er schien nicht mal zu bemerken, dass jemand hereingekommen war. Johanna deutete auf die Schublade, die schief in der Kommode saß und offensichtlich nicht mehr richtig schloss.

»Darf ich das reparieren?«

»Klar!«, sagte Kai. »Oben in der Wohnung gäbe es auch noch was zu tun. Wie wäre es morgen Nachmittag? Überleg dir schon mal einen Stundensatz.«

»Ich mache es umsonst.«

»Erzähl mir nicht, du könntest das Geld nicht brauchen.«

»Aber –«

Jetzt wurde auch Malte aufmerksam. »Vergiss es, Johanna, wenn mein Bruder sich etwas in den Kopf gesetzt hat, dann wird das auch so gemacht«, sagte er.

»Na gut. Wo ist das Werkzeug?«

»Nicht jetzt.« Kai lachte. »Bist du fertig, Bruderherz? Ich habe heute Abend noch was vor, aber ich kann euch nach Hause fahren, wenn ihr wollt.«

Unterwegs hielt er an einem Fahrradladen, und Johanna kaufte die Bremsbeläge. Sie saß wieder vorne neben Kai. Es war so einfach, sich mit ihm zu unterhalten, und die Fahrt verging im Nu.

»Und du bleibst wirklich nicht zum Abendessen?«, fragte sie bedauernd, doch Kai schüttelte den Kopf. »Schade.«

Sie stieg aus dem Auto, doch als sie die Tür hinter sich schließen wollte, lehnte sich Kai über den Beifahrersitz und hielt sie zurück. »Johanna?«

Sie beugte sich gespannt zu ihm hinunter. »Was gibt's?«

»Da, wo du gesessen hast, ist ein Sandhaufen.«

Sie blickte auf den Autositz und spürte, wie ihr Gesicht heiß wurde. Wenn sie jetzt noch so viel Sand am Hosenboden hatte, wie sah es dann bei Kai zu Hause aus?

»Oh. Ich zieh mich gleich um.« Sie wollte gehen, aber Kai stoppte sie. Mit einer winzigen Geste seiner Hand und einer Stimme, die warm und freundlich klang.

»Johanna. Du bist die coolste bayerische Tischlerin, die mir je begegnet ist.« Er lächelte sie an, und Johanna wurde noch heißer – von wegen cool! Hatte er das wirklich gerade gesagt? Und warum fühlte es sich so an, als würde er mit ihr flirten? Vielleicht ahnte er langsam, dass sie doch nicht mit Malte zusammen war.

»Danke«, sagte sie.

Erst als sie die Haustür erreichte, hörte sie ihn abfahren. Im Ferienhaus stellte Johanna fest, dass sie nur noch wenig saubere Wäsche übrig hatte. Also schlüpfte sie in ihre bequemsten Jeans, die schon ein Loch am Knie hatten, zog sich ein schwarzes Tanktop an und darüber ihre Lieblingsweste. Ihre Mutter hatte sie vor Jahren aus bunten Wollresten gestrickt. Sie war eigentlich für gemütliche Sonntagnachmittage auf dem Sofa gedacht.

Zum Abendessen gab es belegte Brote und Wein. Wieder einmal schleppte sich die Konversation dahin. Unter Frau Knies' Blick wurde Johanna mulmig.

»Ihr wart ja heute in Wyk. Haben Sie die kleinen, hübschen Boutiquen entdeckt, Johanna?«

Maltes Blick ruhte auf der verfilzten Strickweste. »Lass uns doch morgen shoppen gehen«, sagte er.

»Sehr gern«, gab Johanna zurück, zuckersüß und so ruhig wie der Strand vor einem Tsunami. Sie zwang den letzten Bissen Brot hinunter und sagte: »Ich bin sehr müde heute, ich gehe schon mal nach oben.«

Betont langsam erhob sie sich, verließ das Zimmer und stapfte die Treppe hinauf. Dann war es mit ihrer Selbstbeherrschung vorbei. Unsanft flog die Zimmertür hinter ihr ins Schloss. Sie warf sich auf das Bett und brüllte in ihr Kissen.

Jemand klopfte an der Tür.

»Nein«, rief sie. Trotzdem stand im nächsten Augenblick Malte vor ihr.

»Sagtest du herein?«

Sie spürte, wie Malte sich auf das Bett setzte. Sanft zog er an dem Kissen.

»Johanna?«

»Ja!«

»Was ist?«

»Hat deine Mutter wirklich eben angedeutet, ich bräuchte neue Klamotten? Sind meine etwa nicht gut genug?«

»Es war doch nur ein Vorschlag.«

»Und du machst auch noch mit! Aber ich stehe nicht auf diesen Mädchen-Scheiß.«

»Trotzdem musst du nicht rumlaufen wie der Yeti. Du könntest ruhig dein Repertoire etwas erweitern.«

»Bist du jetzt mein Modeberater oder was?«

»Nee, ich beschäftige mich nur mit Ästhetik. Schon vergessen?«

»Mein Äußeres beleidigt also dein Auge. Damit wirst du leben müssen.«

Sie nahm das Kissen und haute es ihm um die Ohren. Er griff

sich eine Decke vom Fußende des Betts und zahlte es ihr mit gleicher Münze zurück. Sie lieferten sich eine Kissenschlacht, bis Johanna Malte vom Bett schubste und dann von oben auf ihn herabschaute.

»Der Yeti hat gewonnen!«, rief sie.

»Schon gut«, keuchte er. »Es tut mir leid. Du kannst natürlich so viele Löcher-Jeans und filzige Häkeljacken anziehen, wie du willst. Damit lenkst du wenigstens die Aufmerksamkeit von mir ab.«

»Es ist eine Strickjacke«, knurrte Johanna. »Und sie löst keine Familienprobleme. Warum bist du überhaupt hergekommen, wenn dich deine Eltern so stressen?«

»Weil ich das mit meinem Therapeuten so besprochen habe.« Er setzte sich auf.

»Echt jetzt?«

»Ich will ja mit ihnen reden«, sagte er. »Aber es geht nicht. Nicht so wie mit dir oder … Bettina.«

In diesem Moment summte Johannas Smartphone auf dem Nachttisch, und sie schielte neugierig auf das Display. »Apropos! Bettina schickt uns liebe Grüße. Wir sollen ihre Schneekugel nicht vergessen.«

»Ach verdammt. Ich wünschte, sie wäre hier.«

Malte rappelte sich hoch. Mit hängenden Schultern stand er da, und Johanna kämpfte mit sich. Etwas in ihr sträubte sich massiv gegen seine Bevormundung – vor allem in Modefragen. Andererseits mochte sie den lustigen Malte viel lieber als den griesgrämigen. Oder gar den mit dem traurigen Blick. »Wir können ja mal shoppen gehen. Meinetwegen auch Klamotten«, sagte sie.

Seine Augen begannen listig zu funkeln. »Du wirst es nicht bereuen.«

Johanna bezweifelte das, aber Hauptsache, er war wieder besser drauf. Vor allem, da er gleich wieder zu seinen Eltern gehen musste – alleine. Sie würde den Abend gemütlich hier oben verbringen. Es gab ja genügend Bücher und CDs in seinem Zimmer.

8

Am nächsten Morgen wachte sie früh auf und konnte nicht wieder einschlafen. Eine Weile lauschte sie dem Wind, der ums Haus fegte, und schaute durch das Dachfenster. Der Himmel war meerfarben und die Sonne nur zu erahnen. Sie duschte ausgiebig und zog sich an. Es war erst halb sieben. Sie würde bestimmt nicht vor Malte hinuntergehen und sich den kritischen Blicken von Mutter Knies aussetzen. Vielleicht hatte Johanna nicht die richtige Garderobe dabei, dafür aber noch eine Packung Studentenfutter, und im Regal stand ein Wasserkocher. Damit ließ sich der frühe Morgen hier oben gut bewältigen.

Sie kochte Tee, nahm einen großformatigen Bildband über die Insel aus dem Regal und setzte sich damit in den Sessel am Fenster. Als sie den stabilen Deckel umschlug, fand sie eine Widmung: *Für Malte zur Konfirmation. Oma und Opa.*

Als sie umblätterte, fiel ein Foto heraus und landete auf der Bettdecke. Auf dem Bild war ein sehr viel jüngerer Malte zu sehen, zusammen mit einem hübschen Mädchen. Die beiden sahen aus, als posierten sie für ein CD-Cover. Malte trug die Haare schulterlang und blickte verträumt in die Kamera. Er hatte einen Arm um das Mädchen gelegt, das herausfordernd lächelte. Sie hatte blondes Haar und stark geschminkte Augen. Johanna spürte die Erinnerungen, die an diesem Bild klebten.

Plötzlich klopfte es, und Johanna schob das Foto hastig in die hintere Tasche ihrer Jeans. Malte steckte den Kopf zur Tür herein und sagte freundlich: »Lass uns frühstücken!«

Herr Knies saß schon am Esstisch und blickte kaum von seiner Zeitung auf.

»Was habt ihr heute vor?« Frau Knies lächelte Johanna zu. Johanna fiel es generell nicht leicht, nachsichtig zu sein – doch sie redete sich gut zu, dass Frau Knies es gestern bestimmt nicht böse gemeint hatte.

»Bummeln«, antwortete sie, und Malte sagte gleichzeitig: »Fotografieren.«

»Lass dir von Kai das Geschäft zeigen«, kam es hinter der Zeitung hervor.

»Gute Idee. Das mache ich gerne«, sagte Malte. Er schien seine Gesprächstaktik geändert zu haben.

Wenig später wanderten sie über Weg am Deich nach Wyk. Johannas Blick schweifte hinaus ins Watt, während Malte düster seinen Füßen beim Laufen zusah.

»Immer diese blöden Andeutungen«, sagte er. »Kai steht kurz davor, die Firma zu übernehmen – aber Steffen tut so, als könnte ich immer noch einsteigen.«

»Warum sagst du ihm nicht einfach, dass du Kunstgeschichte studierst?«

Er antwortete nicht, sondern zog hastig sein vibrierendes Handy aus der Hosentasche, ein älteres, abgegriffenes Klapptelefon. Auf Statussymbole stand Malte nun wirklich nicht, und er benutzte das Handy eher selten. Doch jetzt leuchteten seine Augen, und einen Moment später malträtierte er die Tasten wie ein liebeskranker Teenager. Johanna verrenkte sich fast den Hals, um den Adressaten zu erkennen, aber das Display war einfach zu klein. Simste er etwa gerade an Bettina?

»Ich komme mit zum Laden!« Maltes Stimme klang heiser und flach. So hatte sie ihn bisher nur in Prüfungszeiten erlebt, wenn er vor Lampenfieber beinahe zu atmen vergaß. »Ich muss meine E-Mails checken.«

»Schon wieder?« Johanna konnte sich ein Grinsen nicht verkneifen.

Kai sah aus, als hätte er in der vergangenen Nacht kein Auge zugetan. Sein Gesicht war grau und unrasiert, und unter seinen Augen lagen Schatten. Trotzdem huschte ein Lächeln über sein Gesicht, als er Johanna begrüßte.

»Nett, dass ihr vorbeischaut«, sagte er.

Malte zog nur eine Augenbraue hoch und schob sich an seinem Bruder vorbei ins Geschäft. »Du siehst scheiße aus«, sagte er. »Bist du allein hier?«

Kai verzog das Gesicht. »Heute und alle Tage. Maria hat gekündigt und spontan ihren Resturlaub genommen. Ich fühle mich, als hätte mich ein Strandbuggy gestreift.«

»Geh nach oben«, sagte Malte. Schon stand er hinter der Theke. »Leg dich hin und lass dir von Johanna einen Tee kochen, oder was du sonst so brauchst.«

Kais Blick huschte zwischen Malte und Johanna hin und her. »Wie du meinst«, sagte er. »Aber ich denke, du kommst zurecht.«

In seinem Wohnzimmer ließ Kai sich sofort auf die Eckcouch fallen. Johanna nahm die zusammengeknüllte Decke vom Fußende und breitete sie über ihm aus. Sie war verunsichert, gleichzeitig starb sie vor Neugier darauf, wie er lebte.

»Brauchst du noch was? Einen Tee vielleicht?«

Er grinste schief. »Lieber eine Kopfschmerztablette. Im Badschränkchen sind welche.«

Sie ging in den Flur hinaus.

»Direkt nebenan«, rief er, und Johanna trat in das freundlich gelb geflieste Bad. Die Keramik und das putzige Hängeschränkchen sahen nicht nach Baumarkt aus. Johanna klappte die Schranktür auf. Bis auf eine Dose Rasierschaum und ein Herrendeo war alles leer. Sie ging ins Wohnzimmer zurück.

»Da sind keine.«

»Sie hat die Schmerztabletten mitgenommen? Das ist gemein«, sagte er. »Sie kam gestern, um ihre Sachen abzuholen. Ich hatte auf sie gewartet, aber sie wollte nicht mehr mit mir reden.«

Johanna setzte sich neben ihn auf die längere Seite des Sofas.

»Sie hatte Heimweh«, sagte er schließlich. »Sie wollte, dass ich mit ihr nach Norditalien gehe … aber ich werde ja hier die Firma übernehmen. Ich hätte ganz neu anfangen müssen.«

»Eine Fernbeziehung kam wohl nicht in Frage?«

Er schüttelte den Kopf und verzog schmerzhaft das Gesicht.

»Nicht auf die Dauer, und nicht über diese Distanz. Jetzt ist sie wahrscheinlich schon in Meran.«

»Man sollte nichts mit seinen Angestellten anfangen«, rutschte es Johanna heraus.

»Ach ja?«

»Ich hatte mal … ein kurzes Techtelmechtel mit dem Juniorchef meiner Firma. Ist schon eine Weile her«, log sie. Sie erzählte ihm von Patrick. Als sie fertig war, sah er ihr nachdenklich in die Augen.

»Ich glaube, wir könnten beide einen Whiskey vertragen.«

Johanna schüttelte den Kopf. »Nein«, sagte sie. »Ich verordne strenge Bettruhe und Tee.«

»Dann bitte Fencheltee, Schwester Johanna.«

Johanna ging in die Küche. Während sie wartete, dass das Wasser heiß wurde, räumte sie das schmutzige Geschirr in die Maschine und betrachtete die halb leere Whiskeyflasche auf der Anrichte. Sie nahm ein Wasserglas aus dem Küchenschrank und schenkte großzügig ein. Sofort stieg ihr der scharfe alkoholische Geruch in die Nase. Ein bisschen wie Holzleim, fand sie. Doch als sie die Augen schloss, sah sie eine Steilküste vor sich und hörte Schafe blöken.

Sie goss den Fencheltee auf, stellte Tasse und Whiskeyglas auf ein Tablett und ging zurück ins Wohnzimmer. Sie setzte die Getränke auf dem Couchtisch ab und machte es sich wieder auf ihrer Seite des Sofas bequem. Kai lehnte mit angezogenen Knien auf der Ottomane.

»Ist das dein Ernst?« Kai schaute auf ihr Glas. »Du trinkst meinen besten irischen Whiskey wie Brause, und ich kriege nur Tee?«

»Ich habe ja keinen Kater.«

Kai griff nach seiner Teetasse. »Noch nicht. Aber wenn du alles austrinkst, musst du hier übernachten.«

Johanna nippte vorsichtig und spürte sofort ein warmes Gefühl im Magen. Sie ließ sich tiefer in die Sofakissen sinken. Nach einem weiteren Schluck kam es ihr verlockend vor, den Nachmittag auf Kais Sofa zu verdösen.

»Wäre das schlimm?«, fragte sie. Sie schrak auf, als etwas ihre Finger berührte. Kai nahm ihr vorsichtig das Glas aus der Hand.

»Siehst du? Du schläfst schon fast ein«, sagte er, seine Stimme nah an ihrem Ohr. Ohne nachzudenken, kuschelte sie sich an seine Brust. So etwas hatte sie noch nie getan – aber sein Hemd war so weich, und es roch nach Vanille, obwohl er vermutlich darin geschlafen hatte.

Doch er schob sie weg, sanft und bestimmt.

»Lass das, meine Liebe. Du bist viel zu nett für ein reines Abenteuer.«

Schade, dachte sie. Genau das würde mir jetzt guttun.

Da sagte er: »Außerdem bist du mit meinem Bruder zusammen.«

Johanna setzte sich verstört auf, während Kai weiterredete.

»Ich dachte schon, der findet nie mehr eine Freundin. Ihm wurde nämlich vor vielen Jahren das Herz gebrochen.« Er nahm einen kräftigen Schluck Whiskey aus Johannas Glas.

»Sprichst du von Lene?«

Er nickte. »Ich hätte es verstanden, wenn er mir eine reingehauen hätte. Stattdessen sprach er monatelang kein Wort mit mir, und mit den Eltern auch nicht. Mir wäre alles lieber gewesen als diese blöde Depression.«

Endlich begriff Johanna. »Du hattest was mit seiner Freundin!«

»Sie ging in meine Klasse«, sagte er. »Eigentlich war sie überhaupt nicht mein Typ.«

»Was ist denn dein Typ?«

»Selbständige Frauen, die auch mal einen Nagel in die Wand

schlagen können und nicht nur besorgt um ihre Fingernägel sind. Wind- und wetterfeste Frauen.«

»Das ist doch normal«, behauptete Johanna und bemerkte gleichzeitig, dass die Beschreibung gut auf sie selbst passte. »In welchem Jahrhundert lebst du eigentlich?«

»Keine Ahnung, jedenfalls war Lene mehr so ein Riechfläschchentyp. Sie behauptete, Malte hätte sich von ihr getrennt, aber das stimmte nicht.«

»Sie hat euch beide angelogen.«

»Ich hätte es ahnen können. Malte war vollkommen überrascht. Wirklich übel, erst holten sie ihn von der Insel weg, dann starben Oma und Opa innerhalb eines Jahres und seinen Traumberuf durfte er auch nicht lernen. Die Geschichte mit Lene und mir gab ihm den Rest.«

»Ein Alptraum«, sagte Johanna.

»Nicht nur für ihn! Unsere Eltern waren genauso fertig. Malte ist zwei Jahre älter als ich. Er sollte studieren und die Firma übernehmen. Ich bin nur die zweite Wahl. Nach Maltes Zusammenbruch änderte sich das. Ich machte eine kaufmännische Lehre, und meine Eltern gaben mir mehr und mehr Verantwortung in der Firma.« Kai nahm noch einen Schluck vom Whiskey. »Vor allem für Vater war das schwer, aber jetzt sind wir auf Augenhöhe. Ich liebe den Laden und die Insel. Als Kind habe ich Malte immer darum beneidet, dass er hier leben durfte. Ich kam ja nur in den Ferien her. Als Vater mir den Laden hier anvertraute, war ich glücklich. Leider muss ich im Herbst zurück nach Flensburg in die Zentrale.«

»Um dort Karriere zu machen?«

»Ja – aber warum ist Malte plötzlich hier? Will er mir die Firma wegnehmen?«

»Wohl kaum«, sagte Johanna und stand auf. Kai nahm noch einen Schluck Whiskey, streckte sich auf dem Sofa aus und zog sich die Decke bis zum Hals. Jetzt war er es, der sich an sie lehnte. Johanna wagte nicht, sich zu bewegen.

Schläfrig murmelte er: »Tut mir leid. Ich wollte dich nicht in unsere Familiengeschichten reinziehen.«

»Die gehen mich sowieso nichts an«, sagte Johanna. »Schließlich ist Malte nicht mein Freund, wir haben bloß eine Wohngemeinschaft.«

Er antwortete nicht. Stattdessen hörte sie gleichmäßige Atemzüge. Kai war einfach eingeschlafen, während sie mit ihm redete! Johanna löste sich vorsichtig von ihm und ging zurück ins Erdgeschoss.

Als sie ins Büro kam, saß Malte vor dem PC. Gleichzeitig klingelte die Ladenglocke. Er stand vom Schreibtisch auf, ohne sich auszuloggen. Johanna wollte der Versuchung widerstehen, aber ihr Blick fiel unwillkürlich auf die Mail, an der Malte eben noch geschrieben hatte.

Liebe Bettina, ich vermisse dich. Trotzdem ist es gut, dass du nicht hier bist. Hier ist so vieles präsent, vor dem ich die letzten Jahre davongelaufen bin. Ich muss das erst für mich klären, bevor …

Johanna war froh, dass der Text hier abbrach. Das bewahrte sie vor ihrer eigenen Neugier. Dank Kai hatte sie jetzt zwar eine Vorstellung, warum das Verhältnis zwischen Malte und seiner Familie so schwierig war, trotzdem blieben viele Fragen offen. Was bahnte sich da zwischen Malte und Bettina an? Und warum wollte er nicht, dass sie herkam, obwohl er sich offensichtlich nach ihr sehnte? Es kränkte sie, dass Bettina ihr nichts davon erzählt hatte. Sie holte sich eine Tasse Tee, öffnete ein eigenes Browserfenster und mailte:

Malte steht vorne im Laden, weil Kai seinen Kater auskurieren muss. Kais Freundin Maria ist gestern ausgezogen. Dabei ist er ziemlich süß, er wäre genau der Richtige für ein kleines Abenteuer. Schade, dass ich darin keine Übung habe … beim letzten Mal ist es jedenfalls schiefgegangen. Da wollte ich gleich die große Liebe.

Während sie tippte, drifteten ihre Gedanken ab. Irgendwann bemerkte sie, dass sie gar nicht mehr schrieb. Stattdessen hatte sie ihre Hände um die Teetasse gelegt und starrte auf die Wand hinter dem Bildschirm. Die Wirkung des Whiskeys war verflogen, aber die Vorstellung, wie sie neben Kai auf dem Sofa saß, rief wieder dieses warme, kribbelige Gefühl hervor. Von einem Punkt tief in ihrem Bauch breitete es sich fast schmerzhaft über den ganzen Körper aus. Sie musste einfach noch einmal mit ihm reden.

Oben in der Wohnung hörte sie Kai unter der Dusche singen. Sie trat an die Nussbaumkommode, deren oberste Schublade klemmte. Sie zog sie vorsichtig heraus und schmunzelte, als sie die alten Fußballmagazine sah. In so einem altehrwürdigen Möbel hätte sie geheimnisvollere Dinge erwartet.

Sie stapelte die Zeitschriften auf dem Sofa und sah sich das Holz genauer an. Die Wangen der Schublade und die Führungen im Innern der Kommode waren gut erhalten, sie konnte gleich hier etwas tun. Zuerst hatte sie etwas Respekt vor der Antiquität, doch dann nahm sie die weiße Kerze, die sie mitgebracht hatte, und wachste sorgfältig alle Laufflächen. Anschließend ließ sich die Schublade ganz leicht an ihren Platz zurückschieben. Sie räumte die Magazine wieder ein und beschloss, sich auch die anderen beiden Schubladen vorzunehmen. Die mittlere enthielt Geschenkpapier und war deshalb nicht ganz so schwer, doch Johannas Arme waren gerade lang genug, um sie zu halten.

Während sie den Kasten behutsam auf dem stabilen Wohnzimmertisch absetzte, kam Kai herein. Er trug nur eine Jeans, sein Oberkörper war nackt und die nassen, dunkel glänzenden Haare noch mehr verstrubbelt als sonst. Johannas Arme zitterten, und sie redete sich ein, dass es nur die körperliche Anstrengung war. Die Wochen ohne Training hatten ihre Kräfte bereits schwinden lassen. Doch sie war nach wie vor muskulöser als viele andere Frauen.

Kai trat näher an sie heran, bis sie seine Wärme spürte und den ungewöhnlichen Duft seiner Seife wahrnahm: Gurke mit einem Hauch Lavendel.

»Ganz schön schwer, was?«, sagte er. Dann fiel sein Blick auf ihren Bizeps. »Du hast ja Trommlerarme!«

Johanna spürte endgültig die Energie aus ihrem Körper weichen. Stattdessen war da wieder dieses Kribbeln.

»Ich bin Handwerkerin«, sagte sie. »Wie kommst du auf Trommeln?«

»Übermorgen spielt eine Trommelgruppe aus Japan in Süderende.«

»Japanische Trommler?«, vergewisserte sie sich. »Hier auf Föhr?«

»Ja. In der Kirche St. Laurentii.« Er nahm einen Flyer von der Kommode, auf dem eine Gruppe von kräftigen Männern und Frauen mit riesigen Trommeln abgebildet war. Sie hatten allesamt recht stattliche Oberarme. *Der Herzschlag Japans*, stand darunter. Johanna war fasziniert.

»Ob es wohl noch Karten gibt?«

»Ich habe sogar eine übrig. Möchtest du mitkommen?«

Johanna war klar, dass die zweite Karte ursprünglich für Maria gedacht war. Trotzdem zögerte sie, bis Kai sagte: »Du kannst auch mit Malte hingehen.«

»Nein, das ist nicht seine Musik«, sagte sie schnell. »Ich würde dich gerne begleiten.«

Während die Gedanken und Gefühle nur so in ihr durcheinanderwirbelten, versah Johanna auch die zweite Schublade mit einer Wachsschicht. Kai ließ den Blick nicht von ihren Händen. Obwohl sie sich so wackelig fühlte, sah sie ihre Finger sicher und routiniert mit dem Möbel umgehen.

»So, das hätten wir. Ich kümmere mich noch um die dritte, dann mache ich Schluss für heute. Okay?«

Er nickte. »Ich löse gleich Malte ab, dann könnt ihr los.« Sie hörte ihn von Zimmer zu Zimmer gehen, zwischendurch rauschten Wasserhähne und Schranktüren klapperten. Als er zurückkam, trug er ein frisches, dunkelblaues Hemd und war glatt rasiert.

»Du siehst schon viel besser aus«, sagte sie.

Er lächelte sie an. »Es geht mir auch besser«, sagte er. »Danke.«

9

Johanna schaute an sich hinunter. Ihre Jeans war voller Holzstaub, und das rechte Knie glänzte von Kerzenwachs.

»Kai hat mich zu einem Konzert in St. Laurentii eingeladen«, sagte sie. Und dann sagte sie noch den Satz, von dem sie nie geglaubt hätte, dass sie ihn einmal aussprechen würde: »Ich habe überhaupt nichts anzuziehen.«

Malte grinste. »Jetzt bist du fällig. Wir gehen Klamotten kaufen, und ich weiß auch schon, wo.«

Johanna hätte sogar einer Wattwanderung nach Amrum zugestimmt, um der Einkaufstour zu entgehen, aber es musste sein. Warum konnte ihr nicht einfach eine gute Fee erscheinen und ihr ein heißes, datingtaugliches Outfit verpassen? Widerwillig folgte sie Malte die Straße hinunter.

Vor einem hübschen, weißgestrichenen Häuschen blieb er stehen. Links und rechts des Eingangs standen zwei kopflose Schneiderpuppen. Die eine trug eine weißgepunktete rote Bluse und einen beigefarbenen Minirock, die andere ein romantisch geblümtes Sommerkleid. Johanna musste zugeben, dass die Sachen hübsch waren. Aber sie selbst würde so etwas nie anziehen.

Malte schien das ähnlich zu sehen, denn er ging ohne Zögern an den Puppen vorbei in die Boutique. Er zog ein schwarzes Teil vom Ständer und reichte es ihr. Eine Verkäuferin tauchte hinter ihm auf und betrachtete Johanna über die Schulter hinweg im Spiegel. Routiniert glitt ihr Blick von Johannas kupferrotem Scheitel bis zur Sohle ihrer Trekkingsandalen.

»Sie suchen ein Kleid?«, fragte sie.

»Ja. Für abends ins Konzert und so.« Johanna ärgerte sich, wie verdruckst das klang.

»Gute Wahl«, sagte die Verkäuferin und nickte Malte zu. Dann suchte sie noch zwei weitere Kleider heraus. »Die Kabine ist gleich dort rechts.«

Dankbar zog Johanna den Vorhang hinter sich zu. Das erste Kleid saß sehr streng auf den Hüften, während das Oberteil kilometerweit von ihrer Brust abstand. Außerdem fand sie den grob gewebten Stoff scheußlich. Sie zog es sofort wieder aus. Es erinnerte sie an einen Sack, den sie daheim im Kartoffelkeller gesehen hatte.

Das zweite Kleid passte besser. Dennoch kostete es sie einige Überwindung, in den Laden hinauszutreten. Das Kleid hatte einen asymmetrischen Schnitt, und der Stoff waberte unangenehm um ihre Knie. Kaum hatte sie sich im Spiegel gesehen, wich sie entsetzt zurück.

»Ich schaue ja aus wie ein Vampir!«

Auch Malte runzelte die Stirn und verschwand noch einmal zwischen den Kleiderständern. Dann drückte sich etwas Kuscheliges an ihren Rücken.

»Hier, probier das mal.« Malte reichte ihr einen Bügel mit einem Etuikleid in einem dunklen, fast braunen Ziegelrot, das auf magische Weise mit ihrer kupferfarbenen Haarsträhne harmonierte. Das Kleid reichte bis knapp über die Knie, der Halsausschnitt war rund und Johannas einfache Goldkette mit dem Schutzengel-Anhänger passte perfekt hinein. Der Stoff fühlte sich an wie ein Nickipullover, nur sehr viel samtiger und eleganter. Unsicher trat sie aus der Kabine.

»Das ist es«, sagte Malte, und auch die Verkäuferin nickte zustimmend.

»Es steht Ihnen hervorragend«, sagte sie.

Johanna war überrascht. »Mir gefällt es auch! Und es ist bequem. Das nehme ich.«

»Na bitte«, sagte Malte gutgelaunt. »War doch gar nicht so schwer.« Dann wandte er sich an die Verkäuferin: »Haben Sie auch Herrenhemden?«

Die beiden zogen ab, und Johanna wartete, bis sie ganz sicher niemand mehr beachtete. Dann zog sie mutig zwei Paar Leinenhosen von der Stange, dazu eine weiße Bluse und einen leichten Sommerpullover mit V-Ausschnitt.

Wie durch ein Wunder passte alles wie angegossen. Die Stoffe waren hochwertig, und alle Kleidungsstücke trugen ein Siegel, das sie als fair gehandelt und ökologisch erzeugt auswies. Beim Blick auf die Preise schickte Johanna ein Stoßgebet zum Himmel, dass das auch stimmte. Noch hatte sie ein bisschen Geld auf der hohen Kante, und vielleicht ergab sich ja bald ein Vorstellungsgespräch, für das sie etwas Ordentliches zum Anziehen brauchte. Die erdbraune Hose und den Pulli behielt sie gleich an.

Gerade, als sie zahlen wollte, kam Malte in einem blaugrünen Hemd die Treppe herunter. Sie hatte noch nie eine so leuchtende Farbe an ihm gesehen. Seine Augen wirkten plötzlich hellwach.

»Wow«, sagte Johanna, und bevor sie protestieren konnte, hatte er mit seiner Kreditkarte alles bezahlt. Dann fasste er nach der Kleidertüte, nahm Johanna bei der Hand und zog sie auf die Straße hinaus.

»Danke für deine Hilfe, aber du musst nicht auch noch bezahlen«, sagte Johanna.

»Ich gebe sonst kaum Geld für Kleidung aus, und es ist für einen guten Zweck.«

»Wie meinst du das?«

»Du hast doch ein Auge auf meinen Bruder geworfen, den alten Herzensbrecher. Pass bloß auf dich auf.«

»Keine Sorge. Ich habe nicht vor, mich je wieder zu verlieben. Außerdem hat er sich gerade erst von Maria getrennt – wegen drohender Fernbeziehung. Und er denkt, dass ich mit dir zusammen bin!«

Malte starrte sie an. »So was habe ich nie behauptet«, sagte er.

»Sowohl Kai als auch deine Eltern halten uns für ein Paar – und du hast nichts getan, um das klarzustellen. Was für ein Schlamassel. Fehlt nur, dass Bettina auch noch kommt«, sagte sie, und Malte wurde blass. Johanna genoss ihre kleine Provokation.

»Ich gehe runter zum Strand«, sagte er. »Allein.«

10

Konnerth stand direkt vor Bettinas Schreibtisch, und sein Bauch hing über ihrer Stiftebox. Sie fragte sich, wann sich der frisch gespitzte Bleistift in seine Wampe bohren würde. Doch dann trat ihr Chef einen Schritt zur Seite, und die Gefahr war gebannt. Stattdessen drückte er sich seitlich an sie und glotzte auf ihren Bildschirm. Sie rutschte unwillkürlich ein Stück von ihm ab.

»Was ist?«, fragte sie, ohne den Blick von ihren Kindergartenfotos zu heben. »Ich hab noch jede Menge zu tun.«

Wahrscheinlich musste sie wieder eine Nachtschicht einlegen. Dabei konnte sie sich schon jetzt nicht mehr konzentrieren, und der Kopfschmerz wurde immer schlimmer. Sie holte eine Migränetablette aus der Schreibtischschublade, schluckte sie und trank anschließend die halbe Wasserflasche leer.

»So viel, wie ich heute schwitze, kann ich gar nicht trinken«, sagte sie.

Konnerth grinste. »Dann zieh dich doch aus.«

»Das würde dir so passen«, sagte Bettina. »Jetzt sag schon.«

»Ich hätte gerne Erotikwerbung im Schaufenster«, meinte er.

Er rutschte wieder näher an sie heran, und Bettina musste den Impuls unterdrücken, ihn mit dem Ellbogen zur Seite zu schieben. Seit drei Jahren hielt sie ihn täglich auf Abstand. An einem Tag wie heute war ihr seine körperliche Nähe noch unangenehmer als sonst, und sie war einfach zu erschöpft für diese Spielchen.

»Ich such was aus der Datenbank raus«, murmelte sie, nur um ihn loszuwerden.

»Ich denke an ein eigenes Shooting.«

»Wenn du eine passende Kundin an Land ziehst, die nichts gegen die Veröffentlichung hat – gerne. Jetzt lass mich endlich weiterarbeiten. Ich möchte heute noch fertigwerden.«

»Ich habe ein besonderes Schmankerl für dich«, sagte er und strahlte dabei über das ganze Gesicht. Bettina wurde misstrauisch.

»Lass mich raten. Du hast beschlossen, mir einen großzügigen Bonus auszuzahlen und mir die restliche Woche freizugeben?«

»Nicht ganz. Aber wenn du morgen gute Arbeit ablieferst, ist ein Bonus durchaus drin.«

Bettina sprang auf. Sie war einen Kopf größer als Konnerth und setzte ihr arrogantestes Gesicht auf.

»Kommt nicht in Frage. Morgen habe ich meinen freien Tag.« Bei jedem Wort zielte ihr langer Zeigefinger in Richtung seines Gesichts. Trotzdem rührte Konnerth sich keinen Zentimeter.

»Es ist ein ganz besonderer Auftrag«, sagte er. »Den können wir uns nicht entgehen lassen. Wir dürfen die Bilder sogar ins Schaufenster hängen und auf der Homepage veröffentlichen.«

»Dann mach es doch selbst.«

»Sie wollen eine Fotografin.«

»Aha.«

»Ein Studio im Stadtosten. Leder, Latex, Fesselspiele und dergleichen.«

»Du meinst ein Domina-Studio?« Bettina wurde heiß – noch heißer als ohnehin schon. »Das mache ich nicht! Du ruinierst unseren Ruf.«

»Das sind doch ganz normale Dienstleistungen, bloß mit Erotikfaktor. Wenn wir mit diesen Bildern werben, rennen uns die Leute die Bude ein!« Konnerth ließ sich auf die Kante des Schreibtisches sinken, dass das schwedische Möbelhausfurnier nur so knarzte.

»Ich hatte dich für aufgeschlossener gehalten«, fügte er noch hinzu. In diesem Moment brannte eine Sicherung durch, irgendwo ganz tief in ihrem Innern.

»Jetzt hör mir mal zu!« Sie schlug mit der flachen Hand auf den Schreibtisch, und Konnerth zuckte tatsächlich zusammen. »Seit drei Jahren reiße ich mir für dich und dein Studio den Arsch auf, ziehe Kundschaft heran und haue mir die Nächte um die Ohren, wenn mal wieder ein wichtiger Auftrag fertig werden muss. Seit drei Jahren ärgere ich mich mit wechselnden Hilfskräften rum, weil du unfähig bist, gute Leute einzustellen und auch zu halten. Seit drei Jahren habe ich keinen ordentlichen Urlaub genommen – und jetzt, wo ich einmal meinen freien Tag genießen will, kommst du mit so einem Schmarrn!« Sie griff nach ihrer Handtasche. »Ich gehe nach Hause. Ich bin krank«, sagte sie.

Doch Konnerth blieb seelenruhig auf der Schreibtischkante hocken, direkt neben ihren Migränetabletten. Der Ausgang war versperrt. Da raste der Kopfschmerz wieder heran und mit ihm unbändige Wut. Neben ihr leuchtete die Wasserflasche im Schein des Bildschirms. Plötzlich wusste sie genau, was sie zu tun hatte.

Sie nahm die Flasche und knallte sie Konnerth aufs Knie. Er schrie auf und warf sich zur Seite, um sich vor weiteren Schlägen zu schützen. Doch Bettina hatte ihr Ziel erreicht. Sie stürmte aus der Bürotür. Konnerths Gebrüll folgte ihr ins Treppenhaus.

»Du bist ja völlig durchgedreht! Bettina!«

Sie raste ins Untergeschoss, riss die Feuerschutztür zur Tiefgarage auf und rannte zu ihrem Auto. Kurz darauf war das gelbe Cabrio in Richtung Furtmayrstraße unterwegs. Sie würde sich in Maltes und Johannas Wohnung ausruhen, bevor sie nach Hause fuhr. Sie wollte ihrer Mutter jetzt keine Fragen beantworten müssen.

11

Johanna bummelte durch die Straßen von Wyk. Sie kaufte Postkarten und hielt nach einer Schneekugel für Bettina Ausschau. In einem Schuhgeschäft entdeckte sie ein Paar Sandalen, die ihr Outfit komplettieren würden. Sie hatten sogar einen klitzekleinen Absatz. Aber jetzt war Schluss mit Einkaufen! Sie checkte ihre SMS. Malte schlug vor, sich im Café Steigleder zu treffen. Offensichtlich hatte er sich wieder beruhigt.

Das Café war leicht zu finden. Malte wartete drinnen auf sie, denn es sah nach Regen aus. Die Kuchentheke war eindrucksvoll.

»Wenn du glaubst, dass Kalorien mich besänftigen, liegst du falsch«, erklärte Johanna.

Malte zuckte mit den Schultern. »Warte es ab«, sagte er.

»Was darf es sein?«, fragte die Verkäuferin. Sie war etwa in Maltes Alter. Plötzlich stutzte sie und lächelte. »Malte! Dich habe ich ja schon ewig nicht mehr gesehen.«

»Moin Susanne. Das ist Johanna, eine Bekannte aus Regensburg.«

»Regensburg! Schöne Stadt, ich war vor ein paar Jahren mal dort. Jetzt reise ich nicht mehr viel, mein Mann Uwe arbeitet jetzt auf dem Festland. Wir sehen uns nur am Wochenende«, sagte sie.

»Du hast tatsächlich Uwe geheiratet? Uwe Jöns aus unserer Klasse?«, fragte Malte, und wieder lachte Susanne.

»Ja. Was sich liebt, das neckt sich.«

Die beiden plauderten eine Weile, während Johanna die Kuchen und Torten bewunderte. Doch bevor sie sich entscheiden konnte, sagte Malte: »Zweimal Friesentorte.«

»He!«, protestierte sie, war aber insgeheim froh, dass er ihr die Entscheidung abgenommen hatte. Am liebsten hätte sie von allem gekostet. Doch als die Torte serviert wurde, verstummten ihre Zweifel. Das Stück bestand im Wesentlichen aus Sahne.

»Der Blätterteig dient hier wohl auch nur als Schalung«, sagte sie, und Malte schaute sie fragend an.

»Du weißt schon. Die Gussform, wo man den Beton reinfüllt. Oder eben Sahne.« Sie stach vorsichtig ein Stückchen Torte ab und schob es in den Mund.

»Ach. Und welche Funktion hat dann das Pflaumenmus? Kunst am Bau?«, erkundigte sich Malte. Johanna hatte den Mund voller Sahne und konnte nicht antworten. Aber sie war froh, dass wieder Frieden zwischen ihnen herrschte. Zumindest für den Moment. Sie saßen direkt am Fenster mit Blick auf das Meer, und Johanna erschien das Panorama so unwirklich, als säße sie im Kino. Sie lehnte sich zufrieden zurück und streckte die Beine aus.

»Traumhaft!«, sagte sie.

»Meine Oma liebte es. Schön, dass es das Café noch gibt.« Dann holte er schon wieder sein Handy aus der Tasche und tippte eine Nachricht. Dabei legte sich seine Stirn in Falten, und er wirkte plötzlich besorgt.

Die Einkaufstüten zu Johannas Füßen raschelten. Sie zog die Schneekugel heraus, stellte sie vor sich auf den Tisch und legte die Postkarten dazu. Erst schrieb sie an Bettina, dann nahm sie eine Karte mit zwei kuscheligen Schafen im hellgrünen Gras. Im Hintergrund Bilder von einem romantischen Sonnenuntergang am Meer, Strandkörben und einem Segelboot. Auf der Rückseite informierte Johanna ihre Mutter darüber, dass sie sich weit nördlich des Weißwurstäquators befand.

Endlich Urlaub, schrieb sie. *Ich bin bei Freunden auf Föhr. Es ist super. Mir geht's so gut wie den Schafen vorne.* Dann fiel ihr nichts mehr ein, was sie noch schreiben konnte. Über die Jahre hatte sie sich innerlich von den Daheimgebliebenen entfernt. Auch von der Sache mit Patrick hatte sie ihrer Mutter nichts erzählt.

Malte holte den Teebeutel aus seiner Kanne.

»Kai hat's gut«, sagte er.

»Wie meinst du das?«

Statt einer Antwort zeigte er mit der Hand auf das Meer hinaus.

Johanna war nicht überzeugt. »Ich stell's mir vor wie bei uns zu Hause: Schöne Landschaft, aber für die Jugend ist nichts geboten und es dauert ewig, bis man in die nächste größere Stadt kommt.«

»Mir hat hier nie etwas gefehlt.«

»Kai liebt die Insel ebenfalls, aber er muss ja bald weg.«

»Wie kommst du darauf?« Malte schien ehrlich überrascht zu sein.

»Wusstest du nicht, dass er im Herbst nach Flensburg geht? Ihr müsst doch darüber gesprochen haben – schließlich muss er dich auszahlen, wenn er sein Erbteil übernimmt.«

Er schaute sie mit großen Augen an. »Aber unsere Eltern sind doch noch fit.«

»Was heißt das schon? Mein Vater ist vor anderthalb Jahren überraschend an einem Herzinfarkt gestorben, und es war ein Glück, dass er und Mama schon alles geregelt hatten. Franz hat die Pension übernommen, Mama wohnt im alten Haus und wir übrigen Geschwister bekamen Geld.«

Der Gedanke an ihren Vater trieb Johanna die Tränen in die Augen. Sie griff automatisch in ihre hintere Hosentasche, holte eine Packung Taschentücher heraus und bemerkte zu spät, dass etwas daran festgeklebt war. Als Malte das Foto sah, schnellte seine Hand vor.

»Woher hast du das?« Er griff so heftig nach Johannas Handgelenk, dass sie das Bild erschrocken fallen ließ. Es verfehlte nur knapp ihre Teetasse.

»Ich habe nicht danach gesucht. Es ist heute früh aus einem Bildband gefallen, den ich mir anschauen wollte.«

Seine Kiefer mahlten aufeinander, und für einen Augenblick glich er sehr seinem Vater. Dann beruhigte er sich etwas. »Warum hast du es mir nicht gegeben, statt es in die Hosentasche zu stecken?«

»Ich war neugierig, hatte aber das Gefühl, dass es dich aufregen würde. Tut mir leid.« Sie rieb ihr schmerzendes Handgelenk und hielt es demonstrativ in die Höhe.

»Entschuldige. Ich wollte dir nicht weh tun.«

»Hauptsache, ich kann die Kuchengabel noch halten.« Sie stach ein großes Stück von der Friesentorte ab und schob es in den Mund, während Malte das Foto zur Hand nahm. »Ich wusste gar nicht, dass ich das noch habe …«

»Ist das dieses Mädchen namens Lene, von der du mir auf der Fähre erzählt hast?«

»Ja. Wir waren damals unzertrennlich, wie man so schön sagt. Ich war oft bei ihr zu Hause, verstand mich auch mit ihren Eltern gut. Mit Steffen dagegen hatte ich ständig Stress.«

»Ist das nicht normal in dem Alter? Ich habe mich oft mit meiner Mutter gefetzt, und nur Papa konnte zwischen uns vermitteln. Einmal bin ich von daheim ausgerissen und habe in einer Forsthütte übernachtet. Natürlich war es auch Papa, der mich nach Hause geholt hat.« Johanna spürte wieder die Tränen aufsteigen und griff nach den Taschentüchern, während Malte seinen Erinnerungen nachhing.

»Mein Vater kontrollierte damals fast alles, was ich tat. Als er vermutete, dass Lene und ich zusammen sind, rief er einen befreundeten Gynäkologen an, damit er ihr die Pille verschreibt! Das musst du dir mal vorstellen. Ihre Mutter bekam das zufällig mit und sagte meinem Vater die Meinung. Kurz und gut, alle mischten sich in unsere Beziehung ein.«

Johanna verfolgte hartnäckig ein Stück knusprigen Tortenboden über ihren Teller.

»Hat sie deswegen mit dir Schluss gemacht?«

Er biss wieder die Zähne zusammen, dann sagte er: »Irgendwann fand sie Kai wohl interessanter.«

Johanna betrachtete weiterhin ihr Kuchenstück. Sie wollte sich nicht anmerken lassen, dass sie schon davon wusste.

»Ein Klassenkamerad hat mich angerufen und es mir erzählt. Ich weiß nur noch, dass meine Eltern gerade die Tagesschau sahen. Dann lag ich plötzlich auf dem Sofa und unser Hausarzt beugte sich über mich. Mit ihm habe ich dann besprochen, dass ich in eine Klinik will. Mein Vater war außer sich vor Wut. Sein Sohn in der Klapse, das war hart für ihn. Aber ich wollte unbedingt von zu Hause weg. Spätestens seit der Sache mit der verpassten Fotografenlehre war ich unausstehlich. Auch zu Lene. Kein Wunder, dass sie … Ist ja auch egal.«

Johanna hörte gebannt zu und versuchte gleichzeitig, ihre Torte zu essen. Mit einem Klacken gab der widerspenstige Kuchenboden nach und zersprang in mehrere Teile. Eines davon hüpfte von Johannas Teller und traf Maltes neues Hemd. Dort hinterließ es eine Sahnespur, und Johanna schaute erstaunt den Bröseln hinterher, die sich in den Falten des grünen Hemds verteilten.

Plötzlich lachte er. »Du holst mich doch immer wieder auf den Teppich zurück!«

Johanna atmete erleichtert aus. »Nur noch eine Frage … War dein Vater mit Kai auch so streng?«

»Oh ja. Er war kein besonders guter Schüler, und Steffen setzte ihn unter Druck. Als ich krank wurde, waren meine Eltern plötzlich mit ihren eigenen Sorgen beschäftigt. Es hört sich blöd an, aber ich glaube, das war seine Chance. Er muss selbständig arbeiten können, dann blüht er auf. Genau wie unser Vater. Aber der würde das natürlich nie zugeben. Ich bewundere ihn und Anne dafür, dass sie das Geschäft aus dem Nichts aufgebaut haben – mit sehr wenig Startkapital und viel Learning-by-doing. Sie wollten unbedingt, dass ich Betriebswirt werde, dabei haben sie selber auch nicht studiert. Scheint so, als würde Kai die Tradition jetzt fortsetzen.«

Er lächelte. Draußen brach die Abendsonne durch die Regenwolken und brachte die Fährschiffe auf dem Meer zum Leuchten.

»Lass uns gehen, solange es nicht regnet«, sagte Malte, und Johanna zahlte für sie beide. Dann packten sie ihre Sachen zusammen und liefen schweigend zurück zum Laden.

12

»Du siehst schon viel besser aus«, sagte Johanna, als Kai in Jeans und Hemd aus dem Haus in die Abendsonne trat. Er hatte eine Kiste Weißwein unter dem Arm. Nein, Johanna war nicht im Geringsten in ihn verliebt. Sie bekam nur jedes Mal schwache Knie, wenn er sie anlächelte – das war doch wohl etwas völlig anderes, oder?

»Besser, als ich mich fühle. Bruderherz, tu mir einen Gefallen und fahr du.« Damit drückte er Malte seinen Autoschlüssel in die Hand und hielt die Autotür für Johanna auf. Er schnallte den Weißwein auf dem Beifahrersitz fest, dann rutschte er neben Johanna auf den Rücksitz. Er hätte es genauso gut auch umgekehrt machen können. Beim Angurten berührten sich ihre Hände, und wieder wehte der Gurken-Lavendel-Duft zu ihr herüber.

»Wie war's beim Shoppen?«, sagte er und schaute sie prüfend an. Johanna musste sich zusammenreißen, um nicht … ja, was wollte sie eigentlich? Zurückweichen oder ihr Gesicht in seinem Hemd vergraben? Es kostete sie Mühe, seinem Blick standzuhalten, als er ihr neues Shirt musterte. Es hatte einen tiefen V-Ausschnitt und schmiegte sich fest an ihren Körper. So viel Aufmerksamkeit, nur wegen eines T-Shirts!

Während sie versuchte, ihre widerstreitenden Gefühle unter Kontrolle zu bringen, hantierte Malte immer noch an Rückspiegel und Sitzeinstellung herum. Dann startete er endlich den Motor und ließ das Auto aus der Parklücke rollen.

Kai beugte sich nach vorne. »Du kannst ruhig Gas geben, so alt und klapprig ist das Auto noch nicht.«

Malte antwortete nicht, sondern bog auf die Landstraße ein. Den Weg zum Ferienhaus legte er im Schneckentempo zurück und provozierte mehrere riskante Überholmanöver von Inselbewohnern, die es offensichtlich eiliger hatten als er. Schließlich ließ er den Wagen auf dem Kiesweg vor dem Haus seiner Eltern ausrollen. Er war ein bisschen bleich im Gesicht, und Kai frotzelte: »Ist dir nicht gut? He, ich habe den Kater, nicht du. Kommt, wir sind sowieso schon spät dran.«

Malte drückte ihm den Autoschlüssel in die Hand. »Ich bin seit Jahren nicht mehr Auto gefahren.«

Jetzt war es Kai, der für einen Moment blass wurde. »Prüfung mit Bravour bestanden«, sagte er dann, nahm die Weinkiste vom Beifahrersitz und ging voran ins Haus. Johanna blieb mit Malte ein paar Schritte zurück.

»Warum hast du denn nichts gesagt?«, fragte sie. »Ich hätte doch fahren können.«

Jetzt grinste er. »Vielleicht hätte es mir Spaß gemacht, Kais Auto zu schrotten? Nein, ich wollte es bloß hinter mich bringen.«

»Wenn wir wieder in Regensburg sind, leih ich dir mein Auto. Auf eine Beule mehr kommt es nicht an.«

Er lachte. »Danke für dein Vertrauen. Ich werde dich daran erinnern.«

»Wir könnten zusammen in die Berge fahren!«

»Nur, wenn du mit mir ins Watt gehst.«

»Einverstanden.«

Frau Knies musterte Johanna zur Begrüßung. »Neu eingekleidet? Das steht Ihnen ausgezeichnet.«

Johanna war nicht sicher, ob Frau Knies nun endlich mit ihrer Erscheinung zufrieden war, und sagte: »Ich habe mir sogar ein Kleid gekauft.«

»Sehr schön. Dann sind Sie ja für alle Anlässe gerüstet.«

Für welche Anlässe?, hätte Johanna am liebsten gefragt. Sie sah sich hilfesuchend um, aber Malte starrte durch die Terrassentür auf den Rasen und Kai war mit dem Wein beschäftigt. Sein Vater nahm eine Flasche aus der Kiste und befühlte sie kritisch.

»War im Kühlschrank, Chef«, sagte Kai ungeduldig und griff nach dem Korkenzieher. Herr Knies ging in die Küche und holte den Fisch aus dem Ofen. Frau Knies schenkte inzwischen den Riesling ein, und als alle am Tisch saßen, stießen sie miteinander an.

Johanna fühlte sich unter Beobachtung, während sie das Glas an die Nase hob. Der Duft entlockte ihr ein Lächeln. »Zitrone«, sagte sie und hoffte inständig, sich nicht zu blamieren. Aber Herr Knies nickte erfreut und nahm selbst einen Schluck aus seinem Glas.

»Richtig«, sagte er. »Die feine Säure passt wunderbar zum Essen.« Er hob das Glas. »Stoßen wir auf den Koch an.«

Frau Knies prostete Johanna freundlich zu.

»Guten Appetit!« Kai griff zum Servierbesteck und bediente Johanna als Erste. Dankbar hielt sie ihm ihren Teller entgegen. In seiner Gegenwart fühlte sich die Atmosphäre im Haus um Welten leichter an.

»Was habt ihr denn morgen vor, Malte?«, fragte Anne.

»Wir machen eine Wattwanderung.«

Ein leises Brummgeräusch ertönte. Malte griff in die Hosentasche und legte sein Handy auf das weiße Tischtuch. Vibrierend arbeitete es sich vor bis zur Tischkante, wo Malte es schließlich auffing. Johanna konnte gerade noch einen Blick auf das Display erhaschen: Bettina.

»Entschuldigt.« Malte stand auf und ging hinaus in den Flur, gefolgt von den missbilligenden Blicken seines Vaters.

»Prima«, sagte Kai und langte quer über den Tisch, um sich zu einem Nachschlag zu verhelfen, »dann bleibt mehr für uns übrig.«

Johanna lachte. Sie war eine langsame Esserin, aber auch sie nahm eine zweite Portion und aß sie auf, bevor Malte zurückkam. Als sie fertig war, sprang Herr Knies auf und begann den Tisch abzuräumen, Maltes beinahe unberührten Teller zuerst. Anne sah ihm stirnrunzelnd nach und zuckte zusammen, als sie das Geräusch von fallendem Besteck aus der Küche hörte. Schließlich kamen Vater und Sohn miteinander ins Esszimmer zurück. Herr Knies trug ein Tablett mit Dessertschälchen.

»Hättest du wohl die Güte, dich wieder zu uns zu setzen?«

Aus dem Augenwinkel sah Johanna, wie Kai einen beunruhigten Blick mit seiner Mutter tauschte.

»Wer war es denn?«, erkundigte er sich, während Johanna beim Anblick der Mousse au chocolat das Wasser im Mund zusammenlief.

»Jemand aus Regensburg«, antwortete Malte widerstrebend.

»Hatte das nicht Zeit bis nach dem Essen?«

»Entschuldige, Steffen. Es war Johannas beste Freundin Bettina. Sie ist Fotografin und muss gleich noch zu einem Abendtermin. Sie … hatte ein Problem, über das sie gerne sprechen wollte.«

»Warum hat Ihre Freundin nicht Sie angerufen?«, fragte Frau Knies. Genau das fragte Johanna sich auch. Sie zog ihr Handy aus der Tasche.

»Vielleicht hat sie mich nicht erreicht«, erklärte sie und bemerkte, dass Kai aufmerksam zu ihr herüberschaute. Das Display zeigte weder eine Nachricht noch einen entgangenen Anruf. Schnell steckte sie das Handy wieder ein und versenkte den Löffel in der herb-süßen, luftigen Schokolade.

»Sie hat ein technisches Problem mit ihrer Kamera«, sagte Malte. Dann stand er auf und verließ das Zimmer. Johanna glaubte ihm kein Wort.

»Schlaft ihr eigentlich getrennt?«, fragte Kai beiläufig.

Johanna wurde heiß und kalt. Woher wusste Kai das? Dann fiel es ihr ein: Vor dem Essen war er oben auf der Toilette gewesen. Hatte er sich in ihren Zimmern umgesehen? Offenbar war er ebenso neugierig wie sie.

»Ja. Das tun wir in Regensburg auch«, sagte sie und suchte

Maltes Blick, doch der schaute nur auf seinen Teller und schwieg. Warum sorgte er nicht endlich für Klarheit? Und warum fragten Anne und Steffen nicht nach? Der Einzige, der ihren Blick erwiderte, war Kai. Er lächelte, als wüsste er alles, was er wissen wollte.

13

Am nächsten Morgen brachen sie noch vor dem Frühstück zur Wattwanderung auf. Eigentlich hatten sie noch genug Zeit, doch Johanna war klar, dass Malte dem Gespräch mit seinen Eltern ausweichen wollte. Und was lief zwischen ihm und Bettina? Sie hatte gestern Abend noch eine SMS an ihre Freundin geschrieben, aber keine Antwort erhalten.

Tief in Gedanken ging sie neben Malte auf dem Deichweg dahin. Nach einer halben Stunde hielt er an einer Bank. Er holte eine Decke aus dem Rucksack, eine Tüte mit Gebäck vom Vortag und eine Thermoskanne. Dankbar nahm Johanna einen Becher Tee und ein Croissant entgegen.

Malte deutete aufs Meer hinaus. »In einer guten Stunde haben wir Niedrigwasser«, erklärte er. »Zeit genug, um nach Nieblum zu laufen.«

»Was ist mit Bettina?«

Malte zuckte mit den Schultern, während er sich wieder in Bewegung setzte.

»Stress mit Konnerth«, antwortete er knapp.

Johanna ahnte, dass das nur die halbe Wahrheit war. »Ich mache mir Sorgen«, sagte sie. »Ich frage mich, warum sie immer noch bei Konnerth arbeitet. Der beutet sie doch regelrecht aus.«

Wieder zuckte Malte mit den Schultern und verfiel dann in Schweigen, bis sie den Infopavillon des Nationalpark-Hauses erreichten. Am Treffpunkt für die Wattführung wartete bereits ein Pärchen in Maltes Alter. Sie trugen identische dunkelgrüne Wachsjacken und schauten ihnen entgegen. Schließlich streckte der Mann die Hand aus und sagte: »Malte! Ich hätte dich fast nicht erkannt.«

»Hallo Benedikt«, sagte Malte steif.

»Ihr kennt euch?«, fragte Johanna.

Malte nickte. »Meine Schulkameraden Benedikt und Corinna.«

Benedikt war etwa so groß wie Malte, aber stämmiger. Er wirkte, als könnte er sich geradewegs ins Wasser werfen und zum Festland zurückschwimmen. Die Frau dagegen war zierlich, doch auch sie trug Gummistiefel und schien raues Wetter aushalten zu können. Ihr Haar hatte sie zu einem dicken Zopf geflochten, dem der Wind nichts anhaben konnte. Johanna fand sie auf Anhieb sympathisch. Sie reichte beiden die Hand.

»Das ist Johanna«, stellte Malte sie vor. »Meine Mitbewohnerin aus Regensburg.«

»Was machst du denn da?«, fragte Benedikt. So, als wäre es völlig abwegig, im Süden der Republik zu leben.

»Studieren. BWL und Kunstgeschichte«, behauptete Malte.

»Interessante Kombination. Wirst du Kunsthändler, oder steigst du doch noch in die Firma ein?«

Malte schüttelte den Kopf. »Weder noch«, sagte er, und Johanna fragte: »Und was machst du, Benedikt?«

»Ich bin Teilhaber in der Kanzlei meines Vaters …«

»Und du, Johanna?«, fragte Corinna dazwischen. »Studierst du mit Malte?«

»Nein, ich bin Tischlerin.«

Corinna lächelte. »Dann weißt du sicher auch, wie es sich anfühlt, in einer Männerdomäne zu arbeiten. Ich promoviere gerade in Physik.«

Johanna wäre nie auf die Idee gekommen, sich mit einer Physikerin zu vergleichen, doch Corinna hatte im Handumdrehen eine Gemeinsamkeit hergestellt. Sie war wirklich nett. Nur Benedikt wirkte ein wenig aufgeblasen. Er hatte begonnen, vom neuen Ferienhaus seiner Eltern zu schwärmen.

»Es ist ein altes Kapitänshaus hier im Ort. Ein Traum, sage ich euch. Natürlich musste innen alles entkernt werden, aber jetzt steht es wieder tipptopp da.«

»Das würde ich mir gerne einmal ansehen«, sagte Johanna.

»Ja, klar. Am Freitag nach dem Empfang gibt's eine Hausführung für die Gäste. Mein Vater erklärt dir gern alles.«

Malte horchte auf. »Welcher Empfang?«

Johanna sah Tabletts mit Champagnergläsern und ein kaltes Buffet vor ihrem inneren Auge, und sich selbst mittendrin in ihrem neuen Kleid. Das also hatte Frau Knies mit »Anlässen« gemeint …

»Die Einweihungsparty«, sagte Corinna, und während Benedikt erklärte, dass sämtliche Freunde der Familie eingeladen waren, sagte sie leise zu Johanna: »Ganz zwanglos. Wir grillen und machen ein Lagerfeuer.«

»Haben dir deine Eltern nichts gesagt?«, fragte Benedikt. »Das wundert mich.«

»Mich nicht«, sagte Malte. Am liebsten hätte Johanna ihm einen Tritt gegen das Schienbein verpasst. Zum Glück trat in diesem Moment der Wattführer zu der Gruppe, die inzwischen auf gut fünfzehn Leute angewachsen war.

Der Regen hatte über Nacht den Himmel blank gewaschen, und der Wattboden glitzerte einladend in der Sonne. Kurzentschlossen verstaute Johanna ihre Sandalen in der Tüte mit den Gummistiefeln, die Malte ihr gegeben hatte, und ging barfuß los. Sie hatte erwartet einzusinken, doch der Sand war vertrauenserweckend fest – und ziemlich kalt.

Der Wind brauste in ihren Ohren, eine einzelne Wolke entlud ein paar Regentropfen auf ihrem Gesicht. Sie grub die Zehen in den feuchtdunklen Sand, während sie dem Wattführer zuhörte, und lief begeistert hinter ihm her ins Watt hinaus.

Zwei Stunden später löste sich die Gruppe auf.

»Wir sehen uns bei der Party«, sagte Benedikt, bevor er mit Corinna davonging.

Johanna kämmte mit den Fingern durch ihr Haar. Wahrscheinlich hatte der salzig-feuchte Wind es zu einem Wischmopp verklebt. Aber das war ihr egal. Sie fühlte sich leicht und vollkommen frei.

»Das war toll!« Da sah sie in Maltes sauertöpfisches Gesicht.

»Kein Schwein sagt mir was«, grummelte er.

»Du musst gerade reden«, sagte Johanna. »Ich werde auf jeden Fall zu dem Fest gehen. Und ich sage allen deutlich, dass ich nicht deine Freundin bin. Was soll denn Kai von mir denken?«

»Wenn er glaubt, dass du mit mir zusammen bist, findet er dich höchstens interessanter.«

»Warum bist du auf einmal so ekelhaft? Der Tag hat so schön angefangen. Ich bin sogar mit dir in dein blödes Watt gegangen!«

Malte warf ihr einen kurzen Seitenblick zu. »Okay. Es tut mir leid«, lenkte er ein. »Ich kläre das. Versprochen.«

Schweigend gingen sie zum Ferienhaus zurück.

Das gelbe Cabrio in der Einfahrt war nicht zu übersehen. Johanna stoppte so abrupt, dass Malte in sie hineinlief. Als sie sich zu ihm umdrehte, wirkte er kaum überrascht. Johanna wurde heiß vor Ärger und Enttäuschung darüber, dass ihre Freundin sie nicht ins Vertrauen gezogen hatte.

»Du hast gewusst, dass sie kommt, nicht wahr?«

Er ging einfach um sie herum und betrat das Haus.

14

Bettina saß mit Anne und Steffen auf der Terrasse. Sie hatte dunkle Ringe unter den Augen, doch ihr hellblaues Leinenkleid war so gut wie faltenfrei. Dabei musste sie die ganze Nacht im Auto gesessen haben.

Anne schenkte gerade frischen Tee ein, und Steffen stand auf, um noch zwei Tassen aus der Küche zu holen. Bettinas Blick flog zwischen Malte und Johanna hin und her. Dann stand sie auf. Johanna musste erst ihren Kloß aus Wut herunterschlucken, bevor sie Bettina umarmen konnte.

»Du zitterst ja«, sagte Johanna, und ihr Ärger machte der Besorgnis Platz. »Was ist passiert?«

»Ich habe überraschend freibekommen.«

Johanna glaubte ihr kein Wort, doch Bettina drehte sich einfach weg und ging auf Malte zu. Er zog sie an sich und ließ sie erst wieder los, als Steffen mit dem Teegeschirr hinter ihm stand und sich räusperte.

»Können Sie mir ein Hotel empfehlen?«, fragte Bettina. Vermutlich, um ihre Verlegenheit zu überspielen.

»Vielleicht haben sie auf dem Campingplatz noch was«, bemerkte Steffen trocken. Dabei schaute er Johanna durchdringend an.

»Steffen!«, rutschte es Anne heraus. Zu Bettina sagte sie: »In der Hochsaison ist es schwer, etwas Bezahlbares zu bekommen. Ich rufe unseren jüngeren Sohn Kai an. Er hat ein Gästezimmer.«

Eine halbe Stunde später fuhren sie zu dritt in Bettinas Auto nach Wyk. Johanna hatte tausend Fragen auf dem Herzen, die sie Bettina am liebsten unter vier Augen stellen wollte. Doch Malte wich nicht von ihrer Seite. Er trug ihre Reisetasche und betrat zusammen mit Bettina den Laden; Johanna kam sich wie das sprichwörtliche fünfte Rad am Wagen vor. Auch Kai hatte zu tun und begrüßte sie nur knapp.

»Du kennst dich ja aus«, sagte er zu Malte. »Bettwäsche ist im Schrank auf dem Flur.« Er musterte Bettina mit jenem gelangweilten Gesichtsausdruck, den Johanna bei ihrem ersten Zusammentreffen vor ein paar Tagen beobachtet hatte. Er flirtete also doch nicht mit jeder Frau! Oder lag es daran, dass bereits mehrere gutaussehende Kundinnen vor seiner Theke Schlange standen?

Sie folgte Malte und Bettina ins Dachgeschoss. Die Tür zu dem geräumigen Gästezimmer stand offen, es lag im Quergiebel und hatte großzügige, senkrechte Fenster. Schrank, Tisch, Stuhl, ein Bücherregal und ein breites Bett – mehr gab es nicht. Die Wände waren kahl und der Holzfußboden sauber wie ein frisches Brotzeitbrett. Nichts deutete darauf hin, dass vor kurzem noch eine andere Frau hier gewohnt hatte.

Malte ließ Bettinas Reisetasche auf den Boden unter dem Fenster gleiten und sagte: »Hol doch mal das Bettzeug, Johanna.«

Kein Bitte, kein Danke! Was bildete der sich eigentlich ein? Zumindest Bettina schien noch zu wissen, was sich gehörte, und trat mit Johanna vor den Wäscheschrank im Flur.

»Was ist passiert?«, fragte Johanna noch einmal. »Hat Konnerth dir gekündigt?«

»Können wir später reden? Ich bin todmüde.«

»Schon gut, schlaf dich erst mal aus«, sagte Johanna. Sie zog eine Garnitur Bettwäsche aus dem Schrankfach und wollte ins Gästezimmer gehen, doch Malte nahm ihr die Sachen an der Türschwelle ab.

»Ich mach das«, sagte er, ließ Bettina eintreten und schloss die Tür vor Johannas Nase.

»Hey!«

Johanna widerstand der Versuchung, an die Tür zu hämmern. Sie musste irgendetwas tun, um sich abzureagieren – schreien kam nicht in Frage, nach unten gehen auch nicht. Also stampfte sie wütend durch den Flur. Sie riss die schmalere der beiden übrigen Türen auf. Dahinter befand sich ein kleines, schmuckloses Badezimmer mit beigefarbenen Fliesen. Die Tür daneben war abgeschlossen. Johanna tastete mit den Fingern über den Türrahmen, und richtig: Obendrauf lag ein Schlüssel. Sie nahm ihn herunter und schloss auf.

Ihr Blick fiel sofort auf das Rudergerät. Es stand in der Mitte des Raumes und war aus Nussbaumholz gemacht. Seinem klaren Design und der Verarbeitung nach zu schließen, musste es sehr teuer gewesen sein. Johanna fuhr andächtig über die Holzoberfläche. Ihre Finger hinterließen tiefe Spuren in der Staubschicht. Es war wohl schon lange nicht mehr bewegt worden. Wie schade! Sie wischte über den Sitz, schlüpfte in die Fußschlaufen und griff nach dem Ruderzug. Der Widerstand wurde von einem Wassertank erzeugt, der bei jedem Zug leise rauschte. Es war das schönste Trainingsgerät, mit dem sie sich jemals abgemüht hatte. Das dunkle, geölte Holz, die Präzision, mit der es sich bewegen ließ – eine Maschine ganz nach ihrem Geschmack.

Während sie ruderte, sah sie sich im Zimmer um. Sie saß unter einem Fenster in der Dachschräge. An der geraden Wand zu ihrer Rechten gab es ein Holzregal mit mehreren Gewichten, davor eine Hantelbank. Auf der anderen Seite war eine Sprossenwand montiert. Zug um Zug wurde sie ruhiger, bis sie sich kaum mehr erinnern konnte, warum sie sich eben noch so aufgeregt hatte.

Plötzlich hörte sie Kais überraschte Stimme hinter sich.

»Was machst du denn hier?«

Sie ließ den Ruderzug los, und eine Schrecksekunde lang dachte sie, er wäre sauer auf sie. Doch als sie sich umdrehte, lag ein Grinsen auf seinem Gesicht. Es war nicht das Zauberlächeln, aber ihr wurde trotzdem warm. Vor allem, als sie in seine Augen schaute.

»Verschlossene Türen sind wohl kein Hindernis für dich.«

Johanna schüttelte den Kopf. Sie fühlte sich kein bisschen schuldig.

»Deine kleine Folterkammer?«, fragte sie mit einem Blick auf die Hanteln. Er nickte. Verlegen, wie es Johanna schien.

»In letzter Zeit war ich ein bisschen faul. Wo sind Bettina und Malte?«

»Im Gästezimmer. Malte wollte mit ihr allein sein.«

Kai zog eine Augenbraue hoch und wirkte plötzlich abweisend. Unglaublich, wie genervt er dreinschauen konnte!

»Wegen des Problems mit ihrer Kamera, nehme ich an?«, fragte er, und Johanna, die inzwischen aufgestanden war, schaute zu Boden. Schon wieder bildete sich dieser Kloß in ihrem Hals, und sie unterdrückte die Tränen. Wie hatte ihre Freundschaft mit Bettina so in die Schieflage geraten können? Nur wegen eines Mannes? Sobald die beiden zusammen waren, versanken sie ganz in ihrer Welt, in die ihnen Johanna nicht folgen konnte. Aber war das bei Verliebten nicht immer so? Und warum ließen sie die Katze nicht aus dem Sack? Es konnte doch jeder sehen, wie gut Malte und Bettina zusammenpassten – auch Kai. In diesem Moment klingelte unten die Ladenglocke.

»Ich muss wieder«, sagte Kai. »Möchtest du mitkommen?«

Johanna nickte, und sie joggten die Treppe hinunter. Ein Paket war angekommen, und trotz seiner Größe balancierte Kai es ins Hinterzimmer, als wäre es federleicht.

»Die neuen Teedosen. Hilfst du mir auspacken?«

Johanna schnappte sich eine Schere, öffnete die Schachtel und stellte die Dosen eine nach der anderen auf die Regalborde. Einige der Dosen waren weiß und mit Kirschblütenzweigen bedruckt.

»Die sind hübsch«, sagte sie.

»Möchtest du eine? Ich füll dir Tee rein … Was magst du denn?«

Johanna sah sich um, dann sagte sie: »Hast du Gute-Laune-Tee?«

Kai lachte. »Ich hätte noch einen Vorschlag, der deine Stimmung hebt. Ich schenke dir das Ergometer. Bei dir ist es besser aufgehoben als bei mir.«

»Aber das war doch bestimmt schweineteuer!«

»Eben deshalb ist es schade darum. Und da du kein Geld für die Reparaturen annehmen willst ...«

»Danke! Aber ich glaube nicht, dass es in Bettinas Auto passt.«

»Kein Problem, ich schicke es dir. Oder ich besuche euch mal.«

»Ja, das wäre schön!«

Wenig später kam Malte herunter.

»Wie geht es eurer Freundin?«, fragte Kai. »Braucht sie noch etwas? Ich koche gleich Kaffee.«

»Sie hat sich hingelegt«, sagte Malte. »Könntest du ihr bitte noch eine Flasche Wasser hochbringen, Johanna?«

Als er sie anschaute, war Johanna klar, dass Bettina sich mit Malte abgesprochen hatte.

15

Als sich die Zimmertür öffnete, schreckte Bettina hoch. Sie war offenbar eingenickt, sobald Malte die Tür hinter sich geschlossen hatte. Endlich waren ihre Gedanken zur Ruhe gekommen, und eine angenehme Müdigkeit hüllte sie ein. Doch vor ihr stand Johanna mit einer Flasche und einem Glas. Sie würde sicher nicht eher Ruhe geben, bis Bettina ihr alles erzählt hatte.

»Hallo«, sagte Johanna, und Bettina hörte einen leicht anklagenden Ton heraus.

»Tut mir leid wegen vorhin. Ich war so froh, Malte zu sehen, und …«

»Schon gut«, sagte ihre Freundin und setzte sich zu ihr auf die Bettkante.

Wenn sie so schnell einlenkt, muss ich ja wirklich kaputt aussehen, dachte Bettina. Sie setzte sich auf und griff nach dem Wasserglas. Johanna schenkte ihr ein.

»Danke«, sagte sie.

Bettina rieb sich die Stirn. Die Kopfschmerzen waren seit gestern kaum besser geworden, und jede Bewegung tat ihr weh. Wenn sie noch eine Schmerztablette nahm, bekam sie wahrscheinlich einen Magendurchbruch. Also trank sie einfach einen Schluck Wasser und lehnte sich in ihr Kissen zurück.

»Hast du gekündigt?«, fragte Johanna.

»So ähnlich. Wir haben gestern Abend gestritten. Erst bin ich in eure Wohnung gefahren, um mich abzuregen, aber es wurde nur noch schlimmer. Da habe ich meine Sachen gepackt und bin los. Mama hat versucht, es mir auszureden, aber ich wollte nur noch weg.«

»Was ist denn passiert?«

Bettina erzählte es so knapp wie möglich. Sie wollte die Geschichte am liebsten vergessen, aber Johannas Neugier musste befriedigt werden. Und ganz, wie Bettina befürchtet hatte, drehte Johanna durch. Ihre ländlich-katholische Prägung verlieh ihr einen heiligen Zorn.

»Dieser Depp!«, rief sie. »Wie kann er nur? Das ist ja widerlich.«

Bettina zog ihre Bettdecke hoch bis zum Kinn. »Reg dich ab. Es stehen mehr Leute auf Dominanz–Spiele, als du glaubst.«

»Ich weiß schon, selbstbestimmte Sexualität und so. Aber ich halte nun mal nichts von Unterwerfung. Selbst wenn es angeblich nur ein Spiel ist.«

»Meinetwegen kann jeder machen, was er will«, sagte Bettina. »Aber bei Konnerth hat das immer so einen Beigeschmack. Wer weiß, wie der an den Auftrag gekommen ist.«

»Du meinst, er ist selber Kunde in dem Studio?«

»Ich kann es mir vorstellen.«

Johanna riss die Augen auf. »Hat er dich sexuell belästigt?«

»Nicht körperlich. Aber seine schleimigen Bemerkungen sind unerträglich. In den letzten Monaten ist es immer schlimmer geworden.«

»Warum hast du mir das nicht erzählt?«

»Weil du dich immer so aufregst.«

Bettina erwartete einen weiteren Zornausbuch, doch zu ihrer Überraschung sagte Johanna: »Stimmt. Und es hätte dir gar nichts geholfen, wenn ich dir jedes Mal erzählt hätte, wie unmöglich sein Verhalten ist.«

»Außerdem warst du wie besessen von dieser Patrick-Geschichte«, sagte Bettina. Dass Johanna so ruhig reagierte, machte ihr Mut, weiterzusprechen. »Und jedes Mal, wenn Malte uns besuchen kam, hast du dich zurückgezogen. Ich wusste einfach nicht, was ich davon halten sollte. Bist du eifersüchtig? Oder neidisch?«

Sie klammerte sich an ihr Glas und spürte, wie die Spannung hinter ihrer Stirn noch zunahm. Doch das Gespräch war überfällig. Sobald sie es hinter sich hatte, würde sie sich besser fühlen. Johanna sagte nichts. Ihre Oberlippe zitterte, als würde sie gleich zu weinen anfangen. Dann schaute sie zu Boden.

»Ich habe mich ausgeschlossen gefühlt«, sagte sie endlich.

»Tut mir leid«, sagte Bettina, obwohl sie sich keiner Schuld bewusst war. Aber sie wusste, wie ihre Freundin tickte. Johanna hatte zuweilen etwas Klammerndes an sich, das auch vor einer Frauenfreundschaft nicht Halt machte. Solange sie einander alles erzählt und viel Zeit miteinander verbracht hatten, war das kein Problem gewesen. Doch dann war Malte dazwischengekommen. Und die alles verschlingende Geschichte mit Patrick.

Johanna schaute sie an. Ihr Blick war jetzt wieder ruhig. »Nein, mir tut es leid. Ich habe mich ziemlich blöd benommen.«

Jetzt weinte sie wirklich, und Bettina griff nach den Taschentüchern, die Malte ihr auf das Nachtkästchen gelegt hatte. Johanna nahm eines und schnäuzte sich.

»Aber jetzt freue ich mich für euch. Wirklich.« Sie holte tief Luft. »In den letzten Tagen habe ich Malte besser kennengelernt. Ich glaube, ich kann verstehen …«

Bettina wartete.

»Also, ihr passt super zusammen. Und ich hoffe, dass wir immer noch Freundinnen sind.«

Trotz ihrer Erschöpfung schwang Bettina die Beine aus dem Bett und setzte sich neben Johanna. Sie legte die Arme um ihre Freundin. »Na klar. Was dachtest du denn?«

Johanna atmete ein paarmal zitternd ein und aus, dann stand sie vorsichtig auf.

»Danke.«

Bettina ließ sich in ihr Kissen zurücksinken. Sie war noch

keineswegs sicher, wie es mit ihr und Malte weiterging, aber sie war froh, in seiner Nähe zu sein. Wie verständnisvoll er reagiert hatte! Natürlich hatte er auch seine Macken – vor allem, was seine Familie betraf – doch wer hatte die nicht? Sie war sicher, dass er sie in allem unterstützen würde, was sie tat. Ganz egal, ob sie sich entschied, zu Konnerth zurückzugehen oder sich selbständig zu machen.

»Meinst du, Konnerth schmeißt dich raus?«, fragte Johanna.

»Er hat eine SMS geschickt – er wollte nur wissen, ob ich den Auftrag heute trotzdem mache. Der ist da hart im Nehmen. Wenn ich den Job loswerden will, muss ich schon selber kündigen.«

»Bevor du etwas Neues hast?«

»Das weiß ich noch nicht. Ich möchte das für ein paar Tage zur Seite schieben, bevor ich mich entscheide. Okay?«

»Natürlich. Schlaf dich aus und lass dir den Wind um die Nase wehen. Ich finde es jedenfalls gut, dass du dem Deppen eins übergezogen hast. Das hat er verdient.«

Bettina beschloss, nicht mehr zu antworten. Stattdessen wickelte sie sich in ihre Decke und versuchte sich vorzustellen, ihr Kopf sei schwerelos. Erleichtert registrierte sie, wie Johanna das Zimmer verließ und sanft die Tür hinter sich schloss.

16

Als sie nach unten kam, war Malte zum Fotografieren aufgebrochen, und Kai hatte keine Zeit. Johanna war es recht; sie wollte in Ruhe nachdenken. Sie war froh, dass sie sich mit Bettina ausgesprochen hatte, aber war damit auch alles wieder in Ordnung? Früher hatten sie über alles geredet – fast alles, denn Bettina machte gerne Dinge mit sich allein aus. Das hatte sie mit Malte gemeinsam. Ob das eine gute Basis für eine Beziehung war?

In sich versunken schlenderte Johanna durch die Gassen, vorbei an Drachenläden, Schmuckgeschäften und weiteren Teehäusern, und stopfte sich in einem Café mit Friesentorte voll. Sie hatte keine Lust, ans Meer zu gehen, also schlenderte sie in nördlicher Richtung aus dem Stadtzentrum hinaus.

In der Nähe des Hafens stieß sie auf ein interessantes Schaufenster. Darin standen ein altes Sofa und ein Biedermeiertisch. *Antiquitäten Martens*, prangte in altmodischen goldfarbenen Lettern auf der Scheibe.

Johanna war ein bisschen aufgeregt, als sie durch die Ladentür trat, aber sie wusste gar nicht so genau, warum. Die Schiffsglocke über dem Eingang gab einen kräftigen, dunklen Ton von sich. Johanna spürte das Vibrieren bis in die Knochen. Schummriges Licht umgab sie, und sie hatte Mühe, sich in dem mit edlen Möbelstücken vollgestopften Laden zurechtzufinden. Deshalb erschrak sie, als sie aus der Tiefe des Raumes angesprochen wurde.

»Guten Tag. Kann ich Ihnen helfen?«

Johanna wandte den Kopf in die Richtung, aus der die Stimme gekommen war, und entdeckte einen älteren Mann mit gebeugtem Rücken. Er hatte dichtes, weißes Haar, das ihm bis auf die Schultern reichte, und eine klobige Hornbrille, durch die er sie interessiert musterte. Seine übliche Kundschaft sah vermutlich anders aus.

»Ich interessiere mich für alte Möbel«, erklärte sie.

Er machte eine ausholende Handbewegung in den Raum hinein. »Davon habe ich jede Menge.«

Johanna musste lachen. »Das sehe ich. Wer restauriert denn die schönen Sachen? Das interessiert mich beruflich, ich bin nämlich Schreinerin.«

»Sprechen Sie mit meiner Tochter. Sie ist hinten in der Werkstatt.«

Herr Martens blickte sie durch seine dicken Brillengläser liebenswürdig an, als wäre sie eine hübsche, aber nicht besonders wertvolle Antiquität. Dann bat er sie mitzukommen. Er öffnete eine Tür am hinteren Ende des Ladens und rief: »Sylke, hier ist jemand vom Fach!«

Johanna trat durch die Tür. Plötzlich stand sie in einem lichtdurchfluteten Atelier mit Oberlichtern und taghellen Neonröhren. Die Toreinfahrt am anderen Ende der Werkstatt war geöffnet. Im Gegenlicht konnte sie eine große, kräftige Frau erkennen. Sie hatte ein rundliches Gesicht und rotblonde Ringellocken, die unter einer Baseballkappe hervorschauten. Die Fältchen um ihre Augen verrieten, dass sie nicht mehr ganz jung war. Johanna schätzte sie auf Mitte fünfzig. Die Frau musterte Johanna wie vorhin ihr Vater.

»Moin. Ich bin Sylke. Du kommst gerade recht.« Sie deutete auf einen massiven Sekretär, der mitten in der Einfahrt stand. Nach einem kurzen Überraschungsmoment fasste Johanna mit an. Gemeinsam trugen sie den Schreibtisch nach drinnen.

»Hier.«

Gemeinsam rückten sie das schwere Möbel an die Wand.

»Der ist gerade angeliefert worden, und meine Aushilfe ist krank. Danke!«

Johanna sah sich um. Auch die Werkstatt war bis in den letzten Winkel vollgestellt mit alten Möbeln.

»Und was führt dich zu mir?«

»Wie wird man Restauratorin?«, fragte Johanna.

»Das kommt darauf an, was du gelernt hast.«

Johannas Werdegang war schnell erzählt: Tischlerlehre in Zwiesel und die Jahre in der Bauschreinerei. Patrick erwähnte sie natürlich nicht.

»Ich bin auf der Suche nach einem neuen Job und überlege, eine Weiterbildung zu machen«, sagte Johanna.

Es stellte sich heraus, dass Sylke bei einem Kirchenmaler in die Lehre gegangen war und dann studiert hatte. Aber es gab auch Ausbildungsgänge zur Restauratorin im Handwerk.

»Bleibst du länger hier?«, fragte Sylke. »Ich könnte eine Praktikantin gebrauchen.«

Johannas Herz machte einen Satz. »Das wäre toll!«, sagte sie. Dann erlosch das Glücksgefühl. »Leider fahre ich Ende der Woche nach Regensburg zurück. Ich besuche nur die Familie Knies.«

»Steffen und Anne? Die kennen wir gut«, sagte Sylke. »Falls du es dir überlegst, melde dich bei mir.«

Sie tauschten ihre Handynummern aus, und Johanna verließ die Werkstatt mit gemischten Gefühlen. Da bekam sie aus heiterem Himmel ein Jobangebot – und dann war es ausgerechnet auf Föhr. Aber hatte sie nicht davon geträumt, Regensburg für eine Weile hinter sich zu lassen? Sie dachte die ganze Zeit darüber nach, während sie zu Fuß zum Ferienhaus zurückging.

Vor dem Haus parkte bereits wieder das gelbe Cabriolet, doch auf der Terrasse saßen nur Malte und sein Vater bei einem Glas Wein. Sie sahen entspannt aus und schienen sich ausnahmsweise gut zu unterhalten.

»Du kennst ja Benedikt senior«, sagte Steffen gerade. »Er hat die Denkmalbehörde juristisch in die Knie gezwungen.«

Beide lachten. Herr Knies sah als Erster zu Johanna auf.

»Da bist du ja«, sagte er, dann stutzte er. »Entschuldigung.«

»Von mir aus können Sie mich ruhig duzen«, meinte Johanna.

»Gerne, aber dann auf Gegenseitigkeit!« Er streckte ihr die Hand hin und lächelte. »Ab jetzt also Steffen und Anne. Lass uns beim Abendessen darauf anstoßen.«

»Danke, Steffen.« Sie freute sich über den Vertrauensbeweis. Ob auch Anne mit der neuen Regelung glücklich sein würde?

»Und was hast du heute gemacht?«, wollte Steffen wissen.

»Ich bin auf Martens' Antiquitätenladen gestoßen.«

»Ich hatte ganz vergessen, dir die Adresse zu geben. Zum Glück hast du von selbst hingefunden. Wie geht es ihm? Er ist ja auch schon über achtzig.«

»Er geht am Stock, aber sonst wirkt er ganz munter.«

»Freut mich zu hören. Bestimmt kommen er und Sylke auch am Freitag.«

Johanna lächelte in sich hinein. Wenn das so weiterging, würde die Party ein Treffen mit alten Bekannten werden, und sie musste sich nicht wie ein Fremdkörper dort fühlen.

Plötzlich war das Gelächter zweier Frauenstimmen zu hören. Johanna erkannte Bettina, aber das andere Lachen war ihr fremd: Es gehörte Anne Knies. Als Johanna die beiden auf sich zukommen sah, gab es ihr einen Stich. Sie wirkten so vertraut miteinander wie Mutter und Tochter. Bestimmt hatte Anne nichts an dem grünen Sommerkleid auszusetzen, das Bettina trug. Der Schlaf hatte Bettina gutgetan, auch wenn sie immer noch sehr zerbrechlich wirkte.

»Nenn mich doch Anne«, sagte Frau Knies gerade zu Bettina.

Beim Abendessen stießen sie alle miteinander auf das Du an.

17

Andächtig blickte Johanna an sich hinunter. Federleicht umfloss das dunkelrote Samtkleid ihre Figur, und sie fühlte sich wie eine Königin. Bis sie den Raum durchquerte und ans Fenster trat. Ihre Schritte kamen ihr auf einmal so raumgreifend vor! Je länger sie darüber nachdachte, desto unsicherer wurde sie. Sie wusste einfach nicht, wie sie sich in dem Kleid bewegen sollte. In fünf Minuten würde Kai sie abholen.

Rasch zog sie sich das Kleid über den Kopf, riss den Schrank auf, schlüpfte in ihre neue, blaue Leinenhose und die weiße Bluse und schlang sich ein Tuch in das störrische Haar. Jetzt noch einen Kontrollblick in den Wandspiegel – verdammt. Sie sah aus wie eine Bankangestellte oder Chefsekretärin! Noch zwei Minuten. Sie durchwühlte ihren Kulturbeutel und entdeckte ein Paar silberne, runde Ohrhänger, ein Geschenk ihres Vaters. Sie hatte sie noch nie getragen. Warum eigentlich nicht? Kurzentschlossen legte sie den Schmuck an. Und dann hupte es auch schon.

Sie schnappte sich Bettinas schlichte weiße Handtasche und sauste die Treppe hinunter. An der Haustür stieß sie beinahe mit Steffen Knies zusammen. Als er sie sah, deutete er ein Lächeln an.

»Nett siehst du aus«, sagte er. »Schönen Abend.«

Kai wartete am Ende des Kieswegs auf sie. Er trug ebenfalls Leinenhosen und ein weißes Hemd. Er öffnete ihr die Beifahrertür und ließ sie einsteigen.

Sie dachte, dass er sie gar nicht richtig angesehen hatte, doch dann sagte er: »Schickes Outfit. Wie viele von diesen Hosen hast du eigentlich?«

Johanna fühlte sich ertappt. »Eine in braun und diese hier. Bei meiner Shoppingtour neulich habe ich gleich zwei davon genommen. Ich mag Leinen.«

»Ich auch.«

Johanna räusperte sich. Sie hatte das Gefühl, vor Nervosität keinen Ton mehr herauszubringen. Trotzdem fragte sie: »Wie heißt noch mal der Ort, wo die Kirche steht?«

»Süderende«, sagte Kai. »Bist du heiser? Es war wohl gestern sehr windig im Watt.«

Dann schien auch ihm nichts mehr einzufallen, um das Gespräch in Gang zu halten. Doch plötzlich machte es Johanna nichts mehr aus. Es war schön, sich einfach von ihm durch die Landschaft kutschieren zu lassen, während jeder seinen Gedanken nachhing.

Eine Viertelstunde später tauchte ein wuchtiger Backsteinturm vor ihr auf. Kai parkte am Straßenrand, stieg aus und warf einen Blick in den Himmel.

»Es ist Sturm angesagt.« Dann hakte er sich bei ihr ein. »Du solltest dir unbedingt die sprechenden Grabsteine rund um die Kirche ansehen. Hier liegt zum Beispiel der Glückliche Matthias, ein berühmter Walfänger.«

»Der, nach dem das Restaurant benannt ist?« Endlich hatte Johanna ihre Stimme wiedergefunden. Sie durfte ihn nur nicht ansehen und in den Bann des Zauberlächelns geraten.

»Mhm«, sagte er.

»Ich habe davon gelesen … Schau mal, wie viele Leute schon da sind.«

Der Platz vor der Kirchmauer stand voller Fahrräder, und vor dem Eingang bildete sich eine Warteschlange.

»Wir hatten hier schon etliche Konzerte«, sagte Kai.

»Gitarren, einen Dudelsack, Chormusik. Einige örtliche Künstler haben umsonst musiziert und die Einnahmen gespendet.«

»Das ist toll – nicht nur für die Touristen, sondern auch für die Einheimischen, nicht? Hier gibt es ja sonst nicht viel, wo man hingehen kann. Das ist wie bei mir zu Hause. Da hätte ich mir auch ein bisschen mehr Kulturleben gewünscht.«

»Was für Musik magst du denn?«

»Alles außer Techno und volkstümliche Musik.«

Er grinste. »Geht mir genauso. Nachdem ich die Taiko-Trommler im Fernsehen gesehen hatte, wollte ich sie unbedingt hierhaben. Dank unserem Kulturverein hat es dann auch geklappt. Es ist ausverkauft.«

Am Eingang trafen sie auf Susanne Jöns aus dem Café und ihren Mann Uwe. Während Kai mit ihm sprach, entdeckte Johanna Corinna und Benedikt. Sie standen etwas weiter hinten und winkten ihr zu, dann beugte sich Benedikt zu Corinna hinunter und sagte etwas. Vielleicht fragten sie sich, warum sie nicht mit Malte hier war.

Sie ließ sich mit Kai in das Innere der Kirche schieben, die sich deutlich von den barocken katholischen Gotteshäusern ihrer niederbayerischen Heimat unterschied. Johanna verstand genug von Baustilkunde, um den romanischen Ursprung des Bauwerks zu erkennen. Sie ließ die Augen über die hell lackierten Holzbänke und die zarten Deckengemälde schweifen, bis ihr Blick im Altarraum hängenblieb. Unterhalb des geschnitzten Altarbildes stand eine riesige Trommel. Sie erinnerte Johanna an ein überdimensioniertes Bierfass, nur dass an den Enden Trommelfelle aufgespannt waren. Am vorderen Rand der Bühne standen sieben kleinere Trommeln, und in der Mitte brannte Feuer in einer flachen Schale. In der dritten Reihe war noch Platz.

Johanna tauschte einen kurzen Blick mit Kai. Das genügte, um zu wissen, dass sie sich über die Platzwahl einig waren. Sie rutschte in die Bank, und Kai setzte sich so dicht neben sie, dass ihre Schultern sich berührten. Johanna bekam eine Gänsehaut, rückte aber nicht von ihm ab.

»Ich bin ein bisschen aufgeregt«, sagte sie.

»Meinetwegen?« Sie konnte das Lächeln in seiner Stimme hören.

»Nein«, behauptete sie. »Ich liebe Livemusik. Ich weiß nur nie, wie ich darauf reagiere.« Bevor er noch einmal antworten konnte, wurde es ruhig in der Kirche, und die Musiker zogen von hinten durch den Mittelgang in die Kirche ein. Acht schlanke, durchtrainierte Männer und eine Frau. Sie trugen schwarze Hosen und rote, ärmellose Shirts.

»Sieht mehr nach Kampfsport aus als nach Musik«, flüsterte Johanna. Als Erstes bezog die Frau an der großen Trommel Stellung, während die sieben Männer vor den kleinen Trommeln niederknieten. Sie begannen mit leisen, präzisen Schlägen. Johanna schloss die Augen.

Als die große Trommel einfiel, stand ihr Herz einen Moment still, dann unterwarf es sich freudig dem mächtigen Rhythmus. Sie unterdrückte den Impuls, aufzuspringen und in die Schreie der Musiker einzustimmen. Wie konnte das Publikum nur so ruhig und unbeteiligt dasitzen, während der Raum vor Energie vibrierte? Sie sah zu Kai hinüber: Sein Oberkörper wippte im Takt, und sie spürte, dass es ihm genauso ging wie ihr. Glücklich überließ sie sich dem Strom von Bildern und Gefühlen, den die Klänge in ihr auslösten. Mal hatte sie einen Kloß im Hals und ihr Körper schien sich anzuspannen wie ein Trommelfell, dann wieder schien sich alles in ihr aufzulösen. Am Ende fühlte sie sich völlig erschöpft, und die Tränen liefen ihr über das Gesicht.

Als die Musik verstummte, blieb es mehrere Sekunden lang vollkommen still. Dann brach der Applaus los. Johanna klatschte wie verrückt. Bis Kais Arm sich um ihre Schultern legte. Er hielt ihr ein Taschentuch hin, und Johanna wischte sich über das Gesicht, während der Beifall langsam verebbte. Schließlich lehnte sie sich an ihn, und er streichelte mit den Fingern ihren Oberarm.

Endlich wandte sie ihm das Gesicht zu. Johanna blinzelte. Er sah sie ruhig an. Auch seine Augen glänzten verdächtig. Rechts und links von ihnen standen immer mehr Konzertgäste auf und gingen in die Pause.

»Möchtest du sitzen bleiben?«, fragte Kai. »Ich hole uns etwas zu trinken.«

»Nein, lass uns rausgehen.«

Er nickte und stand auf. Johanna folgte ihm. Einen Augenblick später griff sie nach seiner Hand, und Kai drehte sich zu ihr um. Sein Blick traf sie wie ein lautloser Trommelschlag.

»Malte und ich sind nicht zusammen«, sagte sie.

»Ich weiß.«

Inzwischen standen sie auf dem Mittelgang, und die Schlange der Zuschauer schob sich weiter um sie herum. Manche schimpften verhalten. Johanna nahm es wie von ferne wahr. Als sie zum wiederholten Mal angerempelt wurden, zog Kai Johanna langsam aus der Kirche, vorbei an dem Partyzelt mit dem Sekt und den Häppchen, an flackernden Windlichtern und Konzertbesuchern.

Sie verließen den Friedhof und traten durch ein Tor in das angrenzende Waldstück.

18

Der Himmel war voller dunkler Wolken, doch Johanna fühlte sich unter den Bäumen geschützt und geborgen. Sie fuhr mit der Hand über einen Baumstamm, der noch die Wärme des Tages in sich trug. Es war schön, sich daran festzuhalten, denn ihre Beine zitterten. Kai fasste sie an der Schulter und drehte Johanna zu sich. Seine Augen waren jetzt dunkel wie Graphit, und er lächelte nicht.

Johanna fühlte, wie sich ihr Rücken vor Aufregung anspannte. Schließlich hielt sie es nicht mehr aus. Genau in dem Moment, als ein Blitz den Himmel über dem Backsteinturm zerteilte, legte sie Kai eine Hand in den Nacken und küsste ihn. Dann krachte der Donner, und sie fuhren atemlos auseinander. Erste Regentropfen fielen, zuerst hörten sie nur das Geräusch in den Blättern, dann spürte Johanna etwas Feuchtes auf ihrem Gesicht.

»Komm«, sagte Kai. Seine Stimme hatte etwas Drängendes, und das lag nicht nur an dem drohenden Unwetter. Sie rannten los. Als sie das Auto erreichten, hatte der Wind beachtliche Kraft entwickelt. Blitz und Donner kamen jetzt fast gleichzeitig, der Regen wurde stärker. Kai schaltete Licht und Scheibenwischer ein und fuhr los. Nur zwei oder drei Autos lösten sich vor ihm aus der Reihe der Parkenden; alle anderen Konzertbesucher waren nach der Pause in die Kirche zurückgegangen.

Bald musste er Schritttempo fahren, und der Sturm rüttelte an der Autokarosserie. Kai hatte den Blick starr auf die Straße gerichtet und hielt das Lenkrad fest in beiden Händen.

»Keine Sorge«, sagte er, und Johanna wusste, dass ihr nichts passieren konnte, solange sie mit Kai zusammen war. Was kam als Nächstes? Sie waren nicht auf dem Rückweg zum Ferienhaus. So viel Ortskenntnis hatte sie inzwischen. Unwillkürlich griff sie nach der geliehenen Handtasche. Darin waren ihr Handy und der Geldbeutel, ein Bonbon – und Kondome. Kleine Stoßwellen tanzten durch Johannas Körper, von der Kopfhaut bis in die Zehenspitzen. Das Epizentrum lag genau dazwischen.

Ein dumpfes Poltern im Radkasten holte Johanna zurück auf den Boden der Realität. Kai war offenbar über einen Ast gefahren.

»Keine Sorge«, sagte Kai wieder. »Mein Auto hält das aus.«

Doch er wirkte angestrengt, und Johanna atmete erleichtert auf, als sie den Laden erreichten. Kai blieb direkt vor dem Schaufenster stehen, zog seinen Schlüsselbund heraus und sprang gleichzeitig mit Johanna aus dem Wagen. Regentropfen klatschten ihr wie kleine Ohrfeigen ins Gesicht. Es blitzte und donnerte ohne Pause. Hastig schlüpften sie ins Haus.

Als Kai die Wohnungstür öffnete, schlug ihnen ein Luftzug entgegen.

»Mist«, sagte Kai. »Ich habe ein Fenster vergessen.« Er riss die Badezimmertür auf, während Johanna die Räume auf der anderen Seite prüfte, doch hier waren alle Fenster geschlossen.

Sie fand Kai in seinem Schlafzimmer. Er stand mit dem Rücken zu ihr am offenen Fenster, und die kalten Luftstöße wirbelten Blätter herein. Er kämpfte gegen den Sturm. Mit wenigen Schritten war Johanna bei ihm. Kai drückte das Fenster zu, und Johanna konnte es verriegeln, obwohl ihre Finger vor Aufregung zitterten. Sie stand dicht neben Kai und spürte seine Wärme. Er drehte sich um und lehnte sich gegen das Fensterbrett. Sein Hemd war feucht und zerknittert, die Haare sturmzerzaust und er stand in einer Pfütze.

»Ich glaube, du brauchst einen neuen Parkettboden«, sagte Johanna.

Er lachte. »Komm her«, sagte er. Zärtlich kämmte er mit den Fingern durch ihr feuchtes Haar. Sie küssten sich, und endlich konnte Johanna ihren weichen Knien nachgeben. Sie landeten direkt auf seinem Bett. Sie zog ihm das Hemd über den Kopf und zerrte an seinem Gürtel. Schließlich schlüpften sie nackt unter die weißen, kühlen Laken.

»Du glühst ja«, sagte Kai und warf die Bettdecke fort.

19

»Morgen, meine Süße.«

Johanna blinzelte. Der Duft von geröstetem Kaffee zog durch die Wohnung. Dabei wusste sie mit Sicherheit, dass weder Kai noch sie in den letzten Minuten das Bett verlassen hatten.

»Ich muss leider schon raus«, sagte er, »aber ich bringe dir Kaffee ans Bett.«

»Du verwöhnst mich«, murmelte sie und sank in die Kissen zurück.

Sie musste noch einmal eingenickt sein, denn er war im Handumdrehen mit einer Tasse zurück. Im nächsten Moment begriff sie, dass sie nicht allein in der Wohnung waren.

»Malte und Bettina warten schon mit dem Frühstück auf uns.« Er lachte.

Johanna stöhnte auf. »Kann man denn nicht mal die intimsten Dinge für sich behalten?«

»Warum denn?«, fragte Kai. »Sie haben doch auch hier übernachtet.«

Johanna krallte die Finger in die Bettdecke. Da hatte sie endlich mal eine aufregende Nacht, und dann musste sie den Morgen danach ausgerechnet mit ihren Freunden teilen!

Kai stand mit der Kaffeetasse da und schaute auf sie herunter. Sein Haar war immer noch zerzaust, und unter anderen Umständen hätte sie ihn sofort zurück ins Bett gezerrt. Doch sie konnte zusehen, wie sein Lächeln – das wunderbare, unwiderstehliche Zauberlächeln – nach und nach erlosch.

»Ist es dir peinlich, dass du mit mir geschlafen hast?«, fragte er.

»Nein, aber … das war bisher immer mein Text.«

Er schaute sie verständnislos an.

»Ich kann es dir nicht erklären«, sagte sie. »Aber wenn ich jetzt da rausgehe, dann kriegt das Ganze gleich so einen offiziellen Charakter.«

»In welchem Jahrhundert lebst du denn?«, fragte er. »Ich habe schließlich nicht vom Heiraten gesprochen. Ich habe überhaupt nicht vor, mich zu verlieben.«

»Ich auch nicht. Ganz sicher nicht.«

»Dann ist ja alles in Ordnung!«

Er knallte die Kaffeetasse auf das Nachtkästchen und ging hinaus. Gleich darauf hörte sie ihn in der Küche mit Malte und Bettina plaudern. Einmal lachte er sogar aus vollem Hals.

Johanna schossen die Tränen in die Augen. Sie zog sich schnell an, flüchtete ins Bad und verriegelte die Tür hinter sich. Ihr Gesicht im Spiegel war verquollen, die Augen rot. Was war nur los mit ihr? Hatte sie nicht genau das gewollt: Ein kleines Abenteuer, das allein auf körperlicher Anziehung beruhte?

Sie drehte den Wasserhahn auf und wusch sich lange das Gesicht. Sie nahm ein flauschiges Handtuch aus dem offenen Regal, ließ sich auf den Rand der Badewanne sinken und tupfte sich vorsichtig trocken.

Dann holte sie tief Luft und ging hinüber in die Küche. Der Frühstückstisch war für vier Personen gedeckt, und Bettina stand, tadellos gekleidet und geschminkt, vor dem offenen Kühlschrank. Sie holte ein Marmeladenglas heraus und setzte sich an den Tisch zu Malte und Kai, der versuchte, Johannas Blick einzufangen. Johanna schaute weg.

»Ich habe Brötchen und Croissants gekauft«, sagte Malte gutgelaunt und hielt Kai die Kaffeekanne hin. »Möchtest du?« Er selbst trank wie immer Tee.

»Ja, bitte.«

Kai ließ sich Kaffee einschenken, dann nahm er seine Tasse und ein Croissant.

»Ich ruf dich später an«, sagte er zu Johanna, stand auf und verließ die Wohnung.

Bettina schaute ihm irritiert hinterher. »Aber der Laden macht doch erst um neun auf«, sagte sie.

Malte zuckte mit den Schultern. »Vielleicht muss er noch was vorbereiten.«

Bettina legte eine Hand auf seine. Die Geste wirkte so vertraut, dass es Johanna beinahe weh tat. Sie brachte keinen Bissen hinunter.

»Kann ich mit euch zurückfahren?« Ihre Stimme kratzte.

Bettina zog eine Augenbraue hoch und sagte nichts.

Schweigend lenkte Bettina ihr Cabrio aus Wyk hinaus. Johanna sah immer wieder verstohlen zu ihr hinüber. Malte hatte ihr großzügig den Beifahrersitz überlassen und sich auf die Rückbank gequetscht. Der Regen trommelte auf das Verdeck, die Scheibenwischer summten, und immer wieder zerrte eine Bö am Verdeck. Auf halber Strecke bog Bettina plötzlich ab in Richtung Meer. Am Deich blieb sie auf einem Parkplatz stehen und griff nach ihrer Kamera.

»Was willst du denn bei dem Wetter …«, begann Johanna, aber schon war Bettina draußen. Johanna folgte ihr, Malte blieb im Auto zurück.

Johanna kletterte neben Bettina auf den Deich und blieb an der Infotafel über den Nationalpark Wattenmeer stehen. Der Wind wehte so heftig, dass Johanna unwillkürlich nach Bettinas Arm griff. Bettina hob die Kamera vor das Gesicht und benutzte das Teleobjektiv wie ein Fernglas. Dann reichte sie die Kamera weiter an Johanna. Der Himmel tauchte beinahe ohne Kontrast ins graue Meer; nur eine Fähre und ein Frachtschiff waren etwas weiter draußen zu erkennen.

Der Sturm rauschte in Johannas Ohren, und ihr Haartuch

löste sich vom Kopf. Sie ließ die Kamera sinken und knotete es wieder fest.

»Bist du jetzt offiziell mit Malte zusammen?«, fragte sie, und Bettina nickte.

»Ja.«

Spontan umarmte Johanna ihre Freundin, ungeachtet des Fotoapparats, der jetzt um ihren Hals baumelte und unsanft gegen die Rippen der beiden Frauen drückte. Bettina lachte, obwohl sie sonst sehr auf ihre Geräte achtete. Ihr glückliches Grinsen reichte von einem Ohr zum anderen.

»Tut mir leid, dass ich so ein Geheimnis daraus gemacht habe. Erst wollte ich selbst ganz sicher sein«, erklärte sie. »Im Gegensatz zu dir verliebe ich mich nicht so leicht.«

»Und das sagst ausgerechnet du? Seit ich dich kenne, hattest du sieben oder acht Beziehungen.«

»Ja, eben – so richtig verliebt war ich in keinen von denen.«

Das musste Johanna erst einmal verdauen. »Und mit Malte ist es plötzlich anders?«

Bettina brauchte sie nur anzuschauen, und Johanna wusste, dass sie recht hatte.

»Wie schön«, sagte sie und meinte es auch so.

»Und was ist denn nun mit dir und Kai? Du bist den ganzen Morgen über schon so komisch. War es nicht schön?«

»Doch«, sagte Johanna. Noch am Morgen hatte sie sich so wunderbar lebendig gefühlt. Jetzt steckte ein dicker Kloß in ihrem Hals. »Es war so aufregend, wie ich es mir vorgestellt hatte. Ich habe nur keine Übung in … so unverbindlichen Sachen.«

»Er ist ein echt netter Typ.«

»Ja, das ist er«, gab Johanna zu. »Aber ich will mich nicht verlieben. Nie mehr. Ich hätte Angst, dass dann alles von vorne losgeht. So wie bei Patrick.«

Sie dachte an die langen Abende mit Schokolade und Rotwein, an denen sie Bettina ihr Herz ausgeschüttet hatte. Wieder und wieder, bis Bettina nur noch genervt mit den Augen rollte, wenn sie auch nur Patricks Namen hörte. Und dabei mit ihren eigenen Sorgen und Gefühlen hinter dem Berg hielt, ohne dass Johanna es bemerkte.

»Das ist doch ganz was anderes. Der hat dich ausgenutzt und dann dafür gesorgt, dass sein Vater dich rausschmeißt.«

»So war es nicht. Ich habe selbst um die Kündigung gebeten.«

»Was? Das hast du mir nie erzählt.«

»Das ist noch nicht alles.« Johanna redete hastig weiter, bevor sie es sich anders überlegen konnte. »Ich habe Patrick mit Anrufen, E-Mails und SMS bombardiert. Erst hat er sich nicht darum geschert, aber ich ließ nicht locker. Ein paarmal habe ich ihm sogar vor seiner Wohnung aufgelauert, bis er mit seiner Freundin nach Hause kam. Dann habe ich gewartet, bis im Schlafzimmer das Licht anging, und habe Sturm geläutet. Wie in einem schlechten Hollywoodfilm. Ich war besessen.«

»Du hast ihn gestalkt?« Bettinas blaue Augen wurden groß vor Erstaunen.

Johanna zwang sich, ihren Blick auszuhalten. »So nennt man das wohl. Ein Glück, dass er mich nicht angezeigt hat.«

»Vielleicht hatte er doch den Hauch eines schlechten Gewissens«, sagte Bettina.

»Nett, dass du das sagst. Aber ich hätte es nicht tun dürfen.« Wieder kamen Johanna die Tränen, doch gleichzeitig musste sie lachen. Bettina nahm sie ganz fest in die Arme, dann zauberte sie von irgendwo ein Päckchen Taschentücher her. Johanna nahm eins und fühlte sich gleich besser.

»Wir fahren ja morgen schon nach Hause, und dann siehst du Kai nie wieder. Wenn du willst, lösche ich eigenhändig seine Telefonnummer aus deinem Handyspeicher, wir schreiben seinen Namen auf ein Papierschiffchen und schicken es die Donau hinunter.«

Johanna antwortete nicht gleich. Sie dachte an Sylkes Angebot.

»Ich möchte gern zurückkommen und das Praktikum machen. Und kein blödes Gefühl haben müssen, wenn ich ihm auf der Straße begegne.«

»Wir können auch eine Liste anlegen«, sagte Bettina. »Dos and don'ts im Umgang mit schnuckeligen Teehändlern, die zufällig Maltes Bruder sind.«

Johanna bemühte sich um ein Lächeln. »Du meinst, so was wie maximal eine Handynachricht pro Woche? Beziehungsweise gar keine mehr, wenn er nicht antwortet? Keine Anrufe nach 20 Uhr und auch nur dann, wenn wirklich etwas anliegt?«

»So ungefähr.«

»Vielleicht komme ich darauf zurück. Und danke übrigens für deine Handtasche. Die Kondome habe ich nicht gebraucht, Kai war bestens vorbereitet.«

Bettina wurde tatsächlich rot. »Äh, ja … im Gegensatz zu Malte.«

Johanna schlug die Hand vor den Mund. »Oh.«

Doch da lächelte ihre Freundin schon wieder ganz entspannt. »Wir haben uns trotzdem nicht zurückgehalten. Ich könnte mir Schlimmeres vorstellen, als von Malte schwanger zu werden.«

Johanna sah über die Schulter zurück zum Auto. Malte schien sich auf dem Rücksitz ganz wohl zu fühlen, jedenfalls war er immer noch nicht ausgestiegen.

»Sieht er das auch so?«

Bettina lächelte. »Es gehören ja immer zwei dazu.«

20

In der Einfahrt des Ferienhauses standen zwei dunkle Limousinen, und Bettina hielt am Straßenrand.

»Sieht aus, als hätten meine Eltern Besuch«, meinte Malte wenig begeistert. »Kommst du mit rein?«

Bettina schüttelte den Kopf. »Ich gehe heute auf Fotosafari. Allein«, fügte sie hinzu, und Johanna bewunderte sie wieder einmal dafür, dass sie durchzog, was immer sie sich vorgenommen hatte. Nicht einmal ihr Traummann konnte sie davon abhalten.

»Schade.« Malte beugte sich lächelnd nach vorne und gab Bettina einen leidenschaftlichen Kuss. Johanna sah ihnen fasziniert zu. Als sie ausstiegen, wirkte Malte ein paar Zentimeter größer als sonst und voller Energie.

»Bis heute Abend!«, rief Bettina, wendete und fuhr winkend davon.

Steffen und Anne saßen mit einem etwa gleichaltrigen Paar beim Frühstück. Der Mann sah aus wie Benedikt, nur älter und ohne Haare.

»Benedikt Kaiser – senior«, stellte er sich vor. »Und das ist meine Frau Dörte.«

Johanna schüttelte beiden die Hand.

»Habt ihr bei Kai übernachtet?«, fragte Anne, und Malte nickte.

»Sehr vernünftig. Eigentlich wollten wir auch zusammen ausgehen«, erklärte Steffen, »aber dann fing es an zu stürmen und wir beschlossen, hier bei uns zu essen …«

»… und ein paar Flaschen Wein zu öffnen. Danach hätten wir sowieso nicht mehr fahren können«, erklärte Benedikt lachend. Offenbar hatten sie gleich durchgemacht.

Der Tisch war üppig gedeckt. Es gab Toast und Eier, Kuchen, Lachsröllchen, Portwein und Sekt. Heute Abend stand bei Kaisers schon die nächste Party an. Sogar Malte schmunzelte. »Ihr wisst wirklich, wie man lebt!«

Dann wurden Stühle herangerückt und weiteres Geschirr geholt.

»Portwein?«, fragte Benedikt in Johannas Richtung. Und das um zehn Uhr vormittags!

»Warum nicht?«

Nach wenigen Schlucken begann sie sich zu entspannen, während Malte unruhig auf seinem Stuhl hin und her rutschte.

»Sind Sie schon lange mit der Familie Knies befreundet?«, fragte Johanna Frau Kaiser. Dörte Kaiser war klein und rundlich und hatte eine mütterliche Art, von der Johanna sich sofort angenommen fühlte.

»Ach, ewig!«, sagte sie. »Mein Mann und Steffen sind alte Segelkameraden. Und seit ein paar Jahren«, sie warf einen Blick in Annes Richtung, »segeln wir zu viert.«

Zärtlich griff Steffen nach der Hand seiner Frau. »Sie ist ein richtiger Seebär.«

Johanna kicherte, und auch Dörte wirkte amüsiert.

»Gestern haben wir beschlossen, so bald als möglich mit der *Violante* auf große Fahrt zu gehen«, sagte Benedikt.

»Wer ist *Violante*?«, fragte Malte.

»Unser hochseetaugliches Segelboot! Hat Steffen euch nichts davon erzählt? Wir gehen auf Weltreise«, verkündete Benedikt. »Natürlich erst, wenn bei uns beiden die Firmennachfolge geregelt ist.«

Malte schnaubte. Johanna wusste, wie sehr er das Thema hasste, aber irgendwann musste schließlich darüber gesprochen werden. Der Portwein hatte ihr die Zunge gelöst, und so fragte sie schneller, als sie denken konnte: »Wann ist es denn so weit?«

»Benedikt übernimmt ab dem ersten Januar die Kanzlei. Und wenn du«, er schaute Steffen an, »nicht auch bald Nägel mit Köpfen machst, dann fahren wir alleine, nicht wahr, Dörte?«

Er sah aus, als meinte er es ernst. Steffen räusperte sich. »Ja, also … Kai macht sich ganz gut, aber er ist noch nicht so weit.«

»Unsinn«, sagte Benedikt und unterstrich das Wort mit einer Handbewegung, die nur knapp sein leeres Sektglas verfehlte. »Wenn er wie geplant im Herbst nach Flensburg wechselt, hast du noch ein halbes Jahr Zeit für die Übergabe.«

Johanna schaute wieder zu Malte hinüber. Es war schwer auszumachen, was er dachte.

»Was wird aus dem Geschäft in Wyk?«, fragte Malte.

»Wir stellen jemanden ein«, sagte Anne. »Du bekommst dein Erbteil schrittweise ausbezahlt, abzüglich der Kosten für das Studium. Damit kannst du machen, was du willst. Benedikt erklärt dir die Einzelheiten. Am besten trefft ihr euch bald in der Kanzlei.«

Nun war es Steffen, der überrascht aussah. »Das klingt, als hättest du schon alles klargemacht, Anne.«

»Wir waren uns doch einig.«

»Trotzdem hättest du mich fragen müssen. Ich mag es nicht, wenn ich vor vollendete Tatsachen gestellt werde.«

»Geht mir genauso«, sagte Malte und stand auf. Johanna dachte schon, er würde wieder ohne ein Wort verschwinden, doch dann sagte er: »Übrigens, BWL ist nichts für mich. Also habe ich aufgehört. Ich mache bald meinen Abschluss in Kunstgeschichte und habe auch schon einen Job in Aussicht. Oder ich werde doch noch freier Fotograf. Jedenfalls kann ich das Geld gut gebrauchen. Und außerdem: Johanna und ich sind lediglich befreundet, wir teilen uns nur eine Wohnung. Mit getrennten Betten.«

Erst dann drehte er sich um und ging hinaus. Anne lächelte

Johanna an. »Das haben wir uns schon gedacht. Du brauchst also nicht so entsetzt zu gucken. Alles gut.«

Und Steffen sagte: »Ihr könnt nicht ohne uns in See stechen, Benedikt. Das Boot gehört schließlich uns.«

Dörte legte ihrem Mann die Hand auf den Arm. »Lass uns nach Hause fahren, Beni. In ein paar Stunden steigt die Party. Sie kommen doch, Johanna? Corinna freut sich schon auf Sie.«

»Das ist nett, aber ich weiß noch nicht …«

Sie konnte nicht auf das Fest gehen. Nicht, bevor sie mit Kai gesprochen hatte.

»Ich habe ein bisschen Kopfweh«, behauptete sie. »Wenn es schlimmer wird, bleibe ich zu Hause.« Johanna hatte seit Jahren keine Kopfschmerzen mehr gehabt, aber sie wusste von Bettina, wie schlimm Migräne sein konnte.

»Oh, Sie Arme«, sagte Dörte mitfühlend, und Johanna schoss das Blut ins Gesicht. Sie log nicht gerne.

»Wenn ich mich ein bisschen hinlege, geht es vielleicht.«

Als die Kaisers endlich weg waren und Johanna Anne beim Aufräumen half, nahm diese sie in der Küche zur Seite.

»Hast du wirklich Kopfschmerzen, oder geht es um was anderes?«, fragte sie. »Es tut mir leid, dass ich neulich deine Kleidung kritisiert habe. Das ging mich überhaupt nichts an. Obwohl ich sagen muss, dass dir die neuen Sachen sehr gut stehen. Du bist so eine attraktive junge Frau.«

Johanna blieb der Mund offen stehen. »Ich?!«

Anne schien ebenso überrascht wie sie. »Ja, natürlich. Dein hübsches Gesicht, die sportliche Figur, deine authentische Ausstrahlung – darum würden dich viele Frauen beneiden. Es ist toll, dass du dich in deinem Beruf bewährst, aber du musst dich ja nicht immer anziehen wie ein Handwerker.«

21

Am Abend schlüpfte Johanna ganz selbstverständlich in ihr neues Kleid; Annes Worte hatten sie ermutigt. Außerdem verhielten ihre Haare sich heute anders als sonst – sie ließen sich widerstandslos kämmen und rollten sich anschließend frech nach außen, die rote Strähne fiel ihr schräg ins Gesicht. Sie half noch mit etwas Gel nach und legte dann die Ohrstecker an, die sie in Wyk entdeckt hatte – schlichte, kleine Kugeln aus rotbraunem Karneol, die gut zu ihrem Haar und den braunen Augen passten.

Malte wartete im Wohnzimmer auf sie, und er trug ebenfalls eins seiner neuen Hemden.

»Die Farbe steht dir gut«, sagte sie. »Wie nennt man das – Aquamarin?« In Regensburg hatte sie nie etwas anderes als Beige, Hellbraun oder Naturweiß an ihm gesehen.

»Vielleicht«, sagte er und musterte sie von oben bis unten. Dann grinste er. »Du siehst jedenfalls auch gut aus. Kai wird begeistert sein.«

»Ich bin mir nicht mal sicher, ob er kommt. Er hat sich nicht bei mir gemeldet, und ich habe es gar nicht erst bei ihm probiert.«

»Kein Anruf, keine SMS nach eurer Liebesnacht? Das ist ja traurig.«

Johanna spürte, wie sie rot wurde. »Ich möchte nicht darüber reden.«

»Du klingst wie deine eigene Pressesprecherin«, sagte Malte. »Soll ich ihn anrufen?«

»Bloß nicht!«, rief Johanna. »Ich meine: danke. Aber das müssen wir allein hinkriegen. Holt Bettina dich ab?«

Er schüttelte den Kopf. »Nein, sie kommt direkt zur Party.«

Er klopfte nervös mit den Fingern auf die Lehne seines Sessels. Auch sein Glück schien noch nicht perfekt zu sein. Vielleicht war er von seinem plötzlichen Liebesglück überfordert? Außerdem hatte er es immer noch nicht geschafft, sich mit seinen Eltern auszusprechen. Seine Augen leuchteten silbrig im Licht der tief stehenden Sonne. Dann kamen Steffen und Anne herein; Steffen in Hemd, Anzughose und Krawatte, aber ohne Sakko, und Anne trug eine edle Jeans mit kleinen Glitzersteinen auf den Taschen, dazu eine weiße Hemdbluse. Sie zwinkerte Johanna zu und winkte mit den Autoschlüsseln. »Heute habe ich die Hosen an.«

Zehn Minuten später hielten sie am Ortsrand von Nieblum vor einer Fassade, die üppig mit Kletterrosen bewachsen war. Sie traten durch den Garteneingang, und auch hier blühten Rosen in den verschiedensten Farben. Johanna blieb stehen und schnupperte an einer dunkelroten Blüte. Der Duft war schwer und intensiv. Dann fiel ihr Blick auf das Wohngebäude. Das hübsche alte Kapitänshaus war durch einen schachtelförmigen Glasbau vergrößert worden, für Johannas Geschmack ein empfindlicher Eingriff in die alte Bausubstanz. Auf der Terrasse standen Gartenstühle aus Tropenholz und eine weiß gedeckte Tafel mit Platz für mindestens zwanzig Leute. Auf dem Rasen neben dem Grillplatz war ein Buffet aufgebaut. Über den Tischen mit dem Essen spannte sich ein Pavillon aus Segeltuch; Corinna und Benedikt nahmen die Gäste mit Sekt in Empfang.

Corinna reichte Johanna ein Glas. »Du siehst super aus.«

»Du auch!«, antwortete Johanna. Corinna trug ein geblümtes, weit schwingendes Sommerkleid, und ihr Haar fiel in dicken Wellen über die Schultern. Sie sah aus wie direkt einem Landhauskatalog entstiegen.

»Ist Kai auch hier?«, erkundigte sich Johanna möglichst beiläufig.

Benedikt schüttelte den Kopf, aber Malte wusste Bescheid. »Er und Bettina sind auf dem Weg.«

»Bettina?« Corinna schaute ihn fragend an.

»Ja, meine … Johannas Freundin aus Regensburg.«

Dann winkte Corinna jemandem hinter Johannas Rücken zu.

»Hallo, Sylke!«

Sylke begrüßte Corinna herzlich mit einem Küsschen auf jede Wange. Dann kam Johanna an die Reihe.

»Hast du dir das mit dem Praktikum überlegt?«, fragte Sylke. »Viel bezahlen kann ich allerdings nicht.«

»Äh … ich muss erst noch klären, wo ich wohnen kann.« Vor Verlegenheit leerte Johanna ihr Glas in einem Zug. Der Sekt brannte in ihrem Magen. Sie hatte seit dem Portweinfrühstück nichts mehr gegessen. Zum Glück standen sie direkt vor dem Buffet, und Sylke nahm sich einen Teller.

»Lass uns mal sehen, welche Leckerbissen Kaisers für uns vorbereitet haben!«

Es gab Antipasti und Weißbrot, doch die Grillstelle war noch kalt. Benedikt stand daneben und redete auf Malte ein. Anscheinend hatte Beni in seinem jungen Berufsleben bereits die fiesesten Wirtschaftskriminellen seit Gründung der Bundesrepublik vertreten. Sein Redestrom riss erst ab, als Corinna auf ihn zuging.

»Macht doch bitte mal das Grillfeuer an. Oder sollen die Gäste verhungern?«

Benedikt fasste mit spitzen Fingern nach dem Holz. Die klobigen Scheite waren nicht zum Anheizen geeignet, und aus irgendeinem Grund fehlten die Grillanzünder. Corinna reichte ihrem Freund etwas Zeitungspapier, das wirkungslos unter dem Holzstapel verglühte. Malte stand daneben, die Hände in den Hosentaschen.

Schließlich griff Johanna nach der bereitliegenden Axt und spaltete einige dünnere Späne von einem Holzscheit ab. Das musste ihr erst mal eine nachmachen, ohne sich das Kleid zu ruinieren!

In diesem Moment hörte sie das Klicken einer Kamera.

»Ein Bild für Göttinnen!«, lachte Bettina.

Dann sagte eine Männerstimme: »Steht dir gut, deine neue Arbeitskleidung.«

Als Johanna sich umdrehte, blickte sie direkt in Kais Augen.

»Die Latzhose ist in der Wäsche«, antwortete sie, und er lachte auf. Erleichtert? Amüsiert? Sie hatte diesen Augenblick gefürchtet – doch nun war alles einfach. Sie trat auf ihn zu und umarmte ihn. Es fühlte sich an, als hätte er darauf gewartet. In ihrem Innern war es vollkommen ruhig. Vielleicht, weil ich nicht in ihn verliebt bin, dachte sie.

»Schön, dass du hier bist«, sagte er. »Ich dachte schon, du wärst irgendwie beleidigt.«

»Wolltest du mich nicht anrufen?«

»Im Geschäft war die Hölle los. Dann habe ich auch noch einer Kundin heißen Tee über das Kleid gekippt, und während ich das mit ihr klärte, haben ihre Kinder sämtliche Regale ausgeräumt.«

»Du Armer«, sagte sie, und er hakte sich locker bei ihr ein. »Kommst du mit? Der Hausherr gibt gleich eine Führung.«

Jetzt erst merkte sie, dass die beiden Männer am Grill sie erwartungsvoll anschauten. Sie reichte Malte die Axt und sagte: »Ab jetzt kommt ihr wohl alleine klar.«

Dann folgte sie Kai in den Wintergarten, wo sich bereits ein Pulk gebildet hatte. Durch eine breite Tür gelangten sie in das angrenzende Wohnzimmer, das sich über das gesamte untere Stockwerk zu erstrecken schien. Eine Betonstütze inmitten des Raumes verriet Johanna, dass von der ursprünglichen Zimmeraufteilung des Kapitänshauses nicht viel übrig war.

»Gibt es hier keinen Denkmalschutz?«, flüsterte sie Sylke zu. Doch die hatte nur Augen für das Mobiliar. Stolz ließ sie die Hand über die glänzende Oberfläche eines alten Sekretärs gleiten.

»Der war ein richtiges Wrack, als er zu mir kam«, sagte sie. »Und jetzt schau ihn dir an.«

Johanna schmunzelte. »Das klingt, als wäre er ein lebendiges Wesen, das du gesund gepflegt hast.«

Sie gingen nach oben und lauschten Benedikt seniors Ausführungen über die Unzuverlässigkeit von Handwerkern im Allgemeinen und des Innenarchitekten im Besonderen. Der hatte sich im Schlafzimmer mit schlichten skandinavischen Möbeln durchgesetzt, doch bei der Tapete war er seinem Bauherrn unterlegen. Kopfschüttelnd ließ Johanna das wilde Muster auf sich wirken und tauschte einen Blick mit Anne.

»Es ist nicht halb so gemütlich wie bei euch«, flüsterte sie, und Anne lächelte. Gemeinsam ergatterten sie einen Platz am Fenster mit Blick auf den Garten. Etwas abseits unter den Apfelbäumen standen Bettina und Malte. Sie hatten sich gegenseitig den Arm um die Taille gelegt und wirkten so versunken, als wären sie allein auf der Welt. Bettina lachte über etwas, das Malte gesagt hatte. Einen Augenblick später küsste Malte ihr Haar.

Anne beobachtete sie aufmerksam. Dann wandte sie sich Kai und Johanna zu, die immer noch dicht nebeneinanderstanden, während die meisten anderen Gäste bereits ins nächste Zimmer weitergezogen waren. Johanna wurde heiß – und das nicht nur, weil Kais Finger mit dem Samtstoff an ihrer Taille spielten. Sie war unendlich erleichtert, als ein Lächeln auf Annes Gesicht auftauchte. »Jetzt wird mir einiges klar.«

Dann drehte sie sich um und lief eilig die Treppe hinunter.

»Jetzt glaubt sie bestimmt, dass wir zusammen sind«, sagte Johanna.

Kai ließ sie los und trat ans Fenster. »Ach, die ist einiges von mir gewohnt. Fährst du wirklich morgen schon?«

»Ja, aber ich komme wieder. Sylke hat mir ein Praktikum angeboten.«

Es dauerte ein bisschen zu lange, bis er sagte: »Das freut mich für dich. Melde dich doch, wenn du wieder hier bist.«

Johanna spürte Traurigkeit in sich aufsteigen. Meinte er das wirklich so? Oder hoffte er, dass sie es nicht tat? Und was wollte sie selbst?

Doch die Entscheidung für das Praktikum hatte nichts mit ihm zu tun. Sie wollte so viel Zeit wie möglich in Sylkes Werkstatt verbringen.

»Ich halte dich auf dem Laufenden.«

Dann ging sie die Treppe hinunter, um Sylke zu suchen.

22

Der kommende Morgen war Johannas letzter auf Föhr. Malte übernachtete bei Bettina, und Johanna frühstückte allein mit Anne und Steffen. Beide waren heute nicht sehr gesprächig, bis Johanna fragte: »Seid ihr mir böse?«

Steffen zog seine Augenbraue hoch. Er konnte mindestens so gelangweilt aussehen wie Kai. »Nein, weshalb denn? Ich mochte dich von Anfang an, aber ich fand es seltsam, dass du Maltes Freundin sein sollst. Es war einfach nicht stimmig.«

»Bettina passt perfekt zu ihm.«

»Habt ihr gestern ihre Bilder gesehen?«, fragte Anne. »Alle waren begeistert.«

Bettina hatte die Party-Aufnahmen spätabends auf ihr Tablet geladen und den Gästen gezeigt. Etliche von ihnen hatten sofort Abzüge bestellt. Johanna nickte.

»Corinna und Benedikt engagieren sie für ihre Hochzeit«, sagte sie.

»Nur schade, dass Kai so früh gegangen ist«, meinte Anne. »Er hat wirklich was verpasst. Schaut er noch hier vorbei, oder kommt er zum Hafen?«

»Der muss arbeiten«, sagte Johanna knapp.

»Du wirst doch nicht wegfahren, ohne dich von ihm zu verabschieden«, sagte Steffen. »Ich rufe ihn an!«

Er wollte aufstehen, doch Anne warf ihm einen strengen Blick zu. »Misch dich da bitte nicht ein, Steffen.«

Johanna holte tief Luft. Diesmal wollte sie es gleich klarstellen. »Aus uns beiden wird nichts. Wir gehen höchstens mal einen Kaffee trinken, wenn ich wiederkomme. Sylke Martens hat mir ein Praktikum angeboten.«

»Das ist ja toll!«, sagte Anne. »Genau das, was du dir gewünscht hast, nicht wahr?«

»Möchtest du hier wohnen? Du könntest das Holz für den Winter hacken«, sagte Steffen.

Johanna war gerührt. Wie hatte sie nur glauben können, dass Maltes Eltern sie nicht mochten? Sie spürte, dass ihr Tränen in die Augen stiegen. Entschlossen stand sie auf.

»Zeit zum Packen«, sagte sie und ging in ihr Zimmer.

Am Hafen vertrat Johanna sich die Beine, während Malte und Bettina am Auto auf die Fähre warteten. Sie drehte eine Runde zum Hafengebäude und wieder zurück, dann blieb sie auf dem Parkplatz an der Mauer stehen und schaute auf das Meer. Das Wasser zeigte alle Schattierungen von Grau, der Himmel war einheitlich trüb. Gerade als sie die Fähre am Horizont entdeckte, trat jemand neben sie.

»Johanna?«

Ruckartig drehte sie den Kopf zur Seite – und blickte in ein Paar dunkle, fast graphitfarbene Augen.

»Kai! Was machst du denn hier?« Im gleichen Moment ärgerte sie sich, dass ihr nichts Besseres einfiel.

Er war außer Atem, sein Haar vom Wind zerzaust. »Schön, dass ich dich noch erwische. Martens war gerade bei mir im Laden und erzählte mir, dass du Sylke fest zugesagt hast.«

»Exakt.« Johanna verschränkte die Arme vor der Brust. Egal, was er ihr zu sagen hatte, er musste es tun, bevor es Zeit war, an Bord zu gehen.

»Möchtest du bei mir wohnen? Das Dachzimmer ist frei. Ich habe wenig Zeit, weil ich den Laden alleine schmeißen und bis zum Herbst noch einiges erledigen muss, aber abends und am

Sonntag könnten wir etwas zusammen unternehmen. Völlig unverbindlich natürlich«, fügte er hinzu. »Ich möchte meinen letzten Sommer auf der Insel nicht allein verbringen. Und da du auch keine feste Beziehung willst, dachte ich, wir könnten …«

»… gelegentlich in einem Bett schlafen?«

In ihrem Innern lieferten sich ängstliche Vorfreude und zwanzig Jahre katholische Erziehung einen Wettstreit. Währenddessen stand er einfach da, die Hände in den Hosentaschen und das Zauberlächeln auf dem Gesicht. Mist.

Eine Durchsage schreckte sie aus ihren Gedanken, die Fähre war bereit zum Einsteigen. Da legte sie eine Hand in seinen Nacken, zog ihn zu sich und küsste ihn. Seine Lippen antworteten sofort.

»Heißt das ja?«, erkundigte sich Kai, und bevor sie es sich anders überlegen konnte, sagte Johanna: »Ja, das heißt es.«

Bettina hupte. Ein letzter, flüchtiger Kuss, und Johanna rannte zum Auto, wo sie sich atemlos auf den Rücksitz fallen ließ.

Das Cabrio rollte an Bord, und Johanna ging an Deck. Sie stand an der Reling, während das Schiff ablegte und Föhr immer kleiner wurde.

23

Gut zwei Wochen später stand Johanna an einer Straßenkreuzung in Wyk. Der Wind zerrte an der Kapuze ihrer Jacke und wehte ihr feine Regentropfen ins Gesicht.

Musste sie links oder rechts herum? Sie sah den Antiquitätenladen noch so deutlich vor ihrem geistigen Auge, dass sie keinen Gedanken daran verschwendet hatte, wie sie bei ihrem ersten Besuch dort hingekommen war. Warum hatte sie Kai nicht danach gefragt? Sie hatte anderes im Kopf gehabt … bei dem Gedanken daran wurde ihr heiß. In der letzten Nacht waren sie kaum zum Schlafen gekommen. Und heute musste sie um acht in Sylkes Werkstatt sein.

Sie zog ihr Smartphone aus dem Rucksack. Es dauerte eine Weile, bis die Karten-App sich aufgebaut hatte, und sie beugte sich tief über das Display, damit es nicht nass wurde. Als sie endlich den kleinen grünen Punkt entdeckte, der ihren Standort anzeigte, stieß sie einen erleichterten Seufzer aus. Antiquitäten Martens lag nur ein paar hundert Meter entfernt – und zwar linksherum.

Der Laden hatte noch geschlossen, doch die Durchfahrt zur Werkstatt war nicht zu übersehen. Im Hinterhof stand Sylkes Kleinlaster; das Rolltor war noch geschlossen, und daneben befand sich eine Tür.

Johanna legte eine Hand auf die Klinke und atmete tief durch. Was tat sie hier eigentlich? Warum hatte sie sich nicht einfach zu Hause einen neuen Job als Schreinerin gesucht? Doch das konnte sie immer noch machen, falls ihr das Praktikum nicht gefallen sollte. Sie sah auf die Uhr: drei Minuten vor acht. Entschlossen öffnete sie die Tür.

Johanna trat in die hellerleuchtete Werkstatt und atmete erst einmal den Geruch von altem Holz, Staub und Farbe ein. Antike Schränke und Kommoden standen überall im Raum, dazwischen entdeckte sie eine Reihe wunderschöner Stühle, die allerdings buchstäblich aus dem Leim gegangen waren. Vom anderen Ende der Werkstatt tönte das Gleiten von Holz auf Holz, gefolgt von einem Klappern.

»Sylke?«

Die Geräusche verstummten, und Sylke tauchte neben einem Friesenschrank auf.

»Hallo Johanna!«, rief sie und reichte Johanna die Hand. »Schön dich zu sehen.«

Johanna lächelte. »Danke, gleichfalls. Ich bin gestern Abend angekommen.«

»Gestern Abend erst?« Sylke lächelte. »Ich setze erst mal Tee auf.«

Johanna nickte erleichtert.

Wenig später saßen sie in der Teeküche zwischen Werkstatt und Laden an einem kleinen Tisch, und Johanna holte ihre Mappe mit den Papieren aus dem Rucksack.

»Ein Glück, dass du so schnell kommen konntest«, sagte Sylke. »Mein Mitarbeiter fällt länger aus, und ich brauche dringend Hilfe.«

»Es war gar nicht so einfach, aber jetzt bin ich da. Nur die Krankenkassenbescheinigung fehlt noch, die reiche ich nach.«

Während des kurzen Aufenthalts in Regensburg hatte Johanna im Schnelldurchlauf Ämter und Versicherungen abgeklappert, einen Zwischenmieter für ihr WG-Zimmer gefunden und noch einmal bei ihrer Familie im Bayerischen Wald vorbeigeschaut. Dann hatte sie ihren alten Golf mit dem Nötigsten vollgepackt und war Richtung Norden aufgebrochen.

Es stellte sich heraus, dass Sylke schon seit sechs Uhr morgens arbeitete. Nicht, weil sie sonst nicht mit der Arbeit fertig wurde – sie liebte es einfach, früh aufzustehen.

»Dafür gönne ich mir meistens eine verlängerte Mittagspause oder klöne mit meinem Vater im Laden«, sagte sie. »Aber du kannst dir die Arbeit einteilen, wie du willst.«

Johanna wollte erwidern, dass sie ja noch gar keine Ahnung hatte, ob sie mit ihren Aufgaben allein zurechtkommen würde, doch da war Sylke schon aufgestanden.

»Jetzt zeige ich dir die Werkstatt.«

Und Johanna erfuhr, dass sie zunächst wieder einmal Schubladen reparieren würde: Eckverbindungen lösen und instand setzen, abgenutzte Laufflächen aufdoppeln und Schubladenelemente verstärken.

»Sie sollen wieder leicht laufen und vor allem stabil sein. Meine Möbel sind ja keine Museumsstücke, sondern werden von den Kunden im Alltag benutzt.«

Johanna atmete auf. »Das kann ich. Und ich muss keine Angst haben, dabei sichtbare Teile zu verhunzen.«

Sylke kniff verwundert die Augen zusammen, dann sagte sie: »Angst brauchst du sowieso keine zu haben. Ich erkläre dir nach und nach alles, was du wissen musst.«

Sie zeigte Johanna ihre Sammlung historischer Hölzer, Edelfurniere und anderer Restaurationsmaterialien. Besonders die alten Schlösser und Schlüssel begeisterten Johanna.

»Du hast ja eine richtige Schatzkammer!«

Sylke schmunzelte. »So sehe ich das auch«, sagte sie. Dann machten sich beide Frauen an die Arbeit.

Gegen Mittag blieb Johanna allein in der Werkstatt zurück und atmete tief durch. Erst jetzt spürte sie, wie angespannt sie den ganzen Vormittag über gewesen war – und wie wichtig es ihr war, einen guten Eindruck zu machen. Immerhin waren Sylke und ihr Vater mit Kais Familie befreundet. Sie wollte sich nicht blamieren, und vielleicht hing sogar ihre Zukunft von einem guten Zeugnis ab. Als sie ihr Handy herausholte, fand sie eine Nachricht von Bettina: *Viel Glück für deinen ersten Tag. Du machst das supergut!!!*

Johanna war gerührt. Sie bedankte sich bei ihrer Freundin und schrieb auch Kai eine Nachricht, aber er antwortete nicht. Vermutlich war er jede Sekunde im Laden eingespannt. Auch ihm fehlte ja eine Arbeitskraft.

Später holte sie sich ein Fischbrötchen. Eigentlich hatte sie einen längeren Spaziergang machen wollen, doch das Wetter war noch schlechter geworden, und sie war froh, dass sie in die Werkstatt zurückkehren konnte. Sie kochte Tee und machte sich wieder an die Arbeit, während der Regen auf die Oberlichter trommelte. Die Arbeit ging ihr leicht von der Hand, so dass sie gar nicht merkte, wie die Zeit verging.

Sylke kam erst am späten Nachmittag zurück in die Werkstatt, warf einen zufriedenen Blick auf Johannas Arbeitsplatz und nahm sie dann mit zu der ramponierten Kommode, an der sie gerade arbeitete. Sie erklärte Johanna, wie sie beim Restaurieren der Oberfläche vorgehen wollte.

»Morgen kannst du dich selbst daran versuchen«, sagte sie. Danach schickte sie ihre Praktikantin in den Feierabend.

Am liebsten hätte Johanna Kai sofort alles erzählt, was sie tagsüber erlebt hatte, doch der Laden war gerammelt voll. Das regnerische Wetter hatte offensichtlich bei vielen Touristen die Lust auf Tee geweckt.

Einen Moment lang betrachtete sie ihn von draußen durch das Schaufenster, seine konzentrierten Bewegungen, wenn er den Tee abfüllte. Die absolute Aufmerksamkeit, die er jeder Kundin schenkte – aus irgendeinem Grund befanden sich fast nur Frauen in dem Laden. Gerade eben reichte er einer jungen Mutter ihre Einkaufstüte und wandte sich dann dem etwa Fünfjährigen zu, der in Gummistiefeln neben ihr stand und sich an ihr Hosenbein klammerte. Kai kam um den Ladentisch herum und bot dem Kleinen einen Keks an.

Einen Augenblick später verließen Mutter und Sohn den Laden gutgelaunt, und Kai hob kurz den Blick zur Fensterfront. Als er Johanna entdeckte, wurde sein Lächeln noch eine Spur breiter. Johanna kannte ihn inzwischen gut genug, um zu wissen, dass diese Art von Lächeln nur für sie reserviert war: warm und gleichzeitig herausfordernd. Das Lächeln, das etwas tief in ihr schmelzen ließ und ihr neue Energie verlieh.

Sie warf ihm eine Kusshand zu und ging nach oben in seine Wohnung. Ihre Sachen standen noch im Flur. Er hatte gesagt, sie könne das Dachzimmer nutzen – doch sie war nicht sicher, wie er das gemeint hatte. Wollte er, dass sie dort oben wohnte und nur gelegentlich bei ihm schlief? Gestern Nacht war ihr alles so selbstverständlich erschienen. Nachdem sie angekommen war, hatte sie geduscht und war dann ins Wohnzimmer gegangen, wo Kai mit einer Flasche Prosecco auf sie wartete. Sie hatten sich geküsst und waren ziemlich schnell in sein Schlafzimmer umgezogen.

»Jetzt gehe ich erst mal in die Badewanne«, sagte Johanna zu sich selbst. Und da es oben nur eine Dusche gab, erübrigte sich die Frage nach dem Stockwerk. Kai würde sicher noch eine Weile unten beschäftigt sein.

24

Sie erwachte von einem Luftzug – und einem Lachen. Als sie sich bewegte, fühlte sich glitschig und nackt. Außerdem fror sie.

»Bist du etwa in der Badewanne eingeschlafen?«

Kai stand mit einem Handtuch neben ihr und lachte immer noch. Johanna stemmte sich aus der Wanne hoch, und Kai wickelte behutsam den Frotteestoff um sie – nicht ohne dabei die Haut an ihrem Rücken zu streifen. Sofort bekam sie eine Gänsehaut, und zwar nicht wegen der Kälte.

Er selbst trug noch das Hemd und die Hose, die er vorhin im Laden angehabt hatte. Und eine Kochschürze. Er sah müde aus, aber er schien sich prächtig zu amüsieren. Erst, als sich ihre Blicke trafen, wurde er wieder ernst.

»Das Essen ist fertig«, sagte er und ging hinaus.

Johanna schlüpfte schnell in Jeans und T-Shirt, rubbelte sich die Haare trocken und knetete, nun schon routiniert, genau die richtige Menge Haaröl in ihre Locken. Sie ging hinüber in die Küche. Auf dem Esstisch standen zwei Teller, einfache Gläser und ein Krug mit Wasser. Kai stand mit dem Rücken zu ihr am Kühlschrank.

»Es gibt Spaghetti. Möchtest du Wein dazu?«

»Nein danke, Wasser ist okay. Ich muss früh raus, ich fange ab morgen um sieben an.«

Kai schloss die Kühlschranktür und drehte sich zu ihr um. »Ja, ich will heute auch früh ins Bett.«

»Heißt das, ich soll oben schlafen?«

Er schaute sie an, als hätte er sie nicht richtig verstanden. »Wer sagt das?«

»Du hast mir das Dachzimmer angeboten. Ich war mir nicht sicher, ob ich, ob du – ich meine – ob wir …«

Er kam auf sie zu und nahm ihre beiden Hände in seine.

»Was möchtest du denn?«, erkundigte er sich, und Johannas Herz begann zu klopfen. So direkt hatte sie das selten jemand gefragt.

»Ich möchte bei dir sein«, antwortete sie.

Kai lächelte. »Dann sind wir uns ja einig.«

Neben ihm auf dem Herd stand ein großer Edelstahltopf und daneben eine Pfanne mit Soße. Er vermengte beides in dem Topf und stellte ihn auf den Tisch.

»Voilà! Meine legendären Thunfisch-Spaghetti.«

»Wow, du hast für uns gekocht. Du musst doch auch völlig erledigt sein.«

»Ach, das ging schnell. Ich habe nicht viele Rezepte drauf, aber dieses Gericht kann ich im Halbschlaf.«

Johanna drehte eine Portion Nudeln mit der Gabel auf und steckte sie in den Mund.

»Mann, schmeckt das gut«, sagte sie, und plötzlich fühlte sie sich wie zu Hause. Als wäre es völlig normal, mit Kai zu Abend zu essen. Als hätten sie schon lange einen gemeinsamen Alltag.

»Wie war dein erster Tag bei Sylke?«, fragte Kai.

»Ganz gut. Ich konnte mit ganz normalen Tischlerarbeiten loslegen, das war einfach. Am Schluss hat sie mir dann eine Stunde lang allerhand über historische Oberflächen erklärt und wie man sie behandelt. Ich kam mir vor, als müsste ich Vokabeln pauken. Ich bin total erschlagen, aber es ist auch schön, etwas Neues zu lernen. Die letzten Jahre waren nur noch Routine.«

Kai lachte. »Das kann ich mir vorstellen. Mir wird es ähnlich gehen, wenn ich im Herbst nach Flensburg komme. Ich bin zwar schon seit Jahren im Geschäft, aber vor allem Steffen wird es sich nicht nehmen lassen, mir alles haarklein zu erklären. Alles, was ich noch nicht weiß. Und leider auch das, was ich schon weiß, fürchte ich.«

»Wer führt eigentlich den Laden, wenn du weg bist?«

»Eigentlich sollte Maria ihn übernehmen«, sagte Kai.

»Oh.«

Johanna hätte gerne gewusst, ob er Maria vermisste. Doch die Vertrautheit, die sie gerade noch gespürt hatte, war wie weggeblasen. Im Grunde kannte sie Kai überhaupt nicht. Sie wusste nur, dass er seinen letzten Inselsommer nicht allein verbringen wollte. Das jedenfalls waren seine Worte gewesen, als er sie eingeladen hatte, bei ihm zu wohnen. Und sie hatte zugestimmt. Nach dem Sommer würden sie auseinandergehen. Warum fühlte es sich plötzlich so an, als genügte das nicht mehr? Sie war ja gerade erst hier angekommen.

»Wir hätten also eine Fernbeziehung geführt, selbst wenn sie nicht nach Meran zurückgegangen wäre«, sagte Kai. »Ich in Flensburg und sie hier. Die Fahrt dauert über zwei Stunden, und bei schlechtem Wetter fallen die Fähren aus. Aber das spielt jetzt keine Rolle mehr. Ich muss kurzfristig jemand anders finden.«

»Hat sich denn schon jemand beworben?«

Kai nickte. »Ja, aber bis jetzt konnte mich noch niemand überzeugen.«

Er hatte aufgehört zu essen und starrte auf seinen Teller, während er sich mit den Fingern die Stirn rieb.

»Ich würde dir gern helfen«, sagte Johanna. »Aber ich kenne ja niemanden hier. Vielleicht weiß Sylke etwas.«

Endlich hob er den Blick wieder. »Daran habe ich noch nicht gedacht! Ja, frag sie mal. Sie kennt viele Leute.«

Johanna fragte sich zwar, ob Sylkes Kontakte erfolgversprechender waren als eine Zeitungsannonce und der Aushang im Teeladen selbst, doch man wusste ja nie.

»Noch ein paar Nudeln?«, fragte er, aber Johanna lehnte ab.

»Ich platze gleich«, sagte sie, während Kai den Rest seiner eigenen Portion auf die Gabel wickelte. Die Küchenuhr zeigte kurz nach neun.

»Ich muss noch mal ins Büro«, sagte er.

»Alles klar. Ich räume inzwischen die Küche auf.«

Danach packte sie ihre Sachen aus und ging in Kais Schlafzimmer. Am nächsten Morgen wachte sie neben ihm auf; sie musste schon geschlafen haben, als er in die Wohnung zurückkam. Er atmete tief und regelmäßig.

Sie legte ihm einen Zettel in die Küche: *Heute Abend koche ich!* Dann nahm sie sich einen Joghurt aus dem Kühlschrank und verließ das Haus, ohne ihn zu wecken.

25

Johanna stand vor der hübschen Kommode, an deren Restaurierung sie in den letzten Wochen mitgearbeitet hatte. Dabei hatte sie einiges von Sylke gelernt.

»Ein schönes Hochzeitsgeschenk für Benedikt und Corinna«, sagte Sylke, und Johanna horchte auf. »Ich wusste gar nicht, dass die Kommode für die beiden ist.«

»Sie sollte ursprünglich in den Verkauf, aber dann kamen Benedikts Eltern und haben das Stück als Geschenk ausgesucht. Von mir bekommen sie ein paar besondere Rosenstöcke für ihren neuen Garten in Flensburg. Ich weiß, dass Corinna sich das wünscht. Hast du auch schon ein Geschenk?«

»Ich kann mich Kais Familie anschließen. Er hat eine Auswahl von Whiskey-Raritäten zusammengestellt, den trinken sie wohl beide gern. Aber mir fehlt irgendwie noch die weibliche Note.«

Sylke lachte. »Und das sagst ausgerechnet du! Du wehrst dich doch sonst so gegen Mädchenkram.«

Johanna hob die Hände. »Das hab ich so pauschal nicht gesagt. Corinna ist ein ganz anderer Typ als ich. So romantisch. Ich wüsste da auch schon was.«

Sylke folgte ihr zu ihrem Arbeitsplatz, wo ein Holzkästchen lag. Die hübschen Intarsien waren unter der abgegriffenen Oberfläche nur noch schwach zu erkennen.

»Das habe ich in einem Schrank gefunden, den dein Vater gestern angekauft hat.«

Sylke betrachtete die kleine Holzkiste interessiert. »Eine Schmuckschatulle! Sie ist nicht viel wert, aber wenn du die Oberfläche aufarbeitest, sicher sehr hübsch. Ein ideales Übungsobjekt für dich. Ich schenke sie dir, okay?«

»Danke!« Johanna strahlte. Genau das hatte sie gehofft. Sie wollte kein übertrieben teures Geschenk machen, doch etwas Persönliches sollte es schon sein. Sie mochte Corinna gern. Vor kurzem war sie wegen der Hochzeitsvorbereitungen auf der Insel gewesen. Anschließend war sie mit Johanna einen Kaffee trinken gegangen und hatte sie noch einmal offiziell zur Hochzeitsfeier eingeladen.

»Gehst du mit Kai auf die Hochzeit?«, fragte Sylke. »Als Paar?«

Johanna spürte einen Stich in der Herzgegend. Sie wohnten zusammen, sie schliefen in einem Bett und genossen das Zusammenleben. Kai arbeitete wie verrückt und hatte immer noch niemanden für den Laden gefunden, doch er lud seinen Stress nicht bei Johanna ab. Und auch ihr wurde es nie zu viel, in seiner Nähe zu sein. Sie wurden sich immer schnell einig, was sie am Abend oder am Wochenende unternehmen wollten. Manchmal überraschte er sie mit kleinen Ausflügen, oft machten sie auch nur einen Strandspaziergang in der Umgebung. Wenn sie zu zweit kochten, ging alles Hand in Hand, und sie waren damit zufrieden, zusammen auf dem Sofa zu sitzen und noch einen Film anzuschauen, bevor sie ins Bett gingen. Manchmal hatten sie Sex, manchmal nicht. Alles lief so entspannt, wie man es sich nur wünschen konnte.

Vielleicht war es gerade deshalb so schön mit Kai, weil sie vereinbart hatten, am Ende des Sommers auseinanderzugehen?

»Bis auf Weiteres«, sagte sie.

Sylke war so taktvoll, nicht weiter nachzufragen.

»Heute sind wir verabredet. Kann ich ein bisschen früher gehen?«, fragte Johanna.

»Na klar.«

Der Nachmittag versprach sonnig und warm zu werden, und Kai hatte beschlossen, den Laden früher zuzusperren.

»Kriegst du keinen Ärger mit deinem Vater, wenn du das machst?«, fragte Johanna, während sie auf dem Deichweg Richtung Goting radelten.

»Nein«, sagte Kai. »Ich brauche eine Pause. Wir gehen deshalb schon nicht pleite.«

Auf halbem Weg machten sie Halt und setzten sich auf eine Bank. Kai trug ein T-Shirt, auf dem eine Babyrobbe und das Wort *Moin* aufgedruckt waren; dazu hatte er Bermudashorts in allen Farben des Regenbogens an.

»Du siehst aus wie ein Tourist«, kicherte sie, woraufhin er eine Sonnenbrille aus seinem Rucksack holte.

»Dann gehe ich eben inkognito.«

Johanna hingegen trug abgeschnittene Jeans und eine rostfarbene Bluse, die gut zu ihrer Augenfarbe und ihrer gebräunten Haut passte. Sie war froh darüber, denn Kais Blick ruhte lange auf ihr, bevor er seine Brille aufsetzte. Dann legte er einen Arm um sie, und Johanna kuschelte sich an ihn.

»Ich könnte hier ewig so sitzen«, sagte sie schließlich, und Kai zog sie noch ein wenig fester an sich.

Später mieteten sie einen Strandkorb und gingen ins Wasser. Johanna rannte übermütig durch die flachen Wellen. Es war heute beinahe windstill.

Sie blieben auch, während die Ebbe einsetzte und die Sonne langsam am Horizont versank.

Lange sprachen sie kein Wort, saßen nur schweigend nebeneinander. Kai holte eine Flasche aus seinem Rucksack, die in einer Kühlmanschette steckte, und er hatte Sektgläser dabei. Johanna staunte, als er auch noch Brot, Weintrauben, Käse und andere Leckereien auspackte und auf einem Teller arrangierte.

»Toll«, sagte sie.

Er lachte. »Bist du hungrig?«

»Natürlich!« Sie steckte sich eine Weintraube in den Mund

und hielt ihm ihr Sektglas entgegen. Kai ließ den Korken knallen, so dass der Sekt in den Sand schäumte.

»Das wollte ich immer schon mal machen«, sagte er. »Normalerweise gebe ich mir größte Mühe, nichts zu verschütten.«

Dann schenkte er ein und hob sein Glas.

»Auf den schönsten Inselsommer aller Zeiten!«, sagte er. »Schade, dass er bald vorbei ist.«

Bald war das Meer zu einer schwarzen Fläche geworden und der Sonnenuntergang zu einem fernen lachsfarbenen Leuchten, und Johanna lag behaglich in Kais Arm.

»Können wir nicht einfach über Nacht bleiben?«, fragte sie, als die Sterne über ihnen aufgingen.

»Das wäre ziemlich unbequem.«

»Sei nicht so unromantisch.«

»Nein, nur realistisch. Aber es gibt Schlafstrandkörbe. Die muss man lange im Voraus buchen, das können wir ja mal machen.«

»Wann?«, fragte Johanna.

»Nächsten Sommer.«

Johanna schluckte. Es war das erste Mal, dass Kai ein mögliches Wiedersehen erwähnte.

»Du meinst, wenn wir beide dann noch frei sind?«

»Entschuldige. Es ist gerade so schön mit dir. Ich kann mir gar nicht vorstellen, dass du bald weg bist.«

»Ich kann dich in Flensburg besuchen.«

»Das würde ja auf eine Fernbeziehung hinauslaufen. Du in Bayern und ich in Flensburg mit der Firma. In der ersten Zeit könnte ich auch gar nicht weg, du müsstest immer zu mir fahren.«

»Ich bin nicht zwingend an Bayern gebunden. Ich möchte eine Weiterbildung machen, die könnte überall in Deutschland sein.«

Doch Kai ging gar nicht darauf ein.

»Außerdem bin ich noch nicht bereit für eine neue Beziehung«, sagte er schroff.

Damit war für Johanna alles gesagt. Er wollte nicht mit ihr zusammenbleiben, das musste sie einsehen. Bestimmt war es besser so. Ihr steckte noch die Stalking-Erfahrung in den Knochen. Wahrscheinlich sollte sie sich therapeutische Hilfe suchen wie Malte, bevor sie sich wieder auf Partnersuche begab.

»Ich auch nicht«, sagte sie, um sich selbst zu überzeugen, doch es gelang ihr nicht ganz. Es machte sie traurig, dass Kai eine Beziehung so kategorisch ausschloss.

Wenig später radelten sie durch die Dunkelheit zurück nach Wyk.

26

Johannas Praktikum endete Mitte September. Wegen der Hochzeit von Corinna und Benedikt blieb sie ein paar Tage länger. Zunächst gönnte sie sich ausgedehnte Spazierfahrten über die Insel, verbrachte Stunden in einem Café in Oldsum oder radelte auf der ruhigeren, dem Wind ausgesetzten Nordseite der Insel am Deich entlang. Manchmal saß sie in Kais Wohnung an ihrem Laptop und recherchierte Job- und Weiterbildungsangebote, doch sie wusste nicht so genau, wonach sie eigentlich suchte. Am naheliegendsten erschien es ihr, die Meisterprüfung zu machen und sich danach auf Restauration zu spezialisieren, falls sie dann immer noch Lust darauf hatte. Es gab Meisterkurse in Passau oder München, und auch in Flensburg konnte sie Tischlermeisterin werden. Aber wenn Kai sie dort nicht haben wollte, hatte es keinen Sinn. Sie hatte das Thema seit ihrem Strandpicknick nicht mehr angesprochen.

Die Trauung fand in Nieblum in der Kirche St. Johannis statt. Corinna war natürlich eine wunderschöne Braut: Zu Johannas Überraschung trug sie weder Rüschen noch Schleier, sondern ein nachtblaues Etuikleid und darüber ein wärmendes Jäckchen. Ihr Haar fiel in weichen Locken über ihren Rücken und war nur an den Seiten leicht aufgesteckt. Daneben wirkte Benedikt in seinem Cutaway elegant, aber eher schlicht. Sein Einstecktuch hatte den gleichen Ton wie Corinnas Kleid.

»Ich fand ihn ja immer ein bisschen arrogant«, flüsterte Johanna Malte zu. »Aber heute wirkt er einfach nur glücklich. Schau nur, wie er Corinna anlächelt!«

Malte nickte zustimmend. Er und Johanna standen etwas abseits von den engeren Freunden und Verwandten. Kai war spontan noch einmal ins Geschäft gefahren, weil Kaisers mehr von dem Grauburgunder haben wollten als ursprünglich bestellt, und Bettina dirigierte soeben das Brautpaar zu einem Foto zwischen den historischen Grabsteinen.

»Du siehst schick aus«, sagte Malte. »Dezent bayerisch, aber nicht zu sehr.«

»Danke. Wenn du das sagst, muss es stimmen.« Johanna grinste. Sie trug einen taillierten Lodenblazer und darunter einen eleganten Hosenanzug, den sie hier auf Föhr erstanden hatte. Malte hatte nur einen leichten Anzug an, der ihm wenig Schutz gegen den Wind bot.

»In Regensburg war es noch so heiß, dass ich vergessen habe, wie scheußlich das Wetter hier um diese Zeit sein kann.«

Er und Bettina waren gestern angekommen. Sie wohnten mit Maltes Eltern im Ferienhaus, und Johanna hatte die vier erst heute Morgen wieder gesehen.

»Wie geht es dir?«, fragte Malte. »Bist du schon in Abschiedsstimmung?«

Johanna nickte traurig. Doch bevor sie weiter ausholen konnte, kam Bettina auf die beiden zu. Die Fotosession vor der Kirche war beendet.

»Wir fahren los«, sagte sie, und Malte half ihr, die Fotoausrüstung in den Kofferraum zu laden. Johanna packte mit an.

»Kann ich mit euch fahren? Kai ist nicht zurückgekommen. Er wollte Wein holen und ist wahrscheinlich gleich bei Kaisers geblieben.«

»Na klar, steig ein!«, sagte Bettina, und Johanna faltete sich auf den Rücksitz des Cabrios, direkt neben die Lichtanlage.

»Geht's?«, fragte Bettina. »Ich brauche unbedingt ein größeres Auto.«

»Oder einen zusätzlichen Firmenwagen«, schlug Johanna vor, aber Bettina schüttelte den Kopf. »Kann ich mir noch nicht leisten.«

Als sie am Ferienhaus der Kaisers ankamen, parkten schon etliche Autos am Straßenrand. Sie mussten ein ganzes Stück laufen. Jeder trug einen Teil ihrer Fotoausrüstung.

»Bin ich froh, dass ich euch dabei habe«, sagte Bettina.

An der Haustür wurden sie von Dörte Kaiser empfangen. »Bitte schön, hier entlang. Sie können Ihre Sachen in der Bibliothek abstellen, ist das in Ordnung?«

Sie öffnete eine Tür am anderen Ende des Flures. Johanna hatte geglaubt, bei der Besichtigung im Sommer alle Räume gesehen zu haben, doch dieser hier war ihr entgangen. Das Bücherregal war eher klein gehalten und aus dunklem Holz; an der Wand gegenüber befand sich ein altmodischer Barwagen, darauf schöne Kristallgläser und einige Spirituosen mit interessant aussehenden Etiketten. Eine Sitzgruppe mit bequemen Ledersesseln und einem kleinen Tischchen komplettierte den Eindruck eines gepflegten Herrenzimmers. Jetzt müsste es nur noch nach Tabakrauch riechen, dachte Johanna.

»Sehr in Ordnung!«, sagte Bettina und stellte ihre Sachen auf dem Boden ab. Hier waren sie geschützt und doch in Reichweite, falls sie etwas benötigte. Fürs Erste nahm sie nur ihre Kamera mit. Malte bekam auch eine. Dann gingen sie mit Dörte hinaus ins Wohnzimmer. Die Glastüren waren weit geöffnet und gaben den Blick auf ein riesiges Zelt frei. Man sieht den schönen Garten kaum, dachte Johanna, doch natürlich sagte sie nichts.

»Das Zelt ist gut gegen den Wind gesichert«, sagte Dörte, »und außerdem beheizt. Versorgt euch mit Champagner!«

Bettina tauschte einen Blick mit Malte. »Ich fürchte, du musst dich ohne uns unters Volk mischen, Johanna«, sagte sie. »Wir müssen arbeiten.« Damit verschwanden sie und Malte mit ihren Kameras in Richtung Garteneingang, wo das Brautpaar gerade ankam. Ein paar Leute klatschten.

Johanna blieb unschlüssig auf dem Rasen stehen. Wo war Kai? Sie konnte ihn nirgends entdecken. Sie wollte Dörte fragen, aber die war bereits wieder ins Haus zurückgegangen.

Da kam Steffen auf sie zu, in einem todschicken Anzug mit Fliege und mit einem Lächeln auf dem Gesicht. Er pflückte ein Glas von einem Tablett, das soeben vorbeischwebte, und reichte es ihr, bevor er sich selbst eines nahm. Anne hatte sich bereits bedient. Eine Reihe einheitlich uniformierter Servicekräfte schwärmte durch die Gästeschar und sorgte dafür, dass innerhalb kürzester Zeit jeder mit einem Getränk versorgt war.

Benedikt Kaiser senior kündigte eine kurze Rede an, die sich über zehn Minuten hinzog. Dann durften endlich alle ihre Gläser heben und auf das Brautpaar anstoßen. Johanna war ein wenig eingeschüchtert von den vielen teuer und elegant gekleideten Menschen und dem funkelnden Schmuck einiger Damen. Die Klunker waren sicher echt, und auch die Reihe der parkenden Autos vor der Tür wies auf erheblichen Wohlstand hin. Da konnte sie nicht mithalten. Sie war nur eine einfache Tischlerin, die gerade ein Praktikum gemacht hatte und kaum jemanden von der Festgesellschaft kannte. Schade, dass Sylke nicht hier war; sie besuchte mit ihrem Vater ein eigenes Familienfest auf dem Festland. Blieben noch Steffen und Anne, doch die plauderten gerade mit einem anderen Paar.

Johanna fühlte sich verloren. Wenn Kai nur endlich auftauchen würde!

Als ein Kellner vorbeikam, stellte sie ihr leeres Glas auf das Tablett und flüchtete zur Toilette, doch dort warteten schon zwei andere Frauen. Eine davon trug eine Kellneruniform und kam ihr vage bekannt vor.

»Bist du nicht Susanne?«, fragte sie.

Erst schaute die Frau sie irritiert an, dann lächelte sie. »Ja, genau. Du warst mit Malte im Steigleder, und später mit Kai auf dem Trommelkonzert. Deinen Namen habe ich leider vergessen«, gab sie zu.

»Johanna. Wie geht's dir, bedienst du öfter auf Privatfeiern?«

Susanne nickte. »Ja, so verdiene ich was dazu. Die Miete hier ist teuer, und mein Mann arbeitet immer noch auf dem Festland, so dass wir zwei Wohnungen brauchen.«

Das Klo wurde frei, und die Frau vor ihnen schlüpfte hinein. Gleich würde Susanne dran sein.

»Was arbeitet denn dein Mann?«

»Der leitet eine kleine Biomarktfiliale in Husum. Jetzt wollen sie ihn nach Bremen versetzen. Wenn es so weit ist, gehe ich mit. Obwohl wir beide lieber hier leben würden.«

»Ist er Einzelhandelskaufmann oder so?«

»Genau.«

In diesem Moment hörte sie Kais Stimme am anderen Ende des Hausflurs. Er klang atemlos. »Hallo Dörte. Ich bringe den Wein, den Benedikt nachbestellt hat.«

»Wunderbar. Kannst du ihn bitte in den Garten bringen? Im Zelt gibt es auch einen Kühlschrank. Obwohl ich nicht glaube, dass wir den brauchen. Ist ganz schön kalt geworden.«

Johanna hatte sich umgedreht und wollte Kai zuwinken, doch da war er schon wieder weg. Wahrscheinlich trug er den Wein von seinem Auto aus direkt in den Garten. Sie würde zu ihm gehen, wenn sie hier fertig war.

Als sie wenig später wieder in den Garten trat, sah sie Kai und Benedikt zusammenstehen. »Du bist so ein Depp«, sagte Kai gerade, aber Benedikt lachte nur. Wahrscheinlich wegen der bayerischen Vokabel, die Kai bei Johanna aufgeschnappt hatte.

Warum beschimpfte Kai den Bräutigam? Er war doch sonst die Höflichkeit in Person, erst recht bei einem solchen Anlass. Da drehte Kai sich um und ging weg. Johanna wollte hinterher, aber Benedikt hielt sie auf.

»Corinna hat sich so sehr über das Schmuckkästchen gefreut«, sagte er. »Hast du das selbst gemacht?«

»Restauriert«, sagte Johanna knapp.

»Wie schön. Sag mal, was ist denn mit Kai los? Der hat vielleicht eine Laune. Und das auf meiner Hochzeit. Na ja, ich nehm's ihm nicht übel. Er ist schließlich unser Haus- und Hoflieferant.«

Johanna wandte sich kopfschüttelnd ab. Das klang ja ziemlich gönnerhaft. Und dazu diese wiehernde Lache! Jetzt wusste Johanna wieder, warum sie Benedikt nicht mochte. Nur Corinna gegenüber hatte sie ihn immer liebenswürdig erlebt. Hoffentlich blieb das so. Falls nicht, würde sie ihm höchstpersönlich in den Hintern treten. Aber jetzt musste sie erst einmal Kai finden.

»Entschuldige mich«, sagte sie.

Sie entdeckte Kai schließlich in der Bibliothek. Er und Malte lümmelten in den Ledersesseln und hatten eine angebrochene Flasche Whiskey zwischen sich stehen.

»Ach, da steckt ihr«, sagte sie, und beide Brüder starrten sie finster an.

»Heute ist nicht mein Tag«, sagte Kai. »Erst habe ich einen Unfall, und dann muss ich mich noch blöd anmachen lassen.«

Mit einem Satz war Johanna neben Kai. »Was ist denn passiert?«

Sie legte ihm die Hand auf die Schulter, doch er schüttelte sie ab und warf ihr einen bösen Blick zu. Johanna fühlte sich verletzt. Sie hatte doch nichts getan, um ihn zu verärgern.

Trotzdem fragte sie: »Ist alles in Ordnung bei dir?«

»Ich hab die Toreinfahrt beim Laden demoliert, mein Auto ist auf einer Seite völlig zerschrammt und Beni hat mir den Rest gegeben. Aber sonst ist alles bestens«, schnauzte er, schenkte sich noch einen Whiskey ein und nahm einen großen Schluck davon.

»Was war denn nun mit Beni?«, fragte Malte.

»Er hat mich den Leuten als seinen Lieblingsweinhändler vorgestellt – ›stets zu Diensten‹. Als ob ich sein Angestellter wäre.«

»So ein Quatsch«, sagte Malte. »Du weißt doch, dass er gern Sprüche klopft.«

»Ich habe die Schnauze voll. Ich tu ihm einen Gefallen, und zum Dank werde ich irgendwo zwischen Dienstleister und Geschäftspartner einsortiert. Von wegen Freund der Familie.«

»Seien wir ehrlich: Besonders nahe stehen wir ihm beide nicht. Nur unsere Eltern sind befreundet. Warum nimmst du sein Gerede so persönlich? Du weißt doch, wie er ist.«

Johanna ahnte, dass es in Wirklichkeit nicht um Benedikt ging. Kai sah völlig fertig aus. Die Sache mit dem Unfall beunruhigte sie.

»Ich glaube, du bist einfach überarbeitet«, sagte sie.

»Wundert dich das?« Er nahm noch einen Schluck. »Die letzten Wochen waren purer Stress.«

Johanna dachte an all das, was sie mit Kai zusammen erlebt hatte. Sie hatte jede Sekunde genossen. Jeden Spaziergang, jedes gemeinsame Essen, jede Nacht – auch dann, wenn sie einfach nur vor Müdigkeit ins Bett gekippt und sofort eingeschlafen waren. Und er? Hatte er sich von ihr zusätzlich unter Druck gesetzt gefühlt? Sie wusste nicht, was sie denken sollte, wollte es aber nicht vor Malte diskutieren. Zumal sie das Gefühl hatte, Kai würde gleich explodieren.

»Ich gehe jetzt lieber«, sagte sie. »Pass auf ihn auf, Malte. Und wenn er wieder normal ist, möchte ich ihm gerne was erzählen. Etwas Gutes.«

Sie wartete keine Antwort ab, sondern ging rasch hinaus auf die Straße und atmete tief durch. Direkt vor dem Haus entdeckte sie Kais Kombi. Tatsächlich war der hintere Radkasten eingedrückt und eine tiefe Kratzspur zog sich von vorne bis hinten. Vermutlich hätte sie auch schlechte Laune, wenn ihr das passiert wäre. Trotzdem war sie verletzt und sauer.

Plötzlich stand Bettina neben ihr. »Ich wollte mir gerade eine Speicherkarte holen, da finde ich Malte und Kai in der Bibliothek mit einer Flasche Whiskey! Was ist denn in die beiden gefahren?«

Johanna erklärte es ihr. Dann brach sie in Tränen aus.

»Er will mich loswerden, und deswegen ist er gemein zu mir«, schluchzte sie. Bettina nahm sie in die Arme.

»Das hat doch nichts mit dir zu tun. Ich bin mir sicher, dass er dich liebt.«

»Er will aber nicht mit mir zusammenbleiben, das hat er mir deutlich gesagt. Außerdem mache ich mir Sorgen um ihn. Er arbeitet zu viel.«

In diesem Moment kamen Kai und Malte aus dem Haus. Schnell machte Johanna sich von Bettina los und strich ihre Jacke glatt. Sie versuchte Kais Blick einzufangen, aber er schaute weg und sagte kein Wort. Nur Malte versuchte ein beruhigendes Lächeln.

»Wir gehen eine Runde spazieren«, sagte er, hakte sich bei seinem Bruder ein und zog ihn mit sich fort. Dabei musste Malte in seinem dünnen Anzug erbärmlich frieren.

»Komm«, sagte Bettina, und Johanna folgte ihr zurück in den Garten. Inzwischen war das Buffet eröffnet worden, und im Zelt drängten sich eine Menge Leute. »Hol dir doch was zu essen«, schlug Bettina vor. »Das bringt dich runter.«

Johanna spürte einen dicken Kloß im Hals. »Ich kann nicht«, sagte sie leise. In diesem Moment kam Corinna aus dem Zelt, strahlend wie schon den ganzen Tag über. Als sie Johanna entdeckte, wurde ihr Lächeln noch ein paar Grad wärmer.

»Hey, Johanna. Endlich habe ich ein paar Minuten Zeit für dich. Danke noch mal für das Kästchen! Es bekommt einen Ehrenplatz in meinem Zimmer. Meine Eltern schenken mir Schmuck zur Hochzeit, der kommt als Erstes rein.«

Johanna fühlte sich geschmeichelt. »Wie schön, dass du es schon ausgepackt hast und dass es dir gefällt«, sagte sie und dachte an den Tisch im Wohnzimmer, der sich vor Hochzeitsgeschenken nur so bog. Das Brautpaar würde bestimmt mehrere Tage brauchen, um alles zu sichten und zu würdigen.

»Ich war so neugierig, was du dir für mich ausgedacht hast.« Corinna grinste. »Ich hatte gehofft, dass es etwas Handwerkliches sein würde.«

Dann hakte sie sich bei Johanna ein und nahm sie mit zum Buffet. Es gab keine Sitzordnung und ging auch sonst ganz leger zu. Trotz der Heizung und der vielen Menschen war es ein wenig zugig im Zelt. Im Laufe des Nachmittags verschwanden immer mehr Gäste von der Party und kamen mit warmen Jacken zurück. Eine ältere Dame erschien sogar im gefütterten Friesennerz, und Corinna schlüpfte in ihren taillierten Tweedmantel.

»Siehst du? Wir sind nicht so elitär, wie du befürchtet hast«, sagte Corinna.

Johanna lachte. »Du kennst mich schon ganz gut.«

»Ja, und ich hoffe, wir bleiben Freundinnen.«

Zum Glück fragte sie nicht, wann Johanna Kai in Flensburg besuchen würde.

Dann kam auch Malte zurück ins Zelt und nahm seine Arbeit mit der Kamera wieder auf. Er machte ein Foto von Bettina und Johanna mit der Braut in der Mitte und sagte dann zu Corinna: »Kai lässt sich entschuldigen. Er hatte auf dem Weg hierher ein Malheur mit seinem Auto und ist eigentlich nur gekommen, um den Wein auszuliefern.«

»Oh, der Arme. Wie lieb von ihm. Hoffentlich nichts Schlimmes?«

»Nein, nur Blechschaden, er konnte noch fahren. Jetzt hat er allerdings Kopfschmerzen und will sich zu Hause ausruhen.«

Hoffentlich ist er heil angekommen, dachte Johanna. Immerhin hatte er Whiskey getrunken.

»Schade. Aber er kommt doch morgen zum Brunch?«

Malte nickte, und zu Johanna sagte er: »Morgen Abend möchte er mit dir essen gehen. Es ist ja euer letzter gemeinsamer Abend.«

Johanna nickte. Sie musste mit ihm reden, bevor sie nach Regensburg zurückfuhr.

27

Der nächste Tag war ein Sonntag, und Kai führte Johanna zu einem frühen Abendessen ins Café Klein Helgoland am Yachthafen. Er hatte einen Platz im Wintergarten reservieren lassen, von wo sie einen schönen Blick auf das Meer und den Hafen hatten.

Johanna sah sich begeistert um. »Hier war ich noch nie.«

»Dann kann ich dir ja an deinem letzten Abend tatsächlich noch etwas Neues zeigen.«

Er lächelte sie an und legte eine Hand auf ihre. Über gestern Nachmittag hatte er noch kein Wort verloren – genauso wenig wie über den bevorstehenden Abschied, der Johanna schwer auf der Seele lag. Was ging nur in ihm vor? War er gar erleichtert, dass sie morgen nach Hause fuhr? Immerhin schien er seine Gelassenheit wiedergefunden zu haben.

»Geht es dir besser?«, fragte Johanna. Da verdüsterte sich sein Gesicht, aber er ließ ihre Hand nicht los.

»Es tut mir leid«, sagte Kai. »Ich war einfach genervt von allem, aber bestimmt nicht von dir. Ich hätte so gern das Fest mit dir genossen, anstatt schon wieder zu arbeiten. Außerdem hat mich Steffen gestern Morgen ins Gebet genommen: Wenn ich keinen Filialleiter finde, muss jemand aus der Hauptstelle einspringen, und der fehlt dann wiederum in Flensburg. Alles nicht ideal.«

»Du kennst doch Uwe Jöns. Er arbeitet in Husum und will unbedingt zurück nach Föhr. Und zufällig hat er Erfahrung als Filialleiter eines Bioladens.«

Kai schaute sie ungläubig an. »Woher weißt du das?«

»Ich habe Susanne gestern auf der Hochzeit getroffen.«

»Und der sucht wirklich einen Job auf der Insel?«

»So wahr ich hier sitze.«

»Das habe ich noch gar nicht mitbekommen. Uwe wäre ein absoluter Glücksfall – hoffentlich können wir uns den leisten. Ich rufe ihn gleich morgen an. Du bist ein Schatz.«

»Ja, ich weiß. Auch wenn sich das gestern ganz anders anhörte.«

Er runzelte die Stirn. »Wie meinst du das?«, fragte er.

»Na ja. Dass der ganze Sommer purer Stress war.«

Er riss die Augen auf. »Hast du das etwa auf dich bezogen? Im Gegenteil, ohne dich hätte ich mich nur noch in Arbeit vergraben. Ich möchte unsere gemeinsame Zeit nicht missen. Tut mir leid, dass ich so grob zu dir war.« Er schaute peinlich berührt zu Boden. »Jetzt hast du meine dunkle Seite gesehen.«

Nun musste Johanna sogar lachen. »Du, ich habe vier Brüder, ich bin einiges gewohnt. Wenn du das für deine dunkle Seite hältst, dann hast du mich noch nie grantig erlebt.«

»Nein, nicht wirklich«, sagte er interessiert.

Hätte sie ihm vielleicht öfter eine Szene machen sollen? Aber warum hätte sie das tun sollen – es war so schön mit ihm gewesen. Johanna ließ die vergangenen Wochen Revue passieren. Sie konnte sich tatsächlich nicht erinnern, wann sie das letzte Mal richtig miese Laune gehabt hatte.

»In deiner Nähe bin ich meistens gut drauf«, sagte sie wahrheitsgemäß. Dann fiel ihr der Abend am Strand wieder ein.

»Nur eins macht mich traurig«, sagte sie. »Willst du wirklich keine Beziehung?«

Er sah sie lange an, und Johanna forschte in seinen grauen Augen nach einer Aufforderung zum Bleiben oder wenigstens nach einem Versprechen. Doch dann sagte er: »Ich kann nicht. Die Trennung von Maria, die Firma, der Umzug nach Flensburg … Ich brauche Zeit, um mich neu aufzustellen. Es wäre nicht fair, wenn du auf mich wartest.«

»Und das entscheidest allein du, was fair ist?«

Johanna konnte nicht verhindern, dass ihr die Tränen über das Gesicht liefen. Sie ließ es zu, dass Kai weiter ihre Hand hielt, mit der anderen angelte er nach einem Taschentuch in seiner Hosentasche.

»Wir bleiben Freunde«, sagte er.

Was für ein dämlicher Satz, dachte Johanna.

»Mal schauen«, sagte sie trotzig. Dann stand sie auf. Noch immer hielt er ihre Hand, und er schaute nachdenklich zu ihr auf. In seinen Augen spiegelte sich ihre eigene Traurigkeit.

»Sollen wir gehen?«, fragte er.

»Nein, ich muss nur einen Moment allein sein. Ich komme gleich zurück.«

Endlich ließ er sie los. »In Ordnung. Ich warte hier auf dich. Soll ich schon das Essen bestellen?«

Johanna schnaubte. Wie konnte er jetzt ans Essen denken? Seine praktische, zuvorkommende Art, die ihr sonst so gutgetan hatte, nervte auf einmal.

»Wie du willst«, sagte sie, holte ihre Jacke und verließ das Lokal.

Es dämmerte schon, und überall im Hafen gingen die Lichter an. Die Fähre aus Dagebüll war gerade angekommen, und ein weiteres, hellerleuchtetes Schiff hielt gerade auf die Insel zu. Langsam schlenderte sie an den Reihen der Segelboote entlang. Irgendwo hier musste auch die *Violante* liegen, mit der Kais Eltern die Welt umsegeln wollten, nachdem sie dreißig Jahre lang nur für die Firma gelebt hatten. Ob sie wussten, welche Bürde sie Kai damit aufluden? Vielleicht musste man zu zweit sein, um so ein Unternehmen zu managen.

Die Erkenntnis traf sie wie ein Hammerschlag, und sie blieb abrupt stehen. Natürlich, das war es! Kai brauchte eine Frau, die mit ihm im Tee- und Weinhandel arbeitete. Und keine Schreinerin, die ihr eigenes Ding machte. Bei dem Gedanken wurde ihr ganz schlecht. Vielleicht hatte er es nur nicht übers Herz gebracht, ihr das so direkt zu sagen. Oder es war ihm selbst noch nicht bewusst. Doch sie sah keinen Sinn darin, es jetzt noch anzusprechen. Seine Meinung schien unwiderruflich festzustehen, und vielleicht war es tatsächlich besser so.

Sie dachte an Patrick. Auf gar keinen Fall würde sie sich noch einmal so an einen Mann klammern, der sie – warum auch immer – nicht wollte. Aber es war ihr letzter Abend auf Föhr, und sie würde ihn genießen, so gut es ging. Zusammen mit Kai.

Als sie zurückkam, stand eine Karaffe Rotwein auf dem Tisch. Kai starrte gedankenverloren auf das Meer hinaus. Als sie zu ihm an den Tisch trat, sprang er auf. Die Erleichterung war ihm deutlich anzusehen. Er lächelte sie so zärtlich an, dass Johanna das Herz weh tat.

»Ich bin froh, dass du zurück bist«, sagte er und rückte ihr den Stuhl zurecht. Johanna ließ sich auf das bequeme weiße Polster sinken und versuchte ebenfalls zu lächeln. Sie deutete auf die Karaffe.

»Dann betrinke ich mich heute wenigstens auf deine Kosten«, sagte sie, und er schenkte ihr ein. Dann kam auch schon das Essen. Kai hatte Flammkuchen bestellt, und plötzlich schien es ihr genau das Richtige zu sein. Am Ende ließen sie sogar einen Rest Wein stehen und brachen zügig auf.

Johanna fühlte sich wehmütig und ein wenig müde, doch sie genoss es, noch einmal im Dunkeln am Hafen entlangzugehen. Kai hatte einen Arm um sie gelegt, und so schlenderten sie nach Hause.

Schließlich standen sie zusammen im Flur der Wohnung. Kai nahm ihr die Jacke ab und wollte sie an die Garderobe hängen, aber Johanna sagte: »Gib her, die packe ich gleich in meinen Rucksack. Morgen ziehe ich eine andere an.«

Sie griff danach, doch Kai bewegte sich nicht. Als ihre Blicke sich trafen, spürte Johanna eine Welle durch den ganzen Körper gehen, und ihre Knie wurden weich.

»Ist doch egal«, sagte er heiser. Er ließ die Jacke fallen, und seine Finger verschränkten sich mit ihren. Sie zog ihn zu sich und küsste ihn, als hätten sie alle Zeit der Welt. Seine Lippen schmeckten ein wenig salzig, und er roch nach Meer. Vielleicht bildete sie sich das auch nur ein. Sanft schob sie ihn in Richtung Schlafzimmer, während sie langsam seine Hemdknöpfe öffnete. Und dann hörten sie beide für eine Weile auf zu denken.

Als Johanna am nächsten Morgen aufwachte, fühlte sich ihr Körper wohlig weich und lebendig an. Mit einem Seufzer schlug sie die Augen auf. Die andere Seite des Bettes war leer.

Erst jetzt fiel ihr wieder ein, dass sie heute nach Regensburg zurückfahren musste. Weg von Kai. Sie rollte sich zusammen und weinte ein bisschen. Dann zwang sie sich aufzustehen.

Als sie Kai barfuß und verstrubbelt in der Küche stehen sah, brach der Abschiedsschmerz mit voller Wucht über sie herein. Sie ging auf ihn zu, brachte es aber nicht über sich, ihn noch einmal zu berühren. Er fuhr sich seufzend durch das Haar und schien ebenfalls nicht zu wissen, wohin mit seinen Händen und seinen Gefühlen. Johanna flüchtete ins Bad und machte dann ihr Gepäck fertig.

Später parkte er sein Auto um, damit Johanna ihren Golf aus dem engen Hof hinausfahren konnte. Es war so weit: In zehn Minuten musste er den Teeladen öffnen, und auf Johanna wartete die Fähre.

Sie umarmten sich ein letztes Mal, dann stieg Johanna in ihr Auto und ließ die Scheibe herunter.

»Schreib mir eine Nachricht, wenn du gut angekommen bist, ja?«, sagte Kai.

»Okay«, sagte sie. »Aber wundere dich nicht, wenn du nicht allzu viel von mir hörst. Ich brauche erst mal Abstand, um alles zu verdauen.«

Er sah betroffen aus. Was hatte er erwartet?

»Mach's gut«, sagte Johanna versöhnlich. »Und arbeite nicht zu viel.«

28

Regensburg

In der Küche lief Bayern 5, und es roch nach Kaffee. Bettina wohnte jetzt praktisch auch in der WG, sie und Malte verbrachten fast jede freie Minute miteinander. Johanna war seit einer Woche von der Nordsee zurück und hatte kaum ein Wort allein mit ihrer Freundin gesprochen. Sie wollte das junge Glück nicht stören und versuchte, sich nicht anmerken zu lassen, wie verloren sie sich fühlte. Jetzt streckte Johanna den Kopf durch die Küchentür und fragte: »Bekomme ich auch einen?«

Bettina drehte sich lachend zu ihr um und hielt ihr einen Becher Milchkaffee hin.

»Na klar. Hast du Lust, nachher frühstücken zu gehen?«, fragte sie. Johannas Laune besserte sich augenblicklich.

Sie fuhren mit Bettinas Auto nach Stadtamhof. Es war immer noch so warm, dass Bettina das Cabrioverdeck geöffnet halten konnte. Sie parkte in der Garage beim Haus ihrer Mutter.

»Ich schaue nachher bei ihr vorbei«, sagte sie. »Es ist noch ungewohnt für sie, dass ich so viel mit Malte zusammen bin.«

»Für mich auch!«, sagte Johanna. Sie bog um die Ecke und ging auf einen freien Tisch vor dem Café Schierstadt zu. »Aber ich finde es schön, euch beide in der Nähe zu haben.« Sie ließ sich auf einen Stuhl fallen und fächelte sich mit der Speisekarte Luft zu. »Ganz schön heiß für Anfang Oktober. Ich bin das nicht mehr gewohnt.« Wie Bettina trug sie ein kurzärmeliges T-Shirt, und das war nicht übertrieben.

Bettina lachte. »Ja, in Regensburg ist noch Sommer. Aber der kühle Norden hat dir anscheinend gutgetan. Du siehst gesund aus.«

»Danke, du auch. Wie geht es dir? Machst du dich jetzt selbständig?«

Bettina nickte. »Die Hochzeit von Corinna und Benedikt war sehr ergiebig. Ich habe drei neue Aufträge aus ihrem Bekanntenkreis bekommen, vielleicht werden es noch mehr. Die Nordsee ruft, wir fahren bald wieder hin.«

»Schade, dass das so weit weg ist.«

Bettina zögerte einen Augenblick, dann sagte sie: »Malte hat ein Projekt am Museum der Westküste in Alkersum in Aussicht.«

»Ihr zieht nach Föhr?« Johanna merkte, dass ihre Stimme weinerlich klang, aber auf einmal sie hatte keine Lust mehr, sich zusammenzureißen.

Bettina nickte. »Wenn Malte die Stelle bekommt, ja. Wir können uns doch in Flensburg treffen, wenn du Kai besuchst.«

»Ich werde ihn nicht besuchen«, sagte Johanna.

Bettina schaute sie verständnislos an. »Habt ihr Schluss gemacht?«

»Wir waren nie richtig zusammen. Wir hatten eine Abmachung: Gemeinsam den Sommer genießen, und dann geht jeder seiner Wege. Du hast doch selbst gesagt, ich soll das alles nicht zu ernst nehmen. Und jetzt ist ›das alles‹ eben zu Ende.«

»Ihr habt euch doch so gut verstanden.«

»Das stimmt. Bei ihm musste ich mich nicht verstellen, und es war ihm egal, ob ich ein Samtkleid anhabe oder meine Arbeitshose.« Bei der Erinnerung daran, wie er sie angesehen hatte, wenn sie verschwitzt und staubig aus der Werkstatt kam, wurde sie wehmütig, und ein kleiner Schmerz durchzog ihre Brust. »Ich glaube, die Schreinerkluft war ihm sogar ein bisschen lieber.«

Jetzt grinste Bettina. »Wer hindert euch daran, die Sache am Laufen zu halten?«

»Man soll aufhören, wenn es am schönsten ist«, sagte Johanna. »Wahrscheinlich hat er mich schon vergessen. Es wartet ein Haufen Arbeit auf ihn, und er hatte sich ja erst Anfang des Sommers von seiner damaligen Freundin getrennt, weil eine Fernbeziehung drohte. Jetzt will er sich ›neu aufstellen‹, wie er das nennt.«

»Das finde ich aber schwach von ihm«, sagte Bettina.

»Bestimmt lernt er bald eine Frau kennen, die ihn in der Firma unterstützen kann.«

»So ein Schmarrn. Dafür gibt es Mitarbeiter. Und wenn es in der Firma mal nicht so gut läuft, hätte wenigstens einer von beiden noch einen anderen Beruf – das hat auch Vorteile.«

»Stimmt. Aber darüber haben wir gar nicht geredet. Ehrlich gesagt weiß ich nicht so genau, warum er es nicht wenigstens probieren wollte. Vielleicht liegt es ja doch an mir.«

Die Kellnerin kam an ihren Tisch, und sie bestellten ein großes Frühstück für zwei Personen.

»Hör auf, dich kleinzumachen«, sagte Bettina dann. »Wenn Kai nicht begreift, was er an dir hat, hat er dich auch nicht verdient.«

Johanna seufzte. »Am Anfang habe ich nur geheult«, gestand sie, und Bettina schaute sie betroffen an.

»Das habe ich gar nicht mitbekommen.«

»Ich wollte auch nicht darüber reden. Ich bin stolz auf mich, dass ich nicht wieder in mein altes Muster verfallen bin und mich an ihn geklammert habe. Ab jetzt schaue ich nach vorn und mache es wie er: Ich konzentriere ich mich auf den Beruf.«

29

Flensburg

Kai saß auf einem Klappstuhl in seiner zukünftigen Küche und trank Tee. Zum Glück hatte er den Wasserkocher schon ausgepackt. Dazu aß er einen trockenen Keks. Mehr brachte er nicht hinunter, die letzten Wochen steckten ihm noch in den Gliedern.

Seit Johannas Abreise hatte er mehr gearbeitet als je zuvor, und das würde in den kommenden Monaten nicht besser werden. Und als ob die Arbeit im Geschäft nicht reichte, hatte er nebenbei noch sein Auto und die ramponierte Toreinfahrt reparieren lassen müssen. Gestern hatte er schließlich den Laden an Susanne und ihren Mann Uwe übergeben. Beide waren glücklich über das Jobangebot gewesen, und Uwe hatte alle Hebel in Bewegung gesetzt, damit seine alte Firma ihn sofort freigab. Kai wusste, dass er sich auf die beiden verlassen konnte. Er würde in der nächsten Zeit noch öfter nach Föhr fahren, um nach dem Rechten zu sehen, doch es würde nicht mehr dasselbe sein. Der Abschied fiel ihm enorm schwer.

Gestern hatte er die letzte Fähre nach Dagebüll genommen und war von dort aus nach Flensburg weitergefahren. Spätabends erreichte er seine neue Mietwohnung. Er hatte nur einige persönliche Sachen im Gepäck; die meisten Möbel blieben in Wyk.

Heute wollten seine Eltern ihn offiziell als Firmennachfolger vorstellen, und es kam ihm bereits jetzt so vor, als hätte die Zeit auf der Insel in einem anderen Leben stattgefunden – oder zumindest in einer längst vergangenen Jahreszeit. Nach Johannas Abfahrt war es auf Föhr noch einmal untypisch warm und sonnig geworden, nun traf ihn das nasskalte Herbstwetter in Flensburg besonders hart. Seit Stunden schlug kalter Regen gegen die Fensterscheiben. Die Heizung im Haus funktionierte noch nicht, und die Wärme eines zweiten Körpers fehlte ihm.

Das metallische *Pling* seines Smartphones ließ ihn hochschrecken. Eine Nachricht von Johanna! Sein Herz schlug schneller, doch die Botschaft enttäuschte ihn: *Alles Gute für heute, Chef.* Es war ihre zweite Nachricht seit der Abfahrt. Immerhin hatte sie daran gedacht, dass heute sein erster Tag in der Firma war.

Dann fiel sein Blick auf die Uhr. Schon beinahe acht! In einer halben Stunde musste er bei dem allmorgendlichen Meeting sein. Hastig schlüpfte er in Hemd, Hose und Sakko – die Krawatte sparte er sich –, suchte vergeblich nach einem Schirm und stürzte aus dem Haus. Draußen regnete es Bindfäden, und er fuhr die kurze Strecke mit dem Auto, um nicht klitschnass zu werden.

Der Parkplatz im Innenhof war bereits voll. Sogar die Putzfrau Wiebke war schon da; Kai erkannte ihren alten Ford, mit dem sie das Coupé seiner Mutter zugeparkt hatte. Wiebke konnte sich das erlauben. Sie hatte schon für die Familie gearbeitet, als er noch gar nicht auf der Welt war. Kurzerhand quetschte er sich quer hinter die restlichen Wagen und joggte zum Büroeingang.

Natürlich kannte er alle Mitarbeiter, aber heute trat er ihnen zum ersten Mal als Chef gegenüber. Anfang November würde dann das Erbe notariell zwischen ihm und Malte aufgeteilt werden. Mit Benedikts Hilfe hatten sie sich inzwischen geeinigt. Das private Ferienhaus blieb im Eigentum der Eltern, Kai erhielt die Firma samt Immobilien in Flensburg und Malte das Geschäftshaus auf Föhr sowie eine Ausgleichszahlung, verteilt über mehrere Jahre. Kai war sich bewusst, dass er mit gerade einmal Mitte zwanzig große Verantwortung übernahm. Es bedeutete ihm viel, dass seine Eltern ihm das zutrauten.

Er holte tief Luft und stieß die Glastür auf, die zu den Büros führte. Als Erstes hörte er den Lärm, der aus der Teeküche zu kommen schien. Als er sie öffnete, wurde es plötzlich still, und acht Augenpaare richteten sich auf ihn.

»Kai, da bist du ja!«

Seine Mutter umarmte ihn, so gut es mit einer Flasche Sekt in der Hand eben ging, und drehte sich dann zur Küchenzeile um. Hier standen mehrere Platten mit Häppchen. Alle warteten offenbar nur auf ihn.

Kai hatte nicht damit gerechnet, dass gleich am Morgen eine Fete für ihn steigen würde. Er setzte ein Lächeln auf und blickte in die Runde. Steffen nickte ihm zu und wartete, bis Kai der Reihe nach alle begrüßt hatte: Da waren Ina und Carsten aus dem Verkauf, Holger von der Buchhaltung und natürlich Wiebke und die beiden Lehrlinge. Lukas war im ersten Lehrjahr und Kai hatte ihn erst einmal gesehen; er wirkte anständig und schüchtern in seinem weißen Hemd. Judith kannte er bereits seit ihrem Ausbildungsabschnitt auf Föhr, inzwischen stand sie kurz vor der Abschlussprüfung. Im Gegensatz zu seinen Eltern duzte Kai sich mit allen. Wiebke umarmte ihn sogar.

»Junge, bist du groß geworden«, scherzte sie.

Dann knallte der Sektkorken.

»Ich will es kurz machen«, sagte Steffen. »Heute wechselt Kai zu uns in die Zentrale. Er wird die Geschäftsleitung unterstützen und dann, wenn meine Frau und ich im Frühjahr auf große Fahrt gehen, die Firma übernehmen. Juristisch findet die Übergabe bereits Anfang November statt.«

Anne war mit ihrem Glas neben ihn getreten und fuhr fort: »Vielen Dank an alle für die gute Zusammenarbeit in den letzten Jahren. Ohne euch, ohne Sie wäre unser Geschäft nicht so erfolgreich, wie es ist. Ich bin sicher, dass es unter der Leitung unseres Sohnes ebenso gut laufen wird.«

Sie hob ihr Glas, und alle prosteten sich zu. Dann lächelten Steffen und Anne ihn erwartungsvoll an. Er räusperte sich.

»Danke für die herzliche Begrüßung. Die meisten von euch kennen mich ja schon lange – Wiebke hat sogar schon auf mich aufgepasst, als ich noch klein war –, und ich freue mich, dass ich jetzt wieder in ein größeres Team eingebunden bin. Die letzten Jahre auf Föhr war ich ein Einzelkämpfer, den ihr mit Nachschub versorgt habt. Wenn ich Fragen oder Probleme hatte, habt ihr mir weitergeholfen, und ich hoffe weiterhin auf eure Unterstützung – damit ich die Firma im Sinne meiner Eltern weiterführen kann. Für Kritik bin ich immer offen. Ich hoffe, ich halte euch die erste Zeit nicht zu sehr von der Arbeit ab mit meinen Fragen!«

Sein Vater warf ihm einen irritierten Blick zu, alle anderen lachten. Besonders Judith. Kai hatte gesehen, wie sie den Sekt mit O-Saft, den seine Mutter ihr hingestellt hatte, gegen puren Sekt getauscht hatte. Sie war Anfang zwanzig und trug großzügig dekolletierte T-Shirts. Sobald Anne nicht hinsah, wanderte der Ausschnitt um einige Zentimeter tiefer.

Kai warf ihr einen strengen Blick zu, doch sie lachte nur und klimperte mit ihren ausdrucksvoll getuschten Wimpern. Kai seufzte. Manchmal beneidete er seinen Vater um dessen Autorität. Er selbst wollte einen kooperativen Führungsstil pflegen, gleichzeitig musste er besonders den Auszubildenden gegenüber Grenzen ziehen. Judith hatte vor der Lehre in der Firma Knies einige Semester studiert und war nur wenige Jahre jünger als er. Vielleicht war er zu freundschaftlich mit ihr umgegangen, als sie bei ihm auf Föhr gearbeitet hatte. Und jetzt forderte sie ihn heraus.

30

Frauenau

Johanna stand auf einem Flur im Bildungszentrum der Passauer Handwerkskammer. Sie war während ihrer Ausbildung schon einmal hier gewesen; jetzt sah sie alles aus einer anderen Perspektive. Sie schlenderte durch das Gebäude, vorbei an Werkstätten und Unterrichtsräumen, und stellte sich vor, hier für den Meisterbrief zu büffeln. Anschließend konnte sie eine Weiterbildung zur Restauratorin machen. Sie hatte große Lust, etwas Neues zu lernen.

Doch aus irgendeinem Grund hatte sie die Anmeldung bisher hinausgezögert. Der nächste Kurs begann im Januar direkt nach den Weihnachtsferien, und sie checkte täglich die Anmeldeseite im Internet. Die Zahl der freien Plätze war im Laufe des Oktobers von zehn auf sieben geschrumpft. Sie würde sich nach Allerheiligen darum kümmern, wenn sie wieder in Regensburg war. Jetzt wollte sie erst einmal in Passau einen Kaffee trinken und anschließend für ein paar Tage zu ihrer Familie in den Bayerischen Wald fahren.

Sie parkte unter der Schanzlbrücke, spazierte von dort aus in die Altstadt und setzte sich vor die Eisdiele Fontanella. Die Sonne schien ihr warm ins Gesicht, den Rest des Körpers wickelte sie in eine Fleecedecke. Sie schloss die Augen, und all ihre komplizierten Gedanken verflüchtigten sich wie von selbst. Bis ein Schatten auf ihr Gesicht fiel.

»Johanna!«

Johanna erschrak so heftig, dass sie von ihrem Stuhl aufsprang und sich in der Fleecedecke verhedderte. Vor ihr stand ein Mann in ihrem Alter.

»Simon?«

»Du bist noch ganz die Alte«, sagte er. »Mit den Füßen auf dem Boden und dem Kopf in den Wolken.«

Johanna hatte immer von sich geglaubt, durch und durch bodenständig zu sein. Allerdings war es in den letzten Wochen öfter vorgekommen, dass sie Tagträumen nachhing. Oder Erinnerungen an den vergangenen Sommer. Ihre Freundschaft mit Simon Lehner hingegen reichte bis in die Schulzeit zurück.

Damals hatte Johanna geglaubt, unsterblich in ihn verliebt zu sein. Wie ein Hündchen war sie ihm überallhin gefolgt. Alle aus ihrer Clique zogen sie damit auf, nur Simon schien nichts zu merken. Sie waren immer freundschaftlich miteinander umgegangen, mitunter auch ruppig. Und jetzt stand er da und wirkte so souverän wie eh und je. Das Älterwerden stand ihm gut, genauso wie die enge Bluejeans und ein hellgraues, tailliertes Sakko. So etwas hätte er früher nie getragen, und auch der melancholische Zug um seine Augen war neu.

»So ein Zufall!«, sagte sie.

Was sollte man auch sagen, wenn man sich sieben Jahre nicht gesehen hatte? Trotzdem war sie bestens über ihn unterrichtet, ihre Mutter versorgte sie zuverlässig mit dem neuesten Dorfklatsch. Er kandidierte als Bürgermeister in einer Nachbargemeinde von Frauenau, und er hatte vor einigen Jahren eine ehemalige Klassenkameradin geheiratet. Johanna hatte nicht viel Kontakt mit Melanie gehabt – sie war Teil einer Mädchenclique gewesen, während Johanna die meiste Zeit mit Jungs herumhing.

»Setz dich doch«, sagte sie. »Hast du Zeit?«

»Eigentlich nicht.« Er lachte und ließ sich neben sie fallen.

Simon bestellte einen doppelten Espresso und zündete sich eine Zigarette an, später noch eine. Den Kaffee trank er ohne Zucker. Die ganze Zeit über redete er wie ein Wasserfall, über seine Arbeit und die Politik und Gott und die Welt. Er war Ranger im Nationalpark Bayerischer Wald, spielte Trompete in einer Blaskapelle und war in etlichen Vereinen aktiv. Und neben allem anderen machte er Kommunalpolitik.

Johanna hörte ihm eine Weile zu, dann sagte sie: »Du bist ganz schön beschäftigt. Was sagt denn deine Familie dazu?«

Selbstverständlich wusste sie, dass Simon und Melanie eine inzwischen zweijährige Tochter hatten.

Simons Redefluss stoppte abrupt, und die Traurigkeit in seinen Augen verstärkte sich. Er zündete sich eine weitere Zigarette an und blies gedankenverloren den Rauch aus.

»Tja. Meiner Frau ist das zu viel geworden. Sie ist mit unserer Tochter nach Regensburg abgehauen, und ich habe nicht mal ihre Adresse. Ich lese nur auf Facebook von ihr.«

»Aber das geht doch nicht!«, rief Johanna. Die Trennung konnte noch nicht lange her sein, bei ihrem letzten Telefonat hatte Johannas Mutter nichts davon erwähnt. Simon schaute sie an, als wäre er belustigt über so viel Naivität.

»Sie hat es halt einfach gemacht. Ich komme gerade vom Anwalt. Die Scheidung muss ich akzeptieren. Aber dass ich die Lina nicht mehr sehen darf ...«

Er griff wieder nach seiner Zigarettenschachtel, während Johanna betroffen schwieg.

Simon schaute auf die Uhr. »Ich muss noch auf eine Veranstaltung in Zwiesel, danach treffe ich ein paar Freunde. Magst du mitkommen?«

Johanna überlegte kurz, dann sagte sie: »Wenn du mich abholst, gerne. Ich übernachte bei der Mama in Frauenau.« Auch wenn sie wusste, dass es ihre Mutter enttäuschen würde, wenn sie gleich wieder loszog.

Johannas Familie betrieb eine Pension am nördlichen Rand von Frauenau. Die Eltern hatten sie vor gut zwanzig Jahren zusammen eröffnet. Damals hatte sich die Mutter um die Gäste gekümmert, der Vater war hauptberuflich in der Glashütte beschäftigt gewesen. Zum Glück gab es ja fünf Kinder, die mit anpacken konnten. Heute gehörte das Gästehaus Johannas ältestem Bruder Franz und seiner Familie. Nebenan stand noch das alte, renovierte Wohnhaus, in dem die Mutter lebte. Manchmal nahm sie auch dort Gäste auf, wenn das Haupthaus ausgebucht war und unangemeldete Gäste vor der Tür standen.

Es war schon dämmrig, als Johanna ihr Auto auf dem Hof abstellte. Sie konnte ihre Mutter durch das Küchenfenster am Herd stehen sehen. Die Haustür war nicht abgeschlossen, Johanna ging ohne zu klopfen in die Stube.

Die Wärme des alten Holzherdes hüllte sie ein, und es roch nach Eintopf. Das war ungewöhnlich, denn unter der Woche kochte ihre Mutter normalerweise nicht, schon gar nicht abends. Stattdessen machte sie Brotzeit oder aß zwischendurch eine Kleinigkeit in der Pension, wo Johannas Schwägerin Annemarie abends die Gäste bekochte. Als Johanna eintrat, fuhr ihre Mutter erschrocken herum und legte die Hand aufs Herz.

»Hanna, hast du mich erschreckt!«

Johanna ging auf sie zu. »Tut mir leid. Du hast doch gewusst, dass ich komme.«

»Klar, ich habe extra Pichlsteiner für dich gemacht.«

Spontan umarmte Johanna ihre Mutter. Sie war nie dick gewesen, jetzt fühlte sie sich noch dünner an als sonst. Sie konnte einfach nicht stillsitzen und arbeitete den ganzen Tag. Zu tun gab es genug – im Garten, auf dem Hof und in der Pension. Und jetzt hatte sie zur Begrüßung auch noch Johannas Lieblingseintopf gekocht. Verlegen machte ihre Mutter sich los, sie war keine Freundin großer Gefühlsausbrüche.

Fast wie Anne, dachte Johanna. Ansonsten hätten die beiden Frauen nicht unterschiedlicher sein können: Johannas Mutter Sofie war eher praktisch als elegant gekleidet, und über ihrem schwarzen Rock und dem dunkelgrünen Shirt trug sie eine Kochschürze, die sie jetzt rasch ablegte.

»Magst du was essen?«, fragte sie, und Johanna nickte.

»Unbedingt. Ich hatte schon ewig kein Pichlsteiner mehr.«

Sie holte zwei Teller aus dem Schrank, und ihre Mutter schöpfte zwei Portionen aus dem großen Topf, der auf dem Holzofen stand.

Beide setzten sich auf die Eckbank und löffelten schweigend, bis Johanna sagte: »Ich gehe gleich noch mit Simon weg.«

»Pass auf mit dem Lehner Simon. Der ist wieder auf Brautschau, seine Frau ist ihm davon. Kein Wunder, der ist ja so gut wie nie daheim mit seinen ganzen Vereinen und der Politik. Der steht immer unter Strom.«

Johanna wunderte sich über den Ausbruch ihrer Mutter. Sie schien etwas dagegen zu haben, dass sie sich mit Simon traf. Dabei dachte Johanna nicht daran, sich schon wieder mit einem frisch getrennten Workaholic zusammenzutun. Zumal sie ihre Schwärmerei für ihn endgültig überwunden hatte.

»Keine Sorge. Für den bin ich nur der alte Kumpel aus der Schulzeit.«

»Hast du nicht auf Föhr jemanden kennengelernt?«

»Das war nichts Dauerhaftes«, sagte Johanna. Sie schob den letzten Bissen Brot in den Mund und hielt ihren Teller schief, um auch den Rest vom Eintopf zu erwischen. »Er übernimmt gerade die Firma von seinen Eltern in Flensburg und kann dort nicht weg. Wir passen nicht zusammen.«

Ihre Mutter schaute sie mitfühlend an. Zum Glück hupte es in diesem Moment auf dem Hof, und aggressives bläuliches Scheinwerferlicht streifte über die Küchenwand. Johanna sprang auf.

»Das ist Simon. Ich bleibe nicht lang.«

»Ich richte dir dein altes Zimmer her.«

»Danke, aber mach dir keine Arbeit. Ich beziehe mir das Bett selbst.«

Kaum hatte Johanna in dem riesigen SUV Platz genommen, gab Simon auch schon Gas, und sie wurde in den Sitz gedrückt.

Die Veranstaltung in der Nähe von Zwiesel entpuppte sich als siebzigster Geburtstag eines altgedienten Parteikollegen. Johanna platzierte sich im Hintergrund, an einem Stehtisch in der Nähe des Ausgangs. Sie wäre lieber gestorben, als sich in einem übervollen Saal auf das Podium zu stellen, aber Simon war schon immer ein passionierter Redner gewesen. Er gratulierte »dem Rudi«, bezeichnete ihn als seinen Mentor und gab einige Anekdoten zum Besten, die er mit dem Jubilar erlebt hatte. Der Saal tobte, und am Ende seiner Rede kündigte er ein Stück der Blaskapelle an.

»Auf speziellen Wunsch von unserem Rudi: ›My Way‹«, sagte Simon und stieg vom Podium. Johanna an ihrem Stehtisch holte tief Luft. Livemusik – oh nein. Hoffentlich musste sie nicht weinen!

Doch leider war die Band sehr gut. Kaum erklangen die ersten Takte der Trompete, ging es los. Als Simon ihren Tisch erreichte, heulte sie schon Rotz und Wasser. Er reichte ihr lachend ein Taschentuch, und schließlich lachte Johanna auch.

»Komm, lass uns verschwinden«, sagte er. »Bevor du dich noch ganz auflöst.«

Er hakte sich bei ihr ein und führte sie hinaus. Dann fuhren sie in eine Kneipe, wo die gemeinsamen Klassenkameraden schon auf sie warteten. Das Gespräch ging schleppend, vor allem mit den Frauen. Sie waren Arzthelferinnen, Verkäuferinnen oder Bürokauffrauen geworden und staunten darüber, dass Johanna als Schreinerin auf einer Insel im hohen Norden gearbeitet hatte.

»Wie lange willst du eigentlich noch lernen?«, fragte Sabrina, als Johanna von ihren weiteren Plänen erzählte. »Irgendwann will man doch Kinder haben.« Sie selbst hatte bereits zwei. Und Tina schaute sie aus großen, unschuldigen Augen an.

»Ich könnte mir das nicht vorstellen, so weit wegzugehen.«

Sie war wirklich lieb, aber Johanna wusste beim besten Willen nicht, worüber sie sich mit ihr oder den anderen unterhalten sollte. Sie war wohl einfach zu lange weg gewesen, außerdem hatte sie ja schon früher lieber mit den Jungs abgehangen. Sie hörte von anderen Exotinnen, die Kamerafrau oder Physiotherapeutin geworden waren oder weiterführende Schulen besucht hatten, um zu studieren. Sie lebten ebenfalls nicht mehr hier. Auch Simon war ihr keine große Hilfe. Gott sei Dank tauchte eine halbe Stunde später Flori auf.

»Schön, dass du wieder da bist«, sagte er. »Ich dachte schon, wir verlieren dich an die Friesen. War es schön?«

Johanna erzählte ausführlich von ihrem Praktikum und von ihren Plänen, dabei tranken sie das eine oder andere Bier. Gegen Mitternacht kam Jaqueline, um Flori abzuholen.

»Soll ich dich heimfahren?«, fragte sie, doch Johanna lehnte dankend ab und ging mit Simon hinaus.

Erst auf dem Parkplatz wurde ihr bewusst, dass keiner von ihnen mehr fahrtüchtig war. Plötzlich fasste Simon sie an den Schultern und drehte sie zu sich herum. Es war so dunkel, dass sie kaum sein Gesicht erkennen konnte. Er roch nach Bier und Zigaretten, darunter lag ganz schwach der Duft von frischem Holz.

»Du bist so anders als früher«, sagte er, die Aussprache schon nicht mehr ganz klar.

»Wir werden alle älter, Simon«, sagte sie. Was wollte er von ihr? Sie war verunsichert. Erst recht, als er sich an sie lehnte. Sein Kopf sank auf ihre Schulter und die Hände glitten an ihrem Rücken hinab bis auf den Po.

Johanna konnte sich nur mit Mühe auf den Beinen halten. Es fühlte sich vertraut an, ihm so nah zu sein. Mit fünfzehn hätte sie alles darum gegeben, aber jetzt? Sie waren beide nicht mehr nüchtern. Entschlossen drückte sie die Arme durch und schob ihn von sich weg.

»Komm«, sagte sie und fasste ihn am Ellbogen. Doch sie hatte keine Ahnung, wie sie nach Hause kommen sollten.

In diesem Moment näherte sich ein Auto. Johanna winkte. Die Scheibe glitt nach unten, und Jaqueline sagte: »Jetzt kommt halt mit uns! Simon kann sein Auto morgen holen, wenn er wieder nüchtern ist.«

Erleichtert öffnete Johanna die Tür, ließ Simon einsteigen und rutschte neben ihn. Sofort kippte er gegen die Scheibe und schlief ein. Erleichtert machte Johanna es sich auf ihrer Seite bequem.

31

Flensburg

Bei dem Versuch, sein säuselndes Handy zu erreichen, fiel Kai aus dem Bett. Zum Glück schlief er noch auf einer Matratze auf dem Boden, doch das Parkett war empfindlich kalt. Er hatte das Handy absichtlich außer Reichweite platziert, damit er auch sicher aufwachte. Keine noch so sanfte Weckmelodie konnte ihm das Aufstehen versüßen.

»Blöde Bambusflöte«, murmelte er.

Nach einer kurzen Dusche schlüpfte er in Jeans und Sakko und ging direkt aus dem Haus. In der Bäckerei gegenüber kaufte er etwas Süßes für sich und Judith. Das hatte sich inzwischen so eingespielt; sie fing gerne früh an, und wenn die anderen eintrudelten, war die Kaffeemaschine schon in Betrieb. Nur Anne, Steffen und Carsten beharrten ausschließlich auf Tee, der Rest der Belegschaft trank beides.

Kai nahm die Bäckertüte und das Wechselgeld entgegen, lächelte die Verkäuferin an und wünschte ihr einen schönen Tag. So hatte er sich wieder einmal selbst überlistet: Meist hob es seine Laune, wenn er zu anderen freundlich war.

Mehr noch half ihm, dass es im Geschäft tatsächlich schon nach Kaffee duftete.

»Ich habe Croissants mitgebracht«, rief er in Richtung Teeküche. Dann ging er in sein Büro, das er mit Steffen teilte, und riss als Erstes das Fenster auf. Er hatte gestern zu viel geraucht. Eine Zeitlang war er Nichtraucher gewesen, jetzt hatte er wieder angefangen. Immerhin konnte sein Vater ihm heute keine Moralpredigt halten; er weilte auf Föhr und würde erst morgen wieder ins Geschäft kommen.

Kai schaltete den Computer ein. Eine Reihe von Bestellungen war eingegangen. Egal, was sein Vater davon hielt, der modernisierte Onlineshop war ein Erfolg. Er druckte die Bestellungen aus und legte sie auf seinen Schreibtisch.

Kai spürte Zugluft im Rücken. Als er sich umdrehte, kam Judith auf ihn zu. Auf ihr knappes T-Shirt war ein rosa Häschen gedruckt, doch er brachte es nicht über sich, mit seinem Lehrling über angemessene Kleidung zu sprechen. Er wusste, sie würde es direkt als Einladung ansehen, sich besonders sexy anzuziehen. In solchen Momenten wünschte er sich seine Mutter herbei.

Er rutschte ein Stück zur Seite, als Judith ihm seine Cappuccinotasse hinstellte und sich dabei weit über seinen Schreibtisch beugte. Ihre riesigen Ohrringe klimperten, und er versuchte angestrengt, ihren kurvigen Ausschnitt zu ignorieren.

»Danke dir, Judith.« Er stand auf und drückte ihr die Bestellzettel in die Hand. »Hier, mach das bitte bis Mittag versandfertig und kümmere dich um die Rechnungen.«

»Aber ich kenne mich mit dem neuen Programm noch gar nicht aus.«

Er glaubte ihr kein Wort. Judith war ausgesprochen clever und umsichtig. Auch aus diesem Grund hatte er sie bei ihrem Aufenthalt auf Föhr wie eine Kollegin behandelt und weniger wie einen Lehrling. Jetzt musste er mit den Konsequenzen leben.

Er straffte die Schultern und sagte: »Ich komme nachher zu dir rüber und erklär es dir. Wie ich dich kenne, hast du es im Handumdrehen raus.«

Endlich verschwand sie aus seinem Büro. Kurz darauf kam seine Mutter herein.

»Guten Morgen!« Anne legte ihm die Hände auf die Schultern. »Du siehst müde aus«, sagte sie. »Dir stehen übrigens noch zehn Tage Urlaub aus deinem Angestelltenverhältnis zu. Die solltest du nehmen, bevor wir weg sind.«

Sie hatte recht. Normalerweise machte er nach der Saison immer zwei, drei Wochen Urlaub. Und auch jetzt hätte er das dringend nötig gehabt. Aber als frischgebackener Chef konnte er nicht einfach weg.

Anne schien zu ahnen, was in ihm vorging. »Ich rede mit Steffen. Du solltest ausgeruht in deine neue Position starten.«

»Vielleicht nach dem Notartermin«, sagte Kai.

»Gute Idee.« Anne lächelte und verschwand wieder in Richtung ihres eigenen Büros.

Es war schwierig genug gewesen, einen gemeinsamen Termin festzulegen, und Kai durfte ihn nicht versäumen. Obwohl er sich darauf freute, machte ihm die Firmenübergabe Angst. Er würde sich auf viele Jahre hinaus beruflich festlegen. Vielleicht sogar für den Rest seines Lebens.

32

Frauenau

Nach einem üppigen Frühstück suchte Johanna ihre Schwägerin. Annemarie freute sich immer über Hilfe. Gemeinsam mit ihrer Mutter putzte Johanna den Schiraum im Keller, dann checkte sie die Leihräder durch. Am Nachmittag hielt sie die Stellung an der Rezeption, doch um diese Tageszeit war wenig los. Sie nutzte die Gelegenheit und wählte Bettinas Nummer. Sie und Malte waren vor ein paar Tagen Richtung Nordsee aufgebrochen.

»Seid ihr gut auf der Insel gelandet?«, fragte Johanna.

»Klar. Steffen war auch schon hier. Er und Anne überschreiben Malte ja das Haus, und wir dürfen die Wohnung ab sofort nutzen. Ich richte mir unter dem Dach ein Studio ein.« Bettina klang total begeistert, und Johanna dachte wehmütig an die traumhaften Wochen, die sie selbst in dem Haus verbracht hatte. Es fühlte sich seltsam an, dass Malte und Bettina jetzt dort lebten. Wie musste es erst Kai bei dem Gedanken gehen?

»Ihr zieht also wirklich auf die Insel.«

Bettina lachte. »Ja, Malte hat die Projektstelle im Museum bekommen. Und ich arbeite an einem Fotoband über Föhr. Natürlich gibt es schon einige davon, aber meiner wird ganz besonders.«

»Freut mich für euch. Machst du in Regensburg dann gar nichts mehr?«

»Doch, doch. Ich hab ja eine Menge Kontakte, und ich kann jederzeit bei meiner Mutter übernachten. Mal sehen, wie sich alles entwickelt. Maltes Stelle ist befristet, und ich … Hm, ich muss dir was sagen.« Sie kicherte albern.

»Was denn? Los, sag schon.«

»Ich bin schwanger.«

»Das ist ja toll!« Johanna bemühte sich, enthusiastisch zu klingen, während gemischte Gefühle in ihr aufstiegen. Etwas wie Freude, Eifersucht und Wehmut. »Was sagt denn Malte dazu?«

Bettina lachte wieder. »Dem hat es erst mal die Sprache verschlagen. Dann hat er mich in den Arm genommen und seitdem redet er nur noch von dem Baby.«

»Ich wünsche euch von Herzen alles Gute.«

»Danke. Ich bin total glücklich! Aber was ist mit dir? Du klingst so bedrückt. Vermisst du Kai?«

»Ich habe dir doch gesagt, dass die Sache vorbei ist.«

»Deswegen kannst du ihn trotzdem vermissen. Er würde sich bestimmt freuen, wenn du dich bei ihm meldest. Der Abschied von der Insel ist ihm schwergefallen, und Steffen verlangt jetzt einiges von ihm.«

»So ein Tyrann ist er nun auch wieder nicht«, sagte Johanna.

»Ich weiß schon, du magst ihn. Du hättest ihn gestern mal erleben sollen. Als er hörte, dass wir ein Kind bekommen, umarmte er mich und schien sich echt zu freuen. Aber dann hat er Malte in die Mangel genommen: Wann er sein Abschlusszeugnis kriegt, wovon wir leben wollen und so weiter. Als ob ich nicht genauso dafür verantwortlich wäre.«

Johanna konnte direkt sehen, wie Bettina die Augen zum Himmel verdrehte. Doch wirklich verärgert klang sie nicht, eher amüsiert. Und zuversichtlich, dass sie die bevorstehenden Veränderungen in ihrem Leben meistern würde.

»Ich bewundere dich«, sagte Johanna. »Ich selbst bin froh, dass ich gerade nicht gebunden bin. Ich werde mich auf den Meisterkurs konzentrieren.«

»Wie du meinst«, sagte Bettina, aber Johanna hatte das Gefühl, dass Bettina ihr ihre Worte nicht abnahm.

Sie beendeten das Gespräch, und Johanna loggte sich am PC der Rezeption ein. Sie gab die Internetadresse der Passauer Handwerkskammer ein (noch immer sieben freie Plätze im Meistervorbereitungskurs), dann googelte sie nach Fördermöglichkeiten. Aber wie war eigentlich das Wetter auf Föhr? Auf der Strandwebcam zeigten sich Meer und Himmel Grau in Grau, Wassertropfen hingen auf der Linse. Schietwetter, hätte Kai gesagt. In Flensburg sah es nicht viel besser aus.

Der Sommer war vorbei, und sie musste sich wieder dem wahren Leben stellen. Sie hatte alles im Griff. Sie konnte eine Affäre haben und anschließend ihrer Wege gehen, ohne sich vor Sehnsucht zu verzehren und Millionen unerwünschter SMS zu schreiben.

Doch war es normal, dass sie den Kontakt ganz einstellte? Sollten sie und Kai nicht freundschaftlicher miteinander umgehen? Immerhin hatte er sich als Erster erkundigt, ob sie gut zu Hause angekommen war, und hatte ihr nach seinem ersten Tag in der Firma eine längere Mail geschrieben. Es war eine Frage der Höflichkeit, sich auch bei ihm zu melden. Ganz locker natürlich, ohne Hintergedanken.

33

Flensburg

Abends um sieben saß Kai immer noch im Büro, und seine Konzentration war längst beim Teufel. Doch er konnte sich nicht entschließen, nach Hause zu gehen. Er hatte Kopfschmerzen und surfte ziellos im Internet. Wie hieß noch mal dieses Dorf, in dem Johannas Familie lebte? *Frauenau*, googelte er. Zunächst geriet er auf die Seite einer Pension, dann landete er bei der Lokalzeitung. Dort fand er einen kurzen Bericht über das Geburtstagsfest irgendeiner Lokalgröße in Zwiesel.

Er schmunzelte. Das kulturelle Leben in dieser abgelegenen Gegend war vermutlich genauso öde wie auf Föhr. Nur dass man keine Fähre brauchte, um in die nächstgrößere Stadt zu gelangen. Er klickte sich durch die Bilder. Ein gewisser Simon Lehner, seines Zeichens Bürgermeisterkandiat einer kleinen Bayerwaldgemeinde, hatte das Fest eröffnet. Und dann sah er Johanna: Der Typ hatte ihr die Hand auf den Arm gelegt, und sie schaute ihn aus großen Augen an. Sie wirkte völlig versunken. *Ist sie die neue Frau an seiner Seite?*, lautete die wenig originelle Bildunterschrift.

Das ging ja schnell, dachte er. Sie hat einen neuen Lover gefunden.

Vielleicht war auch gar nichts dran. Aber wie feist dieser Voralpen-Casanova sie angrinste! Er trug tatsächlich eine Trachtenjacke zu seiner knallengen Jeans, und ein dunkler Bartschatten ließ ihn verwegen aussehen.

In diesem Moment steckte Wiebke den Kopf zur Tür herein.

»Nanu? Du bist aber noch fleißig, mein Junge«, dröhnte sie, und Kai zuckte zusammen. Ihre Stimme war von Natur aus laut. »Mach endlich Schluss, damit ich putzen kann.«

»Das kannst du doch auch so, Wiebke.«

Trotzdem ging sie wieder hinaus. Kai hatte den Tag ohne Steffen nutzen wollen, aber nur einen Bruchteil dessen geschafft, was er sich vorgenommen hatte. Daran war weder die zeitraubende Diskussion mit einem Lieferanten schuld noch die ungewöhnlich vielen Anrufe, die er heute bekommen hatte. Er ertappte sich immer wieder dabei, wie er aus dem Fenster sah und Tagträmen nachhing.

»Kai?«

»Was machst du denn noch hier, Judith?« Aus dem Augenwinkel bemerkte er, dass sie etwas hinter ihrem Rücken verborgen hielt.

»Ich habe für meine Abschlussprüfungen gelernt. Und ich wollte dich fragen, ob du mit mir feierst.«

»Feiern?« Kai war verwirrt. Seine Mutter hatte von einer kleinen Party erzählt, mit der sie Judith zum Geburtstag überraschen wollte – allerdings erst morgen Mittag. »Lieber nicht. Ich habe tierische Kopfschmerzen.«

»Oh. Soll ich dir eine Kopfmassage geben?«

»Nein!«

»Dann hilft dir vielleicht das hier.« Sie holte eine Flasche Sekt hinter ihrem Rücken hervor und sah ihm tief in die Augen. »Ich werde morgen dreiundzwanzig. Lass uns reinfeiern.«

Sie kam noch näher und legte ihm die Hand in den Nacken, die zuvor die Sektflasche gehalten hatte. Der Kälteschock ließ den Schmerz in seinem Kopf explodieren, und er schrie sie an: »Lass das bitte!«

In diesem Moment klingelte sein Handy. Er warf einen Blick auf das Display und stutzte. Dann sagte er, ohne nachzudenken: »Das ist meine Freundin!«

Im gleichen Moment kam Wiebke mit ihrem Schrubber herein und verscheuchte Judith von ihrem Platz. Gott sei Dank.

Kai nahm das Gespräch an. »Johanna! Schön, dass du dich meldest. Kann ich dich später zurückrufen? Ich bin noch im Büro.«

Zu seinem Schrecken machte Judith sich jetzt an der Sektflasche zu schaffen. Wiebke kicherte. Gleich musste sich der Korken lösen. Wiebke kam mit ihrem Schrubber auf ihn zu.

»Rück mal ein Stück, Süßer«, sagte sie gutmütig – und wie immer so laut, als stände sie an Deck eines Schiffes, das gerade gegen einen Orkan ankämpfte.

»So spät noch? Wer ist denn da bei dir?«, fragte Johanna. »Klingt, als hättet ihr eine Weinprobe.«

In diesem Moment knallte der Korken. Judith stieß einen hohen Schrei aus und kicherte affektiert, Wiebke stimmte ein. Am anderen Ende der Leitung blieb es einen Moment still. Dann sagte Johanna mit seltsam belegter Stimme: »Ich wollte nur hören, wie es dir geht. Anscheinend gut. Bis bald mal wieder.«

Damit beendete sie das Gespräch.

Jetzt reichte es Kai. Er stand auf, marschierte an Wiebke und Judith vorbei und schnappte sich seine Jacke. Im nächsten Moment war er draußen. Während er mit schnellen Schritten die Straße entlanggging, versuchte er Johanna zurückzurufen, aber ihr Handy war nicht mehr erreichbar. Eine Festnetznummer hatte er nicht von ihr. Wohnte sie in der Pension oder bei jemandem aus der Familie?

Er hinterließ eine Nachricht auf ihrer Mailbox und schluckte, zu Hause angekommen, zwei starke Schmerztabletten. Dann schaute er YouTube-Videos auf seinem Laptop, bis er die Augen kaum noch offen halten konnte. Währenddessen wartete er vergeblich, dass Johanna zurückrief.

34

Frauenau

Johanna lehnte sich an den Küchenstuhl, während Jaqueline ihre feuchten Haare mit einem Handtuch rubbelte. Wie gut, dass die Freundin ihres Bruders Friseurin war! Johanna hasste Friseursalons – diesen Geruch von warmen Haaren, Pflegeprodukten und feuchten Handtüchern, und das Gefühl des Ausgeliefertseins, sobald ihr Nacken das harte Porzellan des Waschbeckens berührte. Bei Jaqueline durfte sie sich die Haare selber waschen und es sich anschließend in der Küche gemütlich machen.

Jaqueline wickelte ihr das Handtuch um den Kopf und fragte: »Cappuccino?«

Zweifellos wollte sie ihren neuen Kaffeevollautomaten vorführen. Als das erledigt war, zog sie einen Kamm aus der Tasche und arbeitete sich durch Johannas Wuschelkopf.

»Was machen wir heute?«, fragte sie. Sie ließ die längere, bunte Haarsträhne durch ihre Finger gleiten. Die Farbe war zu einem Hellorange ausgebleicht und am Ansatz schon ein gutes Stück herausgewachsen.

»Willst du mal eine neue Farbe ausprobieren?«, fragte Jaqueline.

»Nein«, sagte Johanna, »das passt nicht mehr zu mir. Schneid's ab, ich lass die Farbe rauswachsen.«

»Und dann?«

»Irgendwas Normales halt. Was Pflegeleichtes. Und nicht zu kurz.«

»Mei, was Pflegeleichtes. Das sagen sie alle.«

»Ich will eben nicht dauernd zum Friseur.«

»Okay.« Jaqueline setzte eine konzentrierte Miene auf und begann zu schneiden. Ein Teil der rötlichen Strähne fiel zu Boden. Rundherum kürzte Jaqueline nur so viel, dass Johannas leicht krause braune Haare wieder in Form kamen.

»Warum hast du deinen Freund von der Insel nicht mitgebracht?«, fragte Jaqueline.

Die Frage nervte, und Johanna hatte Mühe, es sich nicht anmerken zu lassen.

»Er ist nicht mein Freund. Wir hatten nur eine Art Wohngemeinschaft.«

»Wie Malte und du?«, sagte Jaqueline. Es klang so, als glaubte sie Johanna kein Wort. Und sie hatte ja auch recht.

Johanna hätte gerne genickt, aber die Schere klapperte knapp an ihrem Ohr vorbei. Also reagierte sie gar nicht. Jaqueline arbeitete konzentriert weiter. Sie verstand ihr Handwerk, und Johanna schloss die Augen. Nach und nach entspannte sie sich und überließ sich ihren Erinnerungen an den Sommer: Die kurzen, hellen Nächte, der Rhythmus von Ebbe und Flut. Es kam ihr so unwirklich vor, dass sie am Meer gelebt hatte. Sie sah den Strand vor sich, und natürlich spazierte Kai ins Bild. Er trug nur eine kurze Hose und sah mit seinen zerzausten Haaren aus wie ein kalifornischer Surfer, sonnengebräunt und muskulös. Dabei behauptete er immer von sich, total unsportlich zu sein. Johanna konnte das nicht beurteilen, denn wenn sie zusammen ans Meer gingen, alberten sie meistens herum, statt wirklich weit hinauszuschwimmen. Beim Radfahren gegen den Wind kam er genauso gut voran wie sie, und dann gab es noch diese Art körperlicher Aktivität, bei der sie beide außer Atem gerieten …

Plötzlich ging ein Ruck durch ihren Nacken, und Johanna schrak auf. Sie war tatsächlich für eine Sekunde eingeschlafen.

Jaqueline lachte. »Aufwachen, Johanna. Ich bin fast fertig.«

Sie hielt ihr einen Spiegel hin, und Johanna staunte: Ihre Frisur war jetzt symmetrisch, das Haar reichte immer noch fast bis zum Kinn und rollte sich frech nach allen Seiten. »Wenn du sie länger wachsen lässt und öfter mal eine Feuchtigkeitspackung draufmachst, gibt es schöne Locken«, sagte Jaqueline.

»Danke!«, sagte Johanna. »Föhnen brauchst du nicht.«

»Schade«, sagte Jaqueline. Dann setzte sie noch einmal ihre Kaffeemaschine in Gang und holte einen Stapel Möbelkataloge aus der Eckbanktruhe.

»Und was machen wir heute?«, fragte Johanna.

»Eine Garderobe«, antwortete Jaqueline, ohne mit der Wimper zu zucken. Hatte sie die Anspielung überhaupt verstanden? Johanna unterdrückte ein Seufzen. Jaquelines und ihr Humor waren einfach zu unterschiedlich.

Sie ging in den Flur, um die Nische hinter der Eingangstür auszumessen, und skizzierte anschließend einen Entwurf nach den Angaben ihrer Schwägerin. Inklusive Schuhschrank, Hutablage und Telefontischchen.

»Das ist toll!«, sagte sie. »Genau so eine hat meine Freundin Susi auch.«

»Deine wird aus Vollholz und stabiler«, sagte Johanna. Bei ihrem Lehrbetrieb bekam sie immer noch gute Konditionen.

»Danke.«

»Danke gleichfalls«, sagte Johanna und schüttelte ihre neue Frisur. Obwohl das nicht sein konnte, fühlte es sich an, als wären ihre Haare länger geworden. »Jetzt fahre ich noch zu Flori und zeige ihm mein Auto. Die Hauptuntersuchung ist fällig. Wahrscheinlich behält er es gleich da.«

»Mach dir keine Sorgen. Der bringt es schon noch mal durch.«

Johanna hoffte es. Ein neues Auto konnte sie sich nicht leisten.

35

Flensburg

Kai war hundemüde, aber zumindest hatte er keine Kopfschmerzen mehr. Als er in der Firma ankam, stand Steffens Wagen bereits auf dem Parkplatz. Kai fiel die Besprechung wieder ein, die seine Eltern für heute mit ihm geplant hatten. Nur wenige Schritte, und er stand im gemeinsamen Büro. Steffen hatte die Fenster demonstrativ weit aufgerissen und wartete auf ihn.

»Wolltest du nicht früher hier sein?«

»Es ist gestern spät geworden, und ich hatte Migräne.«

Steffen rümpfte die Nase. »Kein Wunder. Du hast schon wieder im Büro geraucht.«

»Tut mir leid«, sagte Kai automatisch. Er wusste selbst, dass Rauchen nicht gesund war, aber anders bekam er den Stress momentan nicht in den Griff. Er stellte sich unauffällig vor den Papierkorb, in dem Wiebke und Judith die leere Sektflasche entsorgt hatten, und hoffte, dass sein Vater sie noch nicht bemerkt hatte. Auf seinem Schreibtisch zeichneten sich gut sichtbare Glasränder ab. Er versuchte, den Blick seines Vaters einzufangen und fragte: »Wie war die Fahrt? Ist mit dem Laden alles in Ordnung?«

»Bestens. Mit Uwe Jöns hast du einen guten Fang gemacht.«

Das war ein indirektes Lob. Anne kannte die Familie von früher, aber Steffen war Uwe gestern zum ersten Mal begegnet.

»Johanna hat mir den Tipp gegeben. Ein paar Tage später kam er vorbei, und es passte einfach alles. Er freut sich, wieder Arbeit auf der Insel zu haben«, sagte Kai. »Wie geht es Malte und Bettina?«

»Malte hat die Projektstelle im Museum der Westküste bekommen, und Bettina richtet sich im Dachgeschoss ein Fotostudio ein. Du hast doch nichts dagegen, dass sie schon jetzt dort wohnen? Das Haus gehört ohnehin bald Malte.« Ohne eine Antwort abzuwarten, fuhr er fort: »Ich habe dieses Rudergerät mitgebracht, das unterm Dach herumstand. Ich wusste gar nicht, dass du so was besitzt.«

»Was?« Kai wurde endgültig bewusst, dass er keine Bleibe mehr auf Föhr hatte.

»Sie werden den Platz bald brauchen.« Sein Vater versuchte doch tatsächlich, sich ein glückliches Grinsen zu verkneifen. Es gelang ihm nicht ganz; seine Mundwinkel zuckten.

Kai brauchte einen Moment, bis er begriff. »Sie kriegen ein Kind?«

»Wer bekommt ein Kind?« Anne war hereingekommen und erfuhr nun ebenfalls die Neuigkeiten aus Föhr. Sie schlug erst die Hand vor den Mund, dann lachte sie und umarmte Steffen. »Du wirst Opa!«

Steffen machte sich unwillig los.

Es kränkte Kai, dass Malte es ihm nicht selbst gesagt hatte. Auch zu ihm hatte er in den letzten Wochen wenig Kontakt gehabt.

»Die beiden verlieren ja keine Zeit«, stellte er fest.

Steffen klopfte Kai auf die Schulter. »Neidisch? Dann musst du dich ranhalten. Wie geht es Johanna?«

»Ich weiß nicht«, sagte er, und dann holte er tief Luft. In der letzten Nacht hatte er eine Entscheidung getroffen. »Ich muss zu ihr. Kann ich meinen Urlaub nehmen?«

»Das kommt jetzt schon ein bisschen plötzlich«, murmelte Anne, während Steffen die Arme vor der Brust verschränkte und blaffte: »Wann?«

»Ab heute.«

Steffens Kiefergelenke begannen zu arbeiten, und er sah aus, als würde er gleich explodieren. »Du lässt also unsere Besprechung platzen – und den Banktermin am Montag auch? Außerdem, wer soll sich um diesen Internetkram kümmern, während du weg bist? Jetzt im Herbst bestellen die Leute wie verrückt.«

»Die neue Schnittstelle zum Bestellsystem funktioniert doch einwandfrei«, sagte Anne, die sich schnell wieder gefangen hatte. »Judith kennt sich damit aus. Kai hat uns gestern alles genauestens erklärt.«

Kai schaute seine Mutter dankbar an und nickte. Doch Steffen beruhigte sich nicht, ganz im Gegenteil. »Wenn du bis zum Notartermin am Freitag nicht zurück bist, dann ...«

»Keine Sorge. Ich werde rechtzeitig da sein«, sagte Kai schnell. Er wollte nicht hören, welche Konsequenzen es hätte, wenn er den Termin versäumte. »Ich weiß, ich werde hier gebraucht. Aber jetzt ist erst mal Johanna dran.«

Er fühlte sich sehr heldenhaft. Steffen starrte ihn an, als ob er verrückt geworden wäre.

»Dann geh doch!«, donnerte er. »Aber glaub nicht, dass wir dir ewig deinen Stuhl freihalten.«

»Steffen!«, sagte Anne in scharfem Ton. »Darum geht es doch jetzt gar nicht. Ich habe ihm gestern selbst gesagt, dass er seinen Resturlaub nehmen soll.« Anne war, neben vielem anderen, die Personalabteilung der Firma.

Kai drehte sich um. Plötzlich kam ihm das alles nicht mehr so wichtig vor. Er ging hinüber ins Lager, suchte eine Kiste italienischen Rotwein aus und spazierte damit an Judith vorbei, die vermutlich alles mit angehört hatte.

»Alles Gute zum Geburtstag«, sagte er, und dieses eine Mal empfand er keinerlei Autoritätsproblem. Sie sah betroffen aus und rückte ihr T-Shirt zurecht, so dass der Halsausschnitt nach oben wanderte.

Als Kai seinen Kofferraum öffnete, um die Weinkiste hineinzulegen, hörte er Steffen durch das Bürofenster brüllen: »Nimm wenigstens dieses verdammte Ruderding mit.«

Kai schaute nicht zu ihm hin. Er beobachtete, wie Anne den Kofferraum von Steffens Wagen öffnete. Als sie versuchte, den sperrigen Gegenstand herauszuheben, griff Kai ebenfalls zu. Gemeinsam schleppten sie das Rudergerät zu Kais Kombi.

»Ich verstehe dich auch nicht«, keuchte sie. »Die paar Tage hättest du doch wirklich noch warten können. Warum fährst du ausgerechnet jetzt? Willst du etwa kneifen?«

»Nein, aber ich muss etwas mit Johanna klären.«

Anne sah die Reisetasche und sagte: »Du hast ja schon gepackt.« Plötzlich weinte sie, und Kai wusste nicht, wie er seine sonst so beherrschte Mutter trösten konnte.

»Dass Steffen sich auch immer so aufregen muss«, murmelte er.

»Das ist doch kein Wunder. Ich habe ihn lange genug bearbeitet, damit er einverstanden ist, dir die Firma jetzt schon zu überschreiben. Und plötzlich stellst du alles in Frage.« Annes Stimme zitterte, aber ihre Augen blickten ihn ruhig und direkt an, bis ihm unbehaglich zumute wurde. Er wünschte sich beinahe, sie würde sich einmal zu einem solchen Wutausbruch hinreißen lassen, wie er bei Steffen an der Tagesordnung war. Stattdessen sagte sie: »Ich weiß genau, dass du nervös bist. Es kommt ja auch einiges auf dich zu. Aber du schaffst das. Und mit Johanna findest du auch eine Lösung. Mach jetzt bloß keinen Unsinn.«

Er ließ den Kofferraumdeckel zufallen. »Keine Angst. Ich bin rechtzeitig zurück.«

Er umarmte sie, dann stieg er ins Auto und fuhr vom Hof. Im Rückspiegel sah er, wie Anne ihm nachwinkte, und es tat ihm leid, sie mit Steffens schlechter Laune zurückzulassen. Doch sie würde schon klarkommen. So, wie sie immer mit Steffen klargekommen war.

Bald bog er auf die Autobahn ein, beschleunigte und ließ das schlechte Gewissen hinter sich. Nach und nach fiel die Anspannung der letzten Wochen von ihm ab. Sein Vater war ein harter Lehrmeister, und mit jedem Kilometer, den Kai sich von Flensburg entfernte, wurde ihm leichter ums Herz. Er legte eine CD mit japanischer Trommelmusik ein, drückte die Wiederholungstaste und hielt nur zweimal kurz an, um sich einen Kaffee zu besorgen.

Er probierte immer wieder, Johanna zu erreichen, doch ihr Handy blieb abgeschaltet. Irgendwo in Thüringen wählte er seine alte Festnetznummer auf Föhr. Schon nach dem zweiten Klingeln tönte Bettinas Stimme über die Freisprechanlage.

»Hallo Kai. Hat Johanna sich bei dir gemeldet?«, fragte sie.

»Äh … ja. Ich bin auf dem Weg zu ihr, aber sie weiß noch nichts davon. Sie wollte doch nach Frauenau zu ihrer Familie. Wie finde ich sie dort am besten?«

»Nimm dir ein Zimmer in der Pension Scheungrab, die gehört Johannas Bruder Franz und seiner Frau Annemarie.«

Als er auflegte, wurde ihm klar, dass er zwar die Eckdaten kannte – Johannas Vater war vor zwei Jahren gestorben, und es gab vier Brüder und eine Pension –, doch er hatte sie nie gefragt, wie das Verhältnis zu ihrer Familie war.

Er suchte die Pension Scheungrab im Internet und schickte online eine Reservierungsanfrage. Dann programmierte er die Adresse in sein Navi ein. Wenn er keine allzu langen Pausen einlegte und der Verkehr es zuließ, konnte er vor acht Uhr abends dort sein.

36

Frauenau

Johanna stand neben ihrem Bruder in der Werkstatt. Ihr betagter VW Golf schwebte oben auf der Hebebühne. Während Flori sich das Auto ansah, musste sie an gestern Abend denken. Sie war enttäuscht, dass Kai keine Zeit für sie gehabt hatte. Es hatte sich angehört, als würde sie bei einer wilden Party stören. Aber sie war erwachsen und souverän damit umgegangen, oder etwa nicht?

Sie wollte sich nicht mehr damit beschäftigen, solange sie hier war. Die Zeit um Allerheiligen, den Todestag ihres Vaters, war schwierig genug für sie. Sie überlegte schon jetzt, wie sie der Andacht auf dem Friedhof entgehen und das Grab ihres Vaters allein aufsuchen konnte, ohne ihre Mutter zu kränken. Sie verdrängte auch diesen Gedanken und fragte ihren Bruder: »Was meinst du, Flori, bringst du ihn noch mal durch?«

»Klar, solange genug Blech und Schweißdraht da ist. Ich brauche bloß ein paar Tage Zeit. Ich darf die Werkstatt nach Feierabend und am Wochenende privat nutzen.«

»Was wird's denn kosten?«

»Gar nix, wenn du mir ein bisschen hilfst. Und dafür, dass mein Chef so nett zu uns ist, bringe ich gleich noch ein Kundenfahrzeug nach Passau. Ich brauche einen zweiten Chauffeur.«

Johannas Gesicht hellte sich auf. Für eine Lustfahrt in die Dreiflüssestadt war sie immer zu haben. »Gehen wir danach noch was trinken?«

»Klar.«

Er senkte die Hebebühne ab und schrubbte sich die Hände, während Johanna ihren Rucksack aus dem Golf barg und hinaus auf den Hof ging. Dort stand neben einem unspektakulären Firmenfahrzeug ein schwarz glänzendes Oldtimer-Cabrio.

Als Flori aus der Werkstatt kam und ihren begehrlichen Blick sah, schüttelte er bedauernd den Kopf. »Tut mir leid, den darf ich nicht aus der Hand geben. Der Chef würde mir den Kopf abreißen, wenn dem was passiert, und der Besitzer erst recht.«

Zum Trost gab er ihr den Schlüssel seines eigenen Autos. Es war neu und hatte doppelt so viele Pferdestärken wie ihr eigenes. Johanna stieg ein und startete lächelnd den Motor.

37

Unterwegs

Die Trommeln begleiteten Kai bis in den Bayerischen Wald. Auf seiner Fahrt von Nord nach Süd hatte er sich den Anblick sanfter Hügel ausgemalt, doch als er bei Deggendorf die Autobahn verließ, war es schon dunkel. Der Kombi trug ihn zuverlässig die Ruselbergstrecke hinauf, und über Regen und Zwiesel gelangte er in den Bayerischen Wald. Gegen halb sieben passierte er das Ortsschild von Frauenau, das er sich als verschlafenes, romantisches Bergbauerndorf vorgestellt hatte, doch jetzt befand er sich auf einer abschüssigen Ortsdurchfahrt.

Er drosselte seinen Wagen auf Schritttempo. Laut Navi musste er jetzt links abbiegen und hatte noch knapp einen Kilometer zu fahren. Der Weg führte durch ein Wohngebiet und wurde immer steiler. Als der Waldrand in Sicht kam und er schon dachte, er hätte sein Ziel verfehlt, sah er die Einfahrt zum Parkplatz der Pension. Es standen bereits etliche Autos darauf, und er war froh, dass er noch eine Lücke fand. Direkt an der Straße stand ein älteres Haus, und etwas weiter hinten befand sich ein Neubau, offenbar die Pension.

Er stieg aus und streckte sich, dann holte er seine Reisetasche aus dem Kofferraum und bewegte sich auf den hellerleuchteten Eingang zu. Ob er Johanna gleich begegnen würde? Wo steckte sie? Hatte sie ein Zimmer in der Pension, oder wohnte sie nebenan in dem älteren Gebäude? Er drehte sich noch einmal danach um; die Fenster waren dunkel.

Er trat durch die Glastür in den Rezeptionsbereich. Niemand war zu sehen. Auf der Theke stand eine kleine Glocke und daneben ein Schild, das ihn zu läuten aufforderte. Er tat es und besah sich den Ständer mit den Ansichtskarten, das braune Ledersofa und das herbstliche Gesteck auf dem Tresen. Irgendwo im Haus saugte jemand Staub, und eine Stimme rief etwas in einer ihm unverständlichen Sprache. Vielleicht war es auch der örtliche Dialekt, die Sprachmelodie gefiel ihm.

Gegenüber der Rezeption führte eine Treppe in den Keller. Von dort hörte er einen Augenblick später Schritte, und eine Frau Mitte vierzig erschien auf den Stufen. Sie war schlank, trug dunkle Dauerwellen, ein fliederfarbenes Twinset und einen schwarzen, knielangen Rock. Sie ging auf ihn zu und streckte ihm die Hand entgegen.

»Grüß Gott! Warten Sie schon lange? Entschuldigen Sie bitte. Ich hab im Heizungskeller nach dem Rechten geschaut. Wir hatten einen milden Herbst, aber in ein paar Tagen kann es schon schneien.«

Ihr bayerischer Akzent war stärker als Johannas, doch Kai verzog keine Miene: Es gab keinen deutschen Dialekt, den er in seinem Teeladen noch nicht gehört hatte.

»Kein Problem«, sagte er. »Haben Sie meine Buchung bekommen? Kai Knies.«

»Ja, Sie haben Glück. Wir sind eigentlich ausgebucht, aber heute Vormittag musste jemand absagen. Sie bekommen ein schönes, großes Zimmer mit Bad und Balkon im zweiten Stock.«

»Das klingt prima«, sagte Kai und füllte den Anmeldebogen aus, dann fragte er: »Wohnt Johanna Scheungrab auch hier im Haus?«

Jetzt musterte ihn die Pensionswirtin mit neuem Interesse und vergaß sogar ihr Hochdeutsch. »Komisch, die Johanna hat gar ned g'sagt, dass sie Besuch bekommt.«

»Es soll ja auch eine Überraschung sein.«

»Sie ist bei meinem Schwager in der Autowerkstatt.« Sie hatte seine Frage nicht beantwortet, doch bestimmt würde Johanna schnell mitbekommen, dass er hier war.

»Könnten Sie mir Bescheid geben, wenn sie wieder da ist?«

»Freilich. Möchten Sie noch zu Abend essen? Die Küche ist bis neun besetzt.«

Die Uhr hinter Frau Scheungrab zeigte halb acht. »Gerne«, sagte er. Dann nahm er den Schlüssel, bedankte sich und ging die Treppe hinauf.

Sein Zimmer war geräumig und hatte einen Balkon zum Garten hinaus, der schwach von einem Hoflicht erhellt wurde. Er erkannte die Umrisse eines Baums, vielleicht ein Apfelbaum. Darunter stand – er traute seinen Augen kaum – ein Strandkorb. Aber warum auch nicht? Es war bestimmt gemütlich, bei Wind oder sogar bei Nieselregen dort im Garten zu sitzen, eingewickelt in eine Decke.

Er sah sich im Zimmer um. Die Möbel waren aus hellem Fichtenholz und denen im Ferienhaus seiner Eltern erstaunlich ähnlich. Er streifte die Schuhe von den Füßen und ließ sich mit einem Seufzer auf die zartgrüne Bettwäsche fallen. Die Luft, die zur Balkontür hereinströmte, roch nach Laub und frischer Erde. Es tat gut, sich auszustrecken. Er würde sich ein paar Minuten ausruhen, bevor er wieder hinunterging.

38

Passau

Die Fahrzeugübergabe in Passau war schnell erledigt. Der Cabriobesitzer war ein guter Kunde; seine Autos wurden ihm auf Wunsch bis vor die Haustür gebracht. Er wohnte auf dem Mariahilfberg kurz vor der österreichischen Grenze. Johanna ließ Flori einsteigen und beschleunigte unternehmungslustig.

Obwohl es schon nach acht war, fanden sie einen Parkplatz in der Innstadt und gingen zusammen in eine Kneipe. Flori bestellte sich einen großen Teller Chili con carne, Johanna begnügte sich mit Apfelschorle. Das Lokal füllte sich nach und nach, auch ein paar bekannte Gesichter waren darunter.

Dann kam ein einzelner Mann zur Tür herein und blickte sich nach einem freien Platz um. Er kam direkt an ihren Tisch.

»Servus, Johanna.«

»Simon!«

So sehr Johanna sich gestern gefreut hatte, ihn wiederzusehen – das Intermezzo auf dem Parkplatz lag ihr im Magen. Sollte sie ihn direkt darauf ansprechen, um die Sache aus der Welt zu schaffen?

»Wollt ihr schon gehen?«, fragte er.

Flori nickte. »Ich möchte noch auf eine Halbe in der Pension vorbeischauen.«

»Bleib doch noch, Johanna«, sagte Simon. »Ich fahre dich später nach Hause.«

Obwohl Johanna die Aussicht auf einen gemütlichen Abend

mit ihrer Mutter und ihren Brüdern verlockend erschien, sagte sie: »Okay.«

Flori ließ seinen Blick prüfend zwischen seiner Schwester und Simon hin und her schweifen.

»Ich weiß, was du denkst«, sagte Simon. »Aber heute bleib ich nüchtern. Und brav.«

Flori schien noch etwas sagen zu wollen, ließ es dann aber bleiben.

»Ist schon in Ordnung«, sagte Johanna, und Flori verabschiedete sich. Als er gegangen war, bestellte Johanna sich ein Glas Zweigelt und Simon eine Cola.

»Ich war gestern ziemlich durch den Wind«, begann Simon. »Und ein bisschen zu … anlehnungsbedürftig.«

»Das kann man wohl sagen.«

»Es tut mir leid. Wir kennen uns schon so lang.«

»Eben. So leicht ist unsere Freundschaft nicht zu erschüttern«, sagte Johanna schnell, und auch Simon wirkte erleichtert.

»Ja, genau. Vergessen wir es einfach, okay? Erzähl mir lieber, was es Neues in deinem Leben gibt. Die Buschtrommeln sagen, du hast einen Freund auf Föhr.«

Sein Blick war jetzt ruhig und freundlich, und Johanna konnte die Vertrautheit von früher spüren.

»Wir hatten eine Abmachung«, sagte sie, und dann erzählte sie ihm alles: Von ihrem Sommer auf der Insel, ihrem kurzen, aber intensiven Zusammenleben mit Kai und dem gestrigen Telefonat.

»Er wollte, dass wir Freunde bleiben.«

»Vergiss es«, sagte Simon. »So was funktioniert nie.«

Er grinste sie so frech an wie damals, nachdem sie zum Schulabschluss das Auto des Rektors aufgebockt und die Räder im Geräteraum der Turnhalle versteckt hatten. Es gab einen Riesenärger, und Simon durfte die Abschlussrede nicht halten, die er als Schülersprecher bereits vorbereitet hatte. Johanna wurde immerhin als Jahrgangsbeste geehrt. Trotzdem hatte ihre Mutter einen Tag lang nicht mit ihr gesprochen. Nur ihr Vater hatte sich prächtig amüsiert.

»Männer und Frauen können keine Freunde sein«, behauptete Simon nun.

»Ach nein? Was war das dann mit unserer Clique damals?«

»Das zählt nicht. Du warst einer von uns. Ein echter Kerl. Jedenfalls so lange, bis ...« Er verstummte, und auch sein Grinsen erlosch, als erinnerte er sich plötzlich an etwas Trauriges. Johanna war zu überrascht, um ihn zu fragen, was er meinte.

»Warum bist du damals nicht mit nach Sizilien gefahren?«, fragte er.

»Nach Sizilien?« Jetzt war Johanna wirklich perplex. Sprach er von dem missglückten Urlaub in Italien? »Du wolltest, dass ich mitkomme?«

»Ja, natürlich. Ich habe dich doch gefragt. Nur dich.«

Johanna forschte in ihren Erinnerungen, aber da war nur ein leeres Gefühl der Enttäuschung. Und ein verschwommenes Bild von Simon und den anderen, wie sie versucht hatten, sich in einem Café wieder aufzuwärmen, erschöpft von der unbequemen Nacht im Auto und zu wenig Schlaf. Es nieselte immer noch, und keiner redete viel. Nur Simon traf eine Entscheidung. Er hatte keine Lust gehabt, länger zu bleiben. Doch im Gegensatz zu den anderen hatte er nicht nach Hause gewollt, sondern den Daumen rausstrecken, an einer Autobahn in Richtung Süden.

»Und warum habe ich das nicht mitbekommen?«, fragte sie. Er zog die Mundwinkel nach unten, zuckte mit den Schultern und begann, sich eine Zigarette zu drehen.

»Das darfst du mich nicht fragen«, sagte er. Dann stand er auf und ging hinaus, um eine zu rauchen. Johanna blieb verwirrt zurück.

39

Frauenau

Als Kai aufwachte, brauchte er einen Moment, um sich zu orientieren. Sein erster Blick ging zum Handy. Es war neun Uhr abends, und Johanna wusste immer noch nicht, dass er hier war. Jedenfalls nicht von ihm.

»Scheiße«, sagte er laut zu sich. Außerdem hatte er seinen Vater anrufen wollen, um seine überstürzte Abreise zu entschärfen. Doch vielleicht war es sowieso besser, wenn er noch etwas Zeit verstreichen ließ.

Kai trat auf den Balkon, zündete sich eine Zigarette an und schaute in die Landschaft. An den Garten schloss sich ein steil ansteigendes Feld an, dahinter begann schon der Wald, dunkel und still. Es war kalt geworden. Er rauchte die Zigarette nicht einmal zur Hälfte.

Dann ging er hinunter in den Gastraum und stellte fest, dass es dort bereits dunkel war. Nur aus der Küche und dem Nebenraum drang noch Licht. Offenbar saß hier die Familie.

Er klopfte an die geöffnete Tür. Drei Gesichter blickten ihn neugierig an.

»Entschuldigung«, sagte er, »ich wollte sehen, ob Johanna da ist.«

»Meine Tochter ist noch unterwegs«, sagte eine kleine, schlanke Frau Mitte fünfzig. »Kann ich ihr was ausrichten?«

Plötzlich hörte er Annemaries Stimme hinter sich.

»Das ist Johannas Freund«, sagte sie.

Die beiden Männer standen auf und gaben ihm die Hand. Der Ältere war Franz, Annemaries Mann. Groß, dunkelblond und schmalgesichtig ließ er kaum Ähnlichkeit mit Johanna erkennen. Der andere jedoch, Tassilo, sah aus wie eine männliche Ausgabe von ihr: klein, energiegeladen und mit braunem, störrischem Haar ausgestattet.

»Sie sehen Johanna sehr ähnlich«, sagte Kai.

Tassilo lachte. »Warte nur, bis mein Zwillingsbruder Florian kommt. Übrigens, bei uns sagen alle du.«

»Bei uns auf der Insel eigentlich auch.«

»Setz dich doch«, sagte Franz. »Möchtest du etwas essen?« Er trug noch eine Kochschürze.

Kai ließ sich auf einen Stuhl am Tischende fallen. »Eigentlich schon. Ich wollte mich nur kurz ausruhen, dann bin ich eingeschlafen, und jetzt ist es schon so spät …«

»Ich kann dir etwas Kaltes anbieten.«

Kai seufzte vor Erleichterung: »Ganz egal – ich esse alles. Ich habe einen Bärenhunger.«

Annemarie ging in die Küche und kam mit einem Teller Wurstsalat und Brot zurück, daneben stellte sie ein Bier. Kai nahm einen tiefen Schluck und begann zu essen. Vier Augenpaare beobachteten ihn, doch das war ihm inzwischen völlig egal.

»Wie sieht es mit einem Verdauungsschnaps aus?«, fragte Franz.

Kai lachte. »Gerne. Mit meinen Freunden auf Föhr trinke ich auch gerne mal ein … wie heißt das hier? Stamperl.«

Während er das sagte, fiel ihm ein, dass er ja gar nicht mehr auf der Insel wohnte. Er vermisste die Föhrer Stammtischrunden. Mit seinen Fußballkollegen in Flensburg war er noch nicht recht warm geworden. Er ging nur sporadisch hin, weil er oft noch arbeiten musste, wenn das Training anfing. Jetzt aber hatte er Urlaub, und Johannas Familie gab ihm das Gefühl, dazuzugehören.

Kurz darauf kam ein weiterer Bruder von Johanna herein.

»Servus, ich bin der Gunther«, sagte er.

»Wie war die Chorprobe?«, fragte Frau Scheungrab, und er gähnte.

»Schön, aber anstrengend.«

»Bist du Musiker?«, fragte Kai. Während sein Körper sich immer schwerer anfühlte, breitete sich im Kopf eine angenehme Leichtigkeit aus. An beidem war der Schnaps schuld. Gunther sah ihn ernst, aber freundlich an.

»Nein, ich bin Filialleiter einer Bank in Zwiesel. Der Sängerkreis ist mein Hobby«, erklärte er.

»Gunther war auf dem Gymnasium«, erklärte Frau Scheungrab stolz, und Kai nickte. Das Glas vor ihm war schon wieder voll. »Johanna wird sich freuen, dich zu sehen.«

Offensichtlich hatte Johanna von ihm erzählt, aber er konnte sich nicht vorstellen, dass sie die Details ihres Sommer-Arrangements erwähnt hatte. Hoffentlich verriet er nicht zu viel. Er kannte sich: Wenn er etwas getrunken hatte, wurde er gern gesprächig.

Er war schon beim dritten Schnaps, als Tassilo, der bereits vor ihm saß, ein zweites Mal hereinkam. Kai schaute irritiert von einem zum anderen. Tassilo Nummer eins lachte und deutete auf das Schnapsglas. »Nein, du siehst nicht doppelt. Das ist Flori, mein Zwillingsbruder.«

Kai begrüßte Flori. Wenn er richtig gerechnet hatte, war Johannas Familie jetzt vollzählig. Bis auf sie selbst. Er wagte nicht zu fragen, wo sie war. Da erkundigte sich Frau Scheungrab: »Wo hast du denn Johanna gelassen, Flori?«

»Die fährt mit Simon heim.« Und, an Kai gewandt: »Das ist ein alter Schulfreund von ihr.«

Sofort kam es Kai so vor, als ob ihn alle gespannt ansahen. Er kratzte den letzten Rest seiner Selbstbeherrschung zusammen und sagte: »Gut, dann sehe ich sie eben morgen.« Dabei brannte er darauf zu erfahren, was es mit diesem Simon auf sich hatte. Frau Scheungrab schenkte ihm einen Seitenblick und stand auf.

»Irgendwann wird Johanna schon auftauchen«, sagte sie und legte Kai die Hand auf die Schulter. Die vertrauliche Geste trieb ihm fast die Tränen in die Augen. Wahrscheinlich war es der Schnaps, der ihn so rührselig machte.

»Bis morgen«, sagte sie, und auch Annemarie stand auf. Kai blieb mit den Scheungrab-Brüdern zurück und trank noch ein Bier mit ihnen.

Als Franz schließlich die Runde aufhob, ging Kai auf sein Zimmer, rauchte eine letzte Zigarette und fiel ohne Zähneputzen ins Bett.

40

Simon stellte den Motor ab. »Rufst du jetzt dein Nordlicht an?«, fragte er.

Johanna schüttelte den Kopf. »Morgen«, sagte sie und wollte aussteigen. Da beugte er sich zu ihr hinüber und küsste sie auf die Wange. Johanna war so überrascht, dass sie es einfach geschehen ließ.

»Nimm lieber einen Waldler. Da weißt du, was du hast«, sagte er, und sie spürte, wie etwas in ihr ins Wanken geriet. Schnell öffnete sie die Autotür und stieg aus.

Als der SUV vom Hof schwenkte, streifte das Scheinwerferlicht einen Kombi. Genau so einen, wie Kai ihn fuhr. Nur, dass dessen Autonummer mit NF für Nordfriesland begann und nicht mit FL.

Aber Moment mal: Kai war ja umgezogen! Und zwar nach Flensburg.

Johanna wurde heiß und kalt. Konnte es sein? In dem privaten Stüberl in der Pension brannte noch Licht. Neugierig spähte sie durch das Fenster. Drinnen saßen ihre Brüder. Und Kai! Er war tatsächlich hier. Ausgerechnet jetzt, wo sie gerade angefangen hatte, sich von ihm zu erholen. Sie wusste nicht, was sie davon halten sollte. Bedeutete sie ihm doch mehr, als er hatte zugeben wollen?

Wenn sie jetzt hineinging, würde sie vor aller Augen die Fassung verlieren, das wusste sie genau. Also blieb sie im Schutz der Dunkelheit stehen und schaute noch eine Weile durch das Fenster. Die Männer schienen sich prächtig zu amüsieren.

Auf dem Tisch stand Bier und eine Flasche von Franz' legendärem selbstgebrannten Zwetschgenwasser. Gelächter brandete auf, und Johanna lief schnell durch das Dunkel auf das Haus ihrer Mutter zu. Als sie gerade die Tür aufsperren wollte, öffnete diese sich wie von selbst.

»Du bist ja noch wach, Mama!« Sie hatte Mühe, den Schock über Kais plötzliches Auftauchen zu verbergen.

Normalerweise ging Johannas Mutter um zehn ins Bett. Schließlich kümmerte sie sich ab sechs Uhr morgens um das Frühstück.

»Ich bin gerade erst heimgekommen«, sagte Sofie. Tatsächlich stand sie in Strümpfen auf dem Fliesenboden. Sie stellte ihre Straßenschuhe zur Seite und schlüpfte in bequeme Filzhausschuhe. »Komm rein. Trinken wir ein Glas Wein miteinander.«

Auch das war ungewöhnlich, Sofie trank selten Alkohol. Johanna trat hinter ihr in die Stube und legte Holz nach, während ihre Mutter zwei Gläser auf den Tisch stellte und eine Flasche Chardonnay aus dem Kühlschrank nahm.

»Ich habe drüben nichts getrunken, im Gegensatz zu deinem Kai. Er hat schon einen sitzen, aber er ist ganz lustig und redselig. Ein ganz Lieber!«

Johanna setzte sich der Mutter gegenüber. Ihr Ton war beinahe vorwurfsvoll, und Johanna spürte, dass sie sich Sorgen machte.

»Ich hatte keine Ahnung, dass …«, begann sie, aber die Mutter schnitt ihr das Wort ab: »Warum schläft er nicht bei dir?«

Johanna blieb vor Erstaunen der Mund offen stehen.

»Du brauchst gar nicht so zu schauen. So katholisch bin ich auch wieder nicht. Was ist los, habt ihr euch gestritten?«

»Vielleicht.«

»Willst du's nicht in Ordnung bringen?«

»Wie kommst du darauf, dass ich schuld bin?«, brauste Johanna auf, aber ihre Mutter zuckte nur mit den Schultern.

»Weil ich dich kenne.«

»Dann kennst du mich schlecht! Der Sommer war super, aber das war es dann auch. Er hat gerade eine Trennung hinter sich, er will keine neue Beziehung.«

»Und deswegen lässt er daheim alles liegen und stehen und fährt tausend Kilometer, um dich zu sehen?«

»Ja, aber … das ist eine Ausnahme. Wir wohnen zu weit auseinander. Er hat sein Geschäft, und ich gehe bald auf die Meisterschule«, sagte sie.

Sofies Gesicht hellte sich auf. »Das ist doch die Gelegenheit«, sagte sie. »Du ziehst nach Flensburg und machst dort deinen Meister. Kai kann ja schlecht weg, aber du …«

»Du willst, dass ich wegziehe?«, fragte Johanna.

»Nein, natürlich nicht. Ich habe dich gern in der Nähe. Aber es soll dir gutgehen. Das Leben ist viel zu kurz …« Sie vollendete den Satz nicht, aber Johanna wusste, dass Sofie an Johannas Vater dachte.

Johanna trank ihren Wein aus, dann ging sie nach oben in ihr Zimmer. Ihre Mutter hatte es sich nicht nehmen lassen, den Holzofen für sie anzuheizen. Dankbar legte Johanna noch ein Holzscheit und ein Brikett auf die Glut, dann kuschelte sie sich in ihre Decke und surfte auf dem Smartphone. Noch vier freie Meisterkursplätze in Passau und eine Freundschaftsanfrage von Melanie Lehner auf Facebook. Anscheinend war sie nach der Trennung von Simon auf der Suche nach neuen und alten Bekannten und hatte gesehen, dass Johanna ebenfalls in Regensburg lebte. Johanna drückte auf »Bestätigen« und klickte lustlos auf ein Katzenvideo, das Melanie geteilt hatte.

41

Mitten in der Nacht erwachte Kai von einem Knarzen im Garten. Wahrscheinlich der Wind im Apfelbaum. Doch das Geräusch kam näher und schließlich hörte er einen dumpfen Schlag. Die Leiter am Apfelbaum fiel ihm wieder ein, und der Luftzug erinnerte ihn daran, dass die Balkontür offen stand. Die reinste Einladung für Einbrecher. Schon hörte er ein leises Geräusch, so als wäre jemand über die Brüstung geklettert und auf den Balkon gesprungen.

Mit einem Mal war er hellwach, die Muskeln zum Zerreißen gespannt. Da war jemand im Zimmer! Abrupt setzte er sich auf und tastete nach dem Schlüsselbund mit dem scharfkantigen Wohnungsschlüssel. Da sagte jemand direkt neben seinem Bett: »Bist du wach, Kai?«

Er stieß die Luft aus, die er vor Anspannung angehalten hatte. »Johanna! Hast du mich erschreckt!«

»Tut mir leid.« Ihre Stimme klang nicht sehr bedauernd.

»Wieso kommst du über den Balkon?«

»Fensterln hat in Bayern Tradition.«

»Das machen doch eigentlich nur die Jungs.«

»Mei, Emanzipation«, sagte sie nur.

Er konnte ihre Gestalt vor dem Fenster nur als Schatten ausmachen. Als er die Beine aus dem Bett schwang, um zu ihr zu gehen, setzte sie sich neben ihn auf das Bett. Er musste sich zusammenreißen, um sie nicht gleich unter seine Decke zu ziehen.

In seinen Fußsohlen kribbelte es, und auch andere Körperteile reagierten auf ihre unerwartete Nähe. Es war die reinste Folter.

»Was tust du hier?«, fragte sie. »Ich habe dich mit meinen Brüdern im Stüberl gesehen.«

»Du hättest reinkommen und sie davon abhalten können, mich abzufüllen.«

»Du hast es doch genossen, gib es zu.«

»Das stimmt. So gemütlich habe ich es seit Föhr nicht mehr gehabt, in Flensburg kenne ich ja fast niemanden mehr.«

»Aber du trinkst Champagner im Büro!«

»Es war bloß Sekt. Unser Lehrmädchen Judith hatte Geburtstag und wollte mit mir und der Putzfrau anstoßen.«

»Hah!« Johanna schnaubte.

»Bist du etwa eifersüchtig?«

»Nein.« Sie rutschte von der Bettkante und ließ sich in den Sessel am Fenster fallen.

»Woher weißt du meine Zimmernummer?«, wollte Kai wissen.

»Ich habe Zugang zur Rezeption.«

»Und warum kommst du nicht durchs Treppenhaus, wie jeder normale Mensch?«

Sie antwortete ihm nicht. »Was machst du hier?«, fragte sie stattdessen noch einmal. »Ich muss zugeben, dass ich ziemlich überrascht bin.«

»Ich habe dich vermisst, und nachdem du nicht mehr ans Telefon gegangen bist, habe ich mich auf den Weg gemacht.«

Das beunruhigende Foto aus der Zeitung erwähnte er nicht. Er konnte schlecht zugeben, dass er im Internet nach ihrem Heimatort gesucht hatte. Er knipste das Nachttischlämpchen an, stand auf und setzte sich in den zweiten Sessel. Sein Knie berührte beinahe Johannas. Als sie es bemerkte, rutschte sie ein Stück zurück. Er zog die Decke vom Bett und wickelte sich darin ein.

»Ich fürchte, ich habe nicht viel Zeit für dich. Ich bin ziemlich verplant. Meine Geschwister helfen mir, und ich helfe ihnen. Flori repariert mein Auto, dafür organisiere ich seiner Freundin eine Garderobe, sie schneidet mir die Haare …«

»Stimmt. Deine Frisur ist anders«, sagte er. »Sieht gut aus.«

Er streckte die Hand aus und strich ihr durch das Haar. Das brachte sie durcheinander, er spürte es genau. Doch dann schüttelte sie ihn ab und wich ihm aus.

»Vor allem ist es praktisch«, sagte sie. Sie stand auf und trat vor die Balkontür. »Warum bist du hier, Kai?«

»Weil du nicht einfach aus meinem Leben verschwinden darfst.« Er hatte Mühe, die Augen offen zu halten, und seine Zunge war schwer.

»Aber du wolltest doch keine Beziehung.« Johanna verschränkte die Arme vor der Brust. »Außerdem hatten wir eine Abmachung.«

»Es war eine blöde Abmachung. Und es war blöd von mir, darauf zu bestehen.«

Johanna schluckte. »Weißt du eigentlich, wie beschissen ich mich in den letzten Wochen gefühlt habe? Kaum habe ich mich ein wenig gefangen, kommst du und bringst mich wieder durcheinander.«

»Ich weiß … Es tut mir leid. Aber du wusstest auch, unter welchem Druck ich gerade stehe. Erst in Flensburg habe ich begriffen, dass ich einen Fehler gemacht habe.«

»Du hättest warten können, bis ich wieder in Regensburg bin. Da wäre es einfacher für mich, ohne meine Familie drumherum. Aber ich kann dir natürlich nicht verbieten, hier Urlaub zu machen. Genieß die schöne Umgebung, besuch das Glasmuseum oder geh wandern.«

Ihre Augen waren groß und starr, als hätte sie soeben einen Schock erlitten. Er begriff, dass er im Moment nichts bei ihr erreichen konnte. Aber sie hatte ihn auch nicht direkt zurückgewiesen. Man musste ja immer das Positive an einer Situation sehen. Er würde nicht lockerlassen.

»Ich kenne mich hier doch gar nicht aus«, sagte er. »Du musst mich begleiten, sonst verlaufe ich mich, so ganz allein im Wald.«

»Annemarie berät dich gerne. Und wenn ich zwischendurch mal Zeit habe, begleite ich dich. Okay?«

»Ich bin für alles dankbar«, sagte Kai und hoffte, dass seine Stimme nicht zu spöttisch klang.

»Ich muss ins Bett.« Sie stand auf und trat hinaus auf den Balkon. »Wir sehen uns in der Kirche. Gute Nacht.«

Damit kletterte sie über die Brüstung. Er hörte noch, wie sie die Leiter wieder am Apfelbaum anlegte, bevor sie mit leisen Schritten davonpirschte.

Frustriert wickelte er sich in seine Decke. Sein ganzer Körper schmerzte vor Sehnsucht, und das Bett schien sich zu drehen. Doch bald überwog die Erleichterung darüber, sich endlich, endlich hinlegen zu dürfen. Er hatte die Erholung bitter nötig.

42

Am nächsten Morgen war er zwar nicht wirklich fit, aber vollkommen klar im Kopf. Seit wann halfen Schnäpse gegen Kopfweh?

Als er in den Frühstücksraum kam, fühlte er sich wie im Urlaub. Johannas Mutter kam auf ihn zu und fragte ihn nach seinen Wünschen.

»Kaffee, bitte«, sagte er. »Und Rühreier mit Schinken.«

Es dauerte nicht lange, bis er ein köstliches Frühstück vor sich stehen hatte: Eier, duftender Kaffee, Croissants mit hausgemachter Himbeermarmelade. Sehnsüchtig dachte er an die Sommersonntage zurück, an denen er ausgiebig mit Johanna im Bett gefrühstückt hatte. Langsam kam es ihm so vor, als hätte er das alles nur geträumt. Trotzdem fragte er: »Wo ist denn Johanna, Frau Scheungrab?«

»Die ist leider schon unterwegs. Und ich bin die Sofie.« Sie betonte ihren Namen auf der ersten Silbe. »Passt noch alles?«

»Danke dir, Sofie. Alles prima.«

Von wegen prima! Er war schließlich nicht des leckeren Frühstücks wegen von Flensburg bis kurz vor Tschechien gefahren. Er musste herausfinden, ob Johanna und er eine Zukunft hatten und wie sie aussehen konnte.

Eine halbe Stunde später klopfte Johanna an seine Tür.

»Gehen wir tatsächlich in die Kirche?«, vergewisserte er sich.

Wie fast immer trug sie Jeans, dazu eine moderne Variante

von Trachtenschuhen, eine weiße Bluse und darüber ihren Lodenblazer. Kai fragte sich, was seine Mutter wohl zu dieser Aufmachung gesagt hätte.

»Dein Outfit gefällt mir.« Er lächelte. Über sein eigenes Aussehen mochte er im Moment nicht nachdenken. Beim Rasieren vor dem Spiegel hatte ihn ein Bleichgesicht mit Augenringen angeblickt. Johanna dagegen sah so fit und gesund aus, dass er sich nicht traute, seine Zigaretten vom Nachttisch zu holen.

»Danke«, sagte sie. »Gehen wir!«

Er zog sein Jackett an und folgte ihr auf den Parkplatz.

»Dein Auto ist in der Werkstatt, nicht wahr?«, erkundigte er sich.

»Wir gehen eh zu Fuß.«

»Und deine Familie?«

»Mama geht mit Franz und Hansi, Gunther ist schon in der Kirche beim Einsingen und Annemarie wird in der Pension gebraucht. Die Zwillinge gehen seit Papas Tod nicht mehr in die Kirche.«

»Wer ist Hansi?«

»Mein Neffe, der Sohn von Franz und Annemarie.«

Auf dem Weg zur Kirche wurde Johanna von vielen Leuten gegrüßt; manche schauten ihnen auch nur neugierig nach.

»Ganz schön anstrengend, das Fremdsein hier«, murmelte Kai, aber Johanna lachte nur.

Er war froh, als die Kirche in Sicht kam: ein schlichter, gelber Bau mit einem Zwiebelturm, genau wie er es sich vorgestellt hatte. Die Hälfte des Gebäudes allerdings war eingerüstet. Drinnen erwarteten ihn prächtige Deckengemälde mit rosafarbenen Verzierungen – wie Zuckerguss, dachte Kai – und ziemlich viel Gold im Altarraum. Doch an den Seitenwänden entdeckte er hässliche graue Flecken und stellenweise sogar abgefallenen Putz. Die Kirche musste wohl auch innen renoviert werden. Kai rutschte neben Johanna in die Bank, ohne das Knie zu beugen, was offenbar obligatorisch war. Sofie hatte ihnen Plätze freigehalten.

Dann ertönte die Orgel, und der Chor setzte zum Eingangslied an. Wahrscheinlich sind da oben auf der Empore mehr Leute als hier unten, dachte Kai, während er sich unter den Gottesdienstbesuchern umsah. Er selbst, Johanna und ihr Neffe Hansi, der in der Bankreihe vor ihnen neben Annemarie saß, waren die jüngsten hier, der Rest der Gemeinde bestand aus gut zwanzig Menschen, die meisten davon Frauen über fünfzig.

Kai beugte sich zu Johanna und raunte ihr ins Ohr: »Weißt du noch, das Konzert in Süderende?«

Sie nickte kaum sichtbar und presste die Lippen aufeinander. Er fasste nach ihrer Hand, und sie ließ es geschehen. Ob die Musik sie zu Tränen rühren würde? Sie war so anders als die Trommelklänge.

Komischerweise entspannte er sich, während der Chor und einige der älteren Frauen sangen – ungefähr zwei Oktaven höher, als es ihm selbst möglich gewesen wäre. Johanna selbst sang ebenfalls mit; es war mehr ein Summen als Gesang.

Als er wieder zu sich kam, lehnte sein Kopf an Johannas Schulter. »Wach auf, Kai«, flüsterte sie.

Der Gottesdienst war zu Ende, der Chor sang himmlisch schön und die kleine Gemeinde zog aus der Kirche aus. Hastig erhob er sich. Er hatte die Messe an Johannas Schulter verschlafen – wie peinlich!

»Habe ich geschnarcht?«, fragte er.

Ihre hochgezogene Augenbraue sprach Bände. Sie hakte sich bei ihm ein und zog ihn aus der Kirche, hinaus auf den gepflasterten Weg zwischen den Grabsteinen des umgebenden Friedhofs. Johanna grüßte und wurde begrüßt, schüttelte Hände, wechselte ein paar Worte. Eine winzige, weißhaarige ältere Dame mit dicken Brillengläsern kam auf Johanna zu und fragte, wie es ihr im fernen Regensburg ergehe.

»Passt schon, Tante Katl«, sagte Johanna. Das schien der Tante zu genügen, denn sie nickte und lächelte zufrieden, bevor sie sich Johannas Mutter zuwandte. Franz blieb ebenfalls bei ihnen stehen, gefolgt von seinem Sohn. Er reichte Kai schon bis zur Schulter.

»Warum hast du denn in der Kirche geschlafen?«, fragte er laut.

»Ich habe nicht geschlafen, ich hatte bloß die Augen zu«, log Kai.

»Das glaube ich dir nicht.«

Johanna lachte. »Bis nachher«, sagte sie zu ihrer Mutter, und Kai folgte ihr durch das Friedhofstor. Da sah er den dunkelgrünen, verdreckten Geländewagen am Straßenrand stehen. Sein Besitzer lehnte lässig an der Tür. Er trug helle Jeans, ein rosafarbenes Hemd und edle, braune Lederschuhe, die er – im Gegensatz zu seinem Auto – auf Hochglanz poliert hatte. Er sah aus wie ein Grieche, oder vielleicht auch wie ein Syrer. Kai war überrascht, als er den Mund öffnete.

»Servus Johanna, ich habe was für dich«, sagte er in schönstem bayerischen Dialekt, und Kai erinnerte sich an das, was Gunther ihm gestern erzählt hatte: Zuwanderer aus Mesopotamien hätten vor Jahrtausenden Ackerbau und Viehzucht in Niederbayern eingeführt; außerdem sollten sie auch das Bier erfunden und die Kunst der Glasherstellung entdeckt haben.

»Morgen, Simon«, sagte Johanna. Der bayerische Mesopotamier griff durch das offene Fenster seines Wagens, holte einen leuchtenden Blumenstrauß hervor und hielt ihn Johanna hin. Kai schaute fassungslos auf die Astern.

»Von meiner Mama«, sagte Simon. »Frisch aus ihrem Garten.«

Dunkles, gewelltes Haar fiel ihm in die Stirn, das glatt rasierte Gesicht trug die Bräune des vergangenen Sommers. Neben ihm fühlte Kai sich blass und blond. Und dann erkannte er in ihm diesen Lokalpolitiker, mit dem Johanna auf dem Zeitungsfoto zu sehen gewesen war. Das erklärte auch, warum so gut wie jeder in Sichtweite sich zu ihnen umdrehte; der Mann musste hier ziemlich bekannt sein.

Jetzt sagte er: »Können wir uns treffen, Johanna? Ich möchte dich was fragen.«

Kai spürte Wut in sich aufsteigen – und den Impuls, dem Typen eine reinzuhauen. Der schaute ihn jetzt abschätzend an und sagte dann zu Johanna: »Soll ich dich heimfahren?«

»Nein, danke«, sagte Johanna. »Es passt grad nicht so. Ich ruf dich an, okay?«

Johanna nahm den Strauß und hakte sich bei Kai ein. Hinter ihnen fauchte der Motor des SUV auf, und gleich darauf fuhr Simon scharf an ihnen vorbei und verschwand in Richtung Hauptstraße.

»Wer war das?«, fragte Kai.

»Mein Schulfreund, von dem ich dir erzählt habe.«

»Warum schenkt er dir Blumen?«

»Seine Mutter«, korrigierte sie. »Wahrscheinlich hat sie zufällig mitbekommen, dass ich hier bin. Ich habe mich immer gut mit ihr verstanden.«

»Mit ihm anscheinend auch«, sagte Kai säuerlich.

»Natürlich. Wir sind schon lange befreundet.«

»Es gefällt mir nicht, wie er dich hier abgepasst hat.«

Johanna starrte ihm wütend ins Gesicht. »Er ist ein Schulfreund, weiter nichts.«

Dann marschierte sie los. Als sie in die Straße einbog, die zur Pension hinaufführte, legte sie noch einen Zahn zu. Kai hatte Mühe, mit ihr Schritt zu halten, und er hatte das Gefühl, nicht genug Luft in die Lunge zu bekommen.

Als Sofies Haus in Sicht kam, hellte sich seine Stimmung etwas auf. Er freute sich auf das Mittagessen mit Johannas Brüdern.

Das Herz des renovierten Hauses war eine geräumige Stube mit einem wunderschönen Dielenfußboden. Neben der modernen Küchenzeile stand ein Holzofen, auf der Herdplatte summte der Wasserkessel vor sich hin.

»Setz dich doch, Kai«, sagte Sofie, und er rutschte gehorsam auf die Eckbank und zwängte sich unter den Herrgottswinkel.

Nach und nach kamen Johannas Brüder herein, und als Letzte nahmen Floris Freundin Jaqueline und Sofie Platz. Johanna setzte sich Kai gegenüber auf einen Stuhl, er selbst fühlte sich etwas eingezwängt. Er ertappte sich bei der Vorstellung, das Kruzifix könnte sich von der Wand lösen und ihn, den Ungläubigen, erschlagen. Tassilo bemerkte seinen misstrauischen Blick und lachte.

»Da sitzt du genau richtig. Eine Portion Heiligkeit schadet dir nicht, nachdem du die Messe verschlafen hast.«

Hansi hatte also gepetzt. Zum Glück präsentierte Annemarie jetzt den Schweinebraten, Hansi folgte ihr mit einer Schüssel voller Knödel. Gunther sprach ein kurzes Tischgebet. Das Geschirr glänzte cremeweiß und das Einzige, was als Tischdeko durchgehen konnte, waren die Servietten in Herbstfarben. Doch alles strotzte von Sauberkeit und Sorgfalt. Bodenständig, ging es Kai durch den Kopf, während Johanna noch einmal aufstand und in den Flur hinausging. Sie kam mit den Astern zurück, die sie im Eingangsbereich vergessen hatte, holte eine Vase aus dem Küchenschrank und stellte sie auf die Fensterbank.

»Sind die von Simon?«, fragte Franz, der am Tischende saß. Johanna nickte.

»Stimmt das, dass der sich scheiden lässt?«, fragte Jaqueline, und Sofie nickte.

»Melanie soll jetzt mit der Tochter in Regensburg wohnen«, sagte Annemarie. »Sie hat in einer Nacht- und Nebelaktion verschwinden müssen. Der Simon hätte ihr sonst keine Ruhe gelassen.«

»Das heißt Schtalking«, meldete sich Hansi zu Wort. »Hab ich im Fernsehen gesehen.«

»Was du schon wieder weißt«, meinte Sofie, und es klang nicht wie ein Kompliment. Johanna kaute schweigend an ihrem Knödel, und Kai hörte aufmerksam zu, wie die anderen sich über Simon unterhielten. Musste er sich Sorgen um Johanna machen? Was, wenn ihr Schulfreund gefährlich war?

Schließlich wurde der Tisch abgeräumt, und Franz setzte Kaffee auf. Sofie holte den Nachtisch: selbstgemachter, noch warmer, nach Zimt duftender und die Sinne vernebelnder Apfelkuchen.

»Aus eurem eigenen Garten?«, fragte er. Annemarie nickte.

»Stellt euch vor«, sagte Franz, »jemand war über Nacht am Apfelbaum. Ich hab's an der Leiter bemerkt.«

Kai warf einen verstohlenen Blick zu Johanna hinüber, die ganz ruhig dasaß.

»Ja, wer macht denn so was?«, sagte sie.

»Vielleicht ein Gast«, meinte Flori zwischen zwei Bissen Kuchen. Dazu gab es klassischen Filterkaffee, und als Kai die Kanne an Johanna weiterreichen wollte, lehnte sie ab.

»Von der Plörre kriege ich Magenschmerzen«, erklärte sie, und Kai grinste. Im Lauf des Sommers war »Plörre« Johannas Lieblingswort geworden, angeblich, weil sie in ihrem Dialekt keine Entsprechung dafür fand.

»Gib mal rüber, die Plörre«, hatte sie zu jeder passenden und unpassenden Gelegenheit gesagt – egal, ob es sich um kalt gewordenen Tee oder seinen besten Rotwein handelte. Er schaute sie an, und sie lächelte zurück. Schade, dass er keine Espressomaschine zur Hand hatte.

Nach dem Mittagessen gingen sie im Wald spazieren. Kai kam mit Gunther ins Gespräch. Er erzählte ihm von der CD mit geistlicher Chormusik, die er und der Sängerkreis im letzten Jahr aufgenommen hatten.

»Wie kommt's, dass du Banker geworden bist und nicht Berufsmusiker?«

»Mein Vater meinte, studieren können wir uns nicht leisten.« Er sprach mit großem Ernst, und Kai wurde das Gefühl nicht los, dass da noch viele ungelebte Sehnsüchte waren. Er hatte eine Idee.

»Würdest du mit deinem Chor auch mal in Norddeutschland auftreten?« Er berichtete von den Konzerten auf Föhr.

Gunther lächelte verhalten. »Das klingt gut. Ich schlage es bei der nächsten Chorprobe vor. Und wenn du wieder mal hier bist, kannst du jederzeit bei mir wohnen.«

Gunther drehte sich demonstrativ zu Johanna um, und sie schloss zu ihnen auf.

»Ihr versteht euch ja gut«, sagte sie.

Kai nickte. »Deine Familie gefällt mir. Ich hätte gerne so viele Geschwister wie du. Mein einziger Bruder war jahrelang so gut wie verschollen.«

»Stell dir das bloß nicht zu romantisch vor«, sagte sie. »Apropos Bruder. Hast du mal wieder von ihm gehört?«

43

Föhr

Malte und Bettina lagen gemütlich auf dem Sofa, während der Wind ums Haus blies. Auf dem Couchtisch stand eine große Kanne Tee.

»Glaubst du, dass sie wieder zusammenkommen?«, fragte Malte.

»Johanna behauptet, sie wären nie ein Paar gewesen. Vielleicht braucht sie das, um überhaupt jemanden so nahe an sich heranlassen zu können.«

»Es war doch Kai, der nicht mit ihr zusammenbleiben wollte, oder? Obwohl du wahrscheinlich recht hast. Ich glaube, dass sie unbewusst alle Männer an ihrem Vater misst.«

Bettina kicherte. »Für jemanden, der bis vor kurzem wie ein Einsiedler gelebt hat, eine überraschend psychologische Analyse.«

»Ein bisschen Menschenkenntnis darfst du mir schon zutrauen. Ich werde selbst bald Vater. Außerdem bin ich ein guter Beobachter. Ich spreche nur nicht dauernd darüber.«

»Sehr klug von dir. Ja, ihr Vater war ein wunderbarer Mensch. Johanna und ich fuhren manchmal zum Wandern in den Bayerischen Wald, da habe ich ihn kennengelernt. Er war Glasmacher und Künstler. Er arbeitete in einer der letzten Glashütten in Frauenau, und er hatte auch eigene Ausstellungen in der Umgebung. Irgendwie war er das Herz der Familie, so zugewandt und freundlich. Er konnte sich auf die unterschiedlichsten Menschen einstellen, und er gab mir immer das Gefühl, mit mir zu flirten – auf so eine charmante Art, ganz ohne Hintergedanken. Kai ist auch so, oder irre ich mich?«

»Ja, das stimmt. Er ist zwar mein Bruder, aber ich gebe zu, dass er einen feinen Charakter hat. Bis auf seine Frauengeschichten. Diesmal hat es ihn allerdings erwischt. Sonst wäre er nicht plötzlich in den Bayerischen Wald gefahren, um Johanna zu sehen. So kurz vor dem Notartermin!«

Bettina räkelte sich faul in Maltes Arm. »Der hat doch bloß Muffensausen. Armer Kai – sein Leben hier auf der Insel war ziemlich lässig. Die volle Verantwortung für die Firma zu übernehmen ist schon ein anderes Kaliber. Ich hoffe, er lässt die Übergabe nicht platzen. Mir gefällt es hier, ich würde ungern wieder wegziehen.«

»Er kann gar nicht zurückkommen, da müsste er ja Uwe schon wieder kündigen. Außerdem gehört mir bald das Haus. Wir werden richtige Insulaner sein.«

Seit zwei Wochen besuchten nur noch wenige Touristen die Insel. Bald würden die verbliebenen Einheimischen unter sich sein, viele verbrachten den Winter in wärmeren Gefilden. Bettina wurde etwas mulmig, wenn sie an die kommenden Monate dachte. Sie hoffte, dass ihre Schwangerschaft weiterhin so problemlos verlief.

»Nur die Geburt macht mir Sorgen. Sylke Martens hat mir zwar diese nette Hebamme vorgestellt, aber was, wenn es Probleme gibt? Holt uns dann der Hubschrauber? Oder muss ich warten, bis es ein Notfall ist, damit sie mir den Kreißsaal der Inselklinik wieder aufsperren?«

»Du könntest in Flensburg bei meinen Eltern wohnen.«

»Ich will aber, dass du bei der Geburt dabei bist. Außerdem kann ich es mir nicht leisten, mein Studio zu vernachlässigen.«

»Wenn das Baby da ist, wirst du ohnehin pausieren müssen.«

»Wieso?«, fragte sie. »Du arbeitest doch nur 30 Stunden in der Woche. Wenn wir unsere Termine gut aufeinander abstimmen, können wir uns die Kinderbetreuung teilen. Außerdem fängst du erst im Januar an. Jetzt ist der ideale Zeitpunkt, meine Selbständigkeit aufs Gleis zu setzen, und du kannst mir dabei helfen.«

Bettina fühlte sich unbehaglich. Malte verdiente gerade gar nichts, und seine Projektstelle im Museum war auf zwei Jahre befristet – bis dahin musste ihr Geschäft einfach so gut laufen, dass der Gewinn für eine dreiköpfige Familie reichte. Sie hätte jetzt gerne sein Gesicht gesehen, aber dazu hätte sie sich aus seiner Umarmung befreien müssen. Warum antwortete er nicht?

»Falls du ein Anhänger des klassischen Ernährermodells bist, musst du dir was einfallen lassen«, sagte sie. Sie war erleichtert, als er lachte.

»Du hast ja recht. Meine Eltern haben mich bei den Großeltern geparkt, weil ihnen das Berufliche über alles ging. Ich wäre total glücklich, wenn wir das anders hinbekämen. Ich hatte nur keine Vorstellung davon, wie es gehen könnte. Jetzt sehe ich klarer.«

Bettina kuschelte sich noch enger an ihn und spürte den beruhigenden Druck seiner Arme um ihre Schultern.

»Dann ist es ja gut«, murmelte sie.

44

Passau

»Meine Mama sagt, heute wird schlechtes Wetter«, verkündete Hansi. Kai war auf dem Weg zu seinem Frühstückstisch, doch der Junge stand mitten im Weg.

»Es ist doch strahlendblauer Himmel.«

Doch Hansi ließ nicht locker. »Fährst du nach Passau? Schau, den hat mir die Mama für dich gegeben.« Er reichte ihm einen Stadtführer älteren Datums.

Kai sah sich um. Johanna war schon wieder nirgends zu entdecken. Er hatte keine Lust, in der Pension herumzusitzen und auf sie zu warten. Vielleicht half es ja, wenn er sich ebenfalls rarmachte.

»Nimmst du mich mit?«, fragte Hansi. »Ich zeige dir, wo man das beste Eis bekommt.«

»Und wenn ich gar kein Eis will?«

»Dann esse ich trotzdem eins! Außerdem fahren wir mit dem Schiff.«

Kai gab sich geschlagen. Vielleicht war es ja ganz nett, so einen jungen Reiseführer dabeizuhaben. Auf jeden Fall würde er bei Johanna punkten, wenn er Zeit mit ihrem Neffen verbrachte. Zumal der Junge ganz aufgeweckt zu sein schien.

»Also gut, wenn deine Mutter es erlaubt«, sagte er, »in einer halben Stunde am Auto!« Hansi stob begeistert davon.

In Passau führte Hansi ihn schnurstracks zur Eisdiele. Es war immer noch warm genug, um in der Sonne zu sitzen – sogar jetzt, um zehn Uhr vormittags. Hoffentlich war Annemarie nicht allzu streng, was Süßigkeiten vor dem Mittagessen anging. Das Problem war nur: Worüber sollte er mit Hansi reden? Sich vor Verlegenheit eine Zigarette anzuzünden, kam nicht in Frage. In Johannas Familie rauchte anscheinend niemand; außerdem brachte der fernsehgebildete Hansi es noch fertig, ihn über die gesundheitlichen Gefahren des Nikotingenusses aufzuklären.

Doch der Junge war vor Ehrfurcht verstummt. Auf der Karte standen ungefähr zwanzig Eisvariationen. Schließlich bestellte Kai zwei Nussbecher und für sich noch einen Cappuccino. Schade, dass Johanna nicht hier war. Sie liebte doch italienischen Kaffee. Mit etwas Phantasie konnte man sich hier tatsächlich in Italien wähnen. Gleichzeitig erinnerte ihn das Flair an Flensburg: die autofreie Innenstadt und die Straßencafés, die Nähe zum Wasser – dort die Förde, hier die Flüsse. Passau war etwas kleiner als Flensburg, aber an Kneipen und Cafés schien es auch hier nicht zu mangeln. Von dem Hochwasser, das die Stadt vor einigen Jahren heimgesucht hatte, bemerkte Kai nichts.

Bestimmt ließ es sich hier gut leben. Sein Blick fiel auf den Eingang eines Geschäftshauses gegenüber; ein Rechtsanwalt, ein Nagelstudio und eine Psychotherapeutin firmierten dort. Die Eingangstür öffnete sich und ein Mann Mitte zwanzig kam heraus. Er blieb kurz auf der alten, abgenutzten Steinstufe stehen, blinzelte in die Sonne und trat dann auf die Straße.

Da sagte Hansi: »Schau mal, da ist Simon.«

Er sprang so heftig auf, dass Kai den Tisch samt Eisbecher festhalten musste, und winkte mit aller Kraft.

»Simon!«, rief er. Kais Begeisterung dagegen hielt sich in Grenzen: Es war der Typ, der Johanna gestern vor der Kirche abgepasst hatte. Ob er beim Anwalt gewesen war oder bei der Psychotherapeutin? Im Nagelstudio wohl eher nicht. Obwohl ein Mann, der rosa Hemden trug, vielleicht auch zur Maniküre ging.

Simon kam tatsächlich zu ihnen herüber. »Servus Hansi«, sagte er.

Kai stand auf und streckte ihm die Hand entgegen. Die Finger des anderen waren bestimmt nicht manikürt. Vielmehr sahen sie aus, als würde Simon regelmäßig Bäume fällen und in der Erde graben. Und er trug ein blau-schwarz kariertes Hemd und eine Lederjacke, die der von Kai nicht unähnlich sah.

»Wir haben uns letztes Mal gar nicht vorgestellt. Ich heiße Kai. Setz dich doch zu uns.«

»Ich bin Simon. Machst du bei uns Urlaub? Da hast du ja den richtigen Fremdenführer dabei.«

Kai beobachtete verblüfft, wie sich Simons Gesicht verwandelte, als er mit Hansi sprach. Der leicht verkniffene Zug um den Mund löste sich, und mit zwei, drei Sätzen hatte er den Jungen in ein Gespräch verwickelt. Fußball! Dass Kai nicht selbst darauf gekommen war. Dann fragte Simon: »Willst du morgen zur GPS-Führung mitgehen, Hansi? Letzte Gelegenheit. Übermorgen schneit es.«

»Welche Führungen denn?«, fragte Kai. »Ich dachte, du bist Politiker.«

»Waldführungen«, erklärte Simon. »Ich bin Nationalpark-Ranger. Politik mache ich nur im Ehrenamt.«

»Und deine Exfrau?«, fragte Kai, und Simon sah ihn überrascht an.

»Die ist Erzieherin. Du bist ja gut über mich informiert. Aber du musst nicht alles glauben, was über mich geredet wird.«

»Was soll ich denn glauben?«, fragte Kai.

»Dass ich meine Tochter Lina vermisse. Sie ist zwei, und ich habe sie seit sechs Wochen nicht gesehen.«

»Aber das ist ja furchtbar!«, rief Hansi voll kindlichem Gerechtigkeitssinn.

Simon räusperte sich, dann erklärte er Hansi ruhig: »Ich war gerade bei einem Rechtsanwalt. Der redet mit Linas Mutter.«

Kai winkte der Bedienung. »Wir müssen los.«

Simon nickte. »Wenn du Johanna siehst, sag ihr bitte schön, sie soll sich bei mir melden. Ich möchte sie etwas fragen. Etwas Persönliches.«

Simon tat ihm leid, trotzdem ärgerte Kai sich darüber, dass er so hartnäckig auf ein Treffen mit Johanna bestand.

»Johanna und ich sind mehr als nur gute Freunde«, erklärte Kai mit Nachdruck.

»Schön«, sagte Simon nur. Dann trat die Bedienung an den Tisch. Simon zahlte als Erster. »Macht's gut«, sagte er, dann war er weg.

Hansi bestimmte den nächsten Programmpunkt. »Wir fahren mit dem Schiff!«

»Wie du willst.«

Kai kaufte zwei Karten und bestieg den niedlichen kleinen Donaudampfer. Fünf Minuten später war ihm übel; sein Magen rebellierte gegen die Kombination von Kaffee, Eis und Schiffsbewegungen. Kai hielt sich krampfhaft an der Reling fest.

»Bist du seekrank?«, fragte Hansi, und Kai musste sich eingestehen, dass es stimmte.

»Scheint so«, sagte er. »Tausend Kilometer vom Meer entfernt. Das hätte ich nicht gedacht.«

Er war froh, als der Dampfer wieder anlegte. Kaum hatten sie wieder festen Boden unter den Füßen, begann es zu tröpfeln. Der Regen wurde immer stärker, und sie flüchteten ins Einkaufszentrum.

»Willst du Tante Johanna etwas mitbringen?«, fragte Hansi.

»Vielleicht. Aber schau mal, da ist ein Sportgeschäft. Ich würde gern ein Paar Wanderstiefel kaufen.«

Kai probierte verschiedene Modelle auf der Bergschuhteststrecke aus, und Hansi machte altkluge Kommentare dazu, bis der Verkäufer ihn in die Fußballecke schickte. Am Ende entschied Kai sich für ein superteures Paar Lederstiefel, das er zusammen mit einem Trikot für Hansi zur Kasse trug.

Sie setzten ihren Streifzug fort und kamen an einem Feinkostladen vorbei, vor dem auf einer handbeschrifteten Tafel *Ostfiesentee* angeboten wurde. Kai lachte.

»Schau mal, da gibt es Tee von fiesen Friesen. Was die wohl im

Angebot haben? Komm, machen wir einen Store-Check«, sagte er zu Hansi.

»Sto… Ist das so was Ähnliches wie Stalking?«

»Nein, Store heißt Laden, und Check …«

»Heißt checken. Schon kapiert. Tante Johanna hat erzählt, du hast auch einen Teeladen.«

»Deswegen bin ich ja auch neugierig.«

Das Sortiment bot nur die Standardware einer größeren Kette, aber im Kaffeeregal fand er einen elektrischen Espressokocher für Johanna. Dazu kaufte er ein Pfund gemahlene Arabica-Bohnen.

Er freute sich schon darauf, ihr das Geschenk zu überreichen, aber er hatte wieder einmal kein Glück: Als er nach Frauenau zurückkam, war Johanna nicht da. Laut Annemarie besuchte sie ihren früheren Lehrbetrieb, um eine Möbelbestellung für jemanden aus der Familie klarzumachen.

Enttäuscht zog er sich auf sein Zimmer zurück. Er schlüpfte probehalber in seine neuen Wanderschuhe, trat auf den Balkon und fotografierte seine Füße. Das Bild schickte er an Johanna.

»Ich bin vorbereitet«, schrieb er.

Er widerstand der Versuchung, sich ein Bier aus dem Gästekühlschrank zu holen, und ging früh zu Bett. Für den unwahrscheinlichen Fall, dass Johanna morgen Zeit für ihn hatte, wollte er ausgeruht sein.

45

Kai schwebte mit seinem Strandkorb hoch über einem grünen Tal und hörte Kuhglocken läuten. Unter ihm lag eine Almwiese voller Blumen und Kuhfladen, in der Ferne leuchteten bläulich die Alpen. Jedenfalls war das seine Einschätzung, denn die Bayerwaldberge waren nicht so schroff. Kühe konnte er nicht entdecken. Er wusste genau, dass er träumte, trotzdem suchte er nach einer rationalen Erklärung. Eine junge Frau im Dirndlkleid erschien im Bild, und ihre riesigen braunen Locken verdeckten den weißblauen Himmel.

»Was ist denn hier los?«, fragte er.

»Tut mir leid, die Milch ist aus«, sagte die Frau. »Aber du kannst gern selber melken.« Plötzlich sackte der Strandkorb ab in Richtung Boden. Bevor er auf dem Boden aufschlug, wachte Kai auf.

Das Zimmer leuchtete schwach im Schein seines Handydisplays. Es war halb sieben, und der Glockenklang bedeutete den Eingang einer Kurznachricht: *Lust auf eine Schachtenwanderung? Halb acht im Frühstücksraum, J.*

Kai wusste nicht, was Schachten waren, doch Johanna würde es ihm sicher gleich erklären. Er brauchte keine zehn Minuten, um sich zu duschen und anzuziehen. Dann schlüpfte er in die neuen Wanderschuhe, nahm die Espressokanne und ging hinunter in die private Stube. Annemarie erlaubte ihm, dort seinen Espresso aufzusetzen. Anschließend schickte sie ihn hinüber in den Frühstücksraum, wo Johanna mit einer Tasse Kakao saß. Sie trug ein kariertes Hemd, eine Hose in Tarnoptik und dazu militärisch aussehende Stiefel.

»Willst du zu den Gebirgsjägern?«, fragte er. »Reinhold Messner würde vor Neid auf deine Bergschuhe erblassen.«

»Deine sehen auch nicht schlecht aus«, sagte sie. »Aber die sind nagelneu. Bestimmt holst du dir Blasen.« Das klang nicht gerade ermutigend, aber als sie ihm zwei Plastikdosen hinschob, schöpfte er Hoffnung: Sie hatte ihm eigenhändig belegte Brote gemacht. »Hier, deine Brotzeit. Auf unserer Wanderstrecke gibt es kein Wirtshaus.«

Als sie ihm auch noch Wanderstöcke präsentierte, die sie für ihn ausgeliehen hatte, wusste er, dass heute sein Tag war. Sie schien es kaum erwarten zu können, dass er sein Frühstück beendete, und nippte ungeduldig an ihrem Kakao. Annemarie kam an ihren Tisch und musterte Johanna missbilligend.

»Willst du etwa ausgerechnet heute wandern gehen?« Bevor Kai fragen konnte, was dagegen sprach, fügte sie schnippisch hinzu: »Dein Kaffee ist fertig, Kai.«

»Danke. Schau doch mal nach, Johanna. Ich habe dir was aus Passau mitgebracht.«

Johanna stand auf und ging hinaus. Als sie zurückkam, grinste sie von einem Ohr zum anderen, und sie hatte in jeder Hand eine Thermoskanne. Eine davon stellte sie vor Kai auf den Tisch.

»Tee für dich, Kaffee für mich.« Sie küsste ihn auf die Wange, dann scheuchte sie ihn in den Nebel hinaus.

Bald lagen die letzten Häuser des Dorfes hinter ihnen im Dunst verborgen, und es ging bergauf. Nach einer guten halben Stunde zweigte rechts ein beschilderter Wanderweg ab.

»Hier geht's zum Rachel«, sagte Kai.

»Dorthin gehen wir heute aber nicht.«

»Schade. Ich habe Bilder vom Gipfel gesehen. Es sah spannend aus.«

Johannas Augen leuchteten. »Absolut. Der Rachel liegt mitten im Nationalpark. Im Kerngebiet sterben die Nadelbäume und bleiben als silbergraue Stämme stehen. Jeder Sturm entwurzelt tote Bäume und wirft sie kreuz und quer in die Landschaft, wie riesige Schaschlik-Spieße. Man kann schon den Urwald erkennen, der sich die Flächen zurückerobert. Nur die Wanderwege werden immer wieder freigeschnitten. Der Wald verändert sich von Jahr zu Jahr. Mein Papa würde ihn gar nicht wiedererkennen.«

»Warst du oft mit ihm wandern?«

Sie nickte traurig. »Im Sommer gingen wir fast jedes Wochenende im Wald. Er hat immer gesagt, der Rachelsee ist das Tor zur Unterwelt. Wenn der Nebel in der Seewand hängt, ist es besonders romantisch. Etwas oberhalb steht eine kleine Kapelle.«

»Baumleichen und ein Tor zur Unterwelt …«, murmelte Kai vor sich hin.

Johanna lachte. »Wenn du das sehen willst, musst du im Sommer wiederkommen.«

Kai schöpfte Hoffnung. »Möchtest du das denn?«

Johanna gab keine Antwort.

Sie gingen weiter, bis die Trinkwassertalsperre in Sicht kam, ein großer Stausee ohne besondere mystische Ausstrahlung. Kaum merklich stieg der Weg an, und Kai spürte wieder einmal, wie wenig Kondition er hatte. Der Weg führte stetig bergauf, und er hatte Mühe, mit Johanna Schritt zu halten. Irgendwann drehte sie sich zu ihm um.

»Geh du voraus. Der Langsamste bestimmt das Tempo.«

Er nickte und setzte konzentriert einen Fuß vor den anderen. Seine Lunge fühlte sich zu klein an, um all die Luft aufzunehmen, die er jetzt brauchte. Bald atmete er laut durch den Mund. Johanna dagegen schien die Wanderung zu genießen. Es war immer noch neblig, und die Bäume wirkten seltsam lebendig. So, als würden die Äste nach den beiden Wanderern greifen. Sie liefen in der Nähe eines kleinen Flusses, der die Talsperre speiste, und kamen schließlich zu einer Brücke.

»Das ist der Kleine Regen«, sagte Johanna.

»Wie niedlich«, krächzte Kai. Sein Hals war rau und trocken. Johanna griff nach hinten und zur Seitentasche ihres Rucksacks und reichte ihm ihre Wasserflasche.

Kai trank mehrere große Schlucke. »Danke«, sagte er.

»Geht's dir gut?«

Er registrierte zufrieden, dass sie sich um ihn sorgte. Das ließ ihn beinahe vergessen, wie kaputt er sich fühlte. »Ich habe Kopfschmerzen«, sagte er.

»Dann sollten wir noch langsamer gehen.«

»Erst mal Pause«, sagte er und versuchte, seinen Rucksack abzusetzen. Johanna half ihm aus den Gurten.

»Die meisten machen die Wanderung in umgekehrter Richtung, aber so herum hat man am Anfang einen langsameren Anstieg«, sagte sie.

»Wenn das der langsame Anstieg ist, will ich gar nicht wissen, was später kommt.«

»Tut mir leid. Ich habe wohl deine Kräfte überschätzt.«

Er forschte nach Anzeichen von Schadenfreude in ihrem Gesicht, aber eigentlich traute er ihr das nicht zu.

»Bist du jetzt enttäuscht von mir?«, fragte er.

Sie schüttelte den Kopf, die kurzen Locken flogen hin und her.

»Nein, ich ärgere mich nur über mich selbst. Ich würde dich nie mit auf eine Wanderung nehmen, von der ich glaube, dass sie zu schwer für dich ist. Sollen wir umkehren?«

»Nein, es geht schon. Es tut mir gut, mich ein bisschen anzustrengen. Sagt jedenfalls mein Fußballtrainer.« Er kramte eine Kopfschmerztablette aus seinem Rucksack, spülte sie mit einem kräftigen Schluck Wasser hinunter und machte sich fertig zum Weitergehen. Dann setzten sie sich langsam wieder in Bewegung. Johanna schien es gar nichts auszumachen, dass der Weg immer stärker anstieg.

»Seit wann spielst du denn Fußball?«, fragte sie. Die Vorstellung schien ihr zu gefallen.

»Seit der Schulzeit, aber ich habe erst in Flensburg wieder angefangen. Die haben mich wahrscheinlich nur genommen, weil Knies Kolonialwaren einer der Sponsoren ist.«

Es tat gut, sie lachen zu hören – dass sie es auf seine Kosten tat, störte ihn nicht.

»Du könntest an deinem Rudergerät trainieren«, sagte sie.

»Nicht, solange ich es im Kofferraum spazierenfahre.«

»Wie bitte?«

»Ich hatte dir doch versprochen, es vorbeizubringen.«

»Dann hättest du dich in Regensburg mit mir verabreden sollen. Dort hätte ich auch mehr Zeit für dich.«

Kai antwortete nicht mehr, sondern sparte seine Luft zum Laufen. Wenigstens war der Weg breit und gut befestigt. Hin und wieder kamen ihnen andere Wanderer entgegen. Eine etwa fünfzigjährige, wettergegerbt aussehende Frau lächelte und sagte: »Dobré ráno.« Johanna erwiderte den Gruß, ohne zu zögern.

»Was war das denn?«, fragte Kai.

»Na, guten Morgen auf Tschechisch. Noch zwanzig Minuten, und wir sind am Grenzkamm. Möchtest du mal rübergucken?«

»Wenn es nicht direkt am Weg liegt, lieber nicht. Außerdem ist es immer noch neblig. Was hätte ich von zehn Metern Tschechien?«

Also bogen sie links ab, und plötzlich lichtete sich der Wald zu einer weiten, grasbewachsenen Hochfläche, auf der einige riesige Laubbäume standen.

»Das ist der Verlorene Schachten«, sagte Johanna. »Und das da hinten«, sie deutete auf eine Stelle am Waldrand, »die Poschinger Hütte.«

Sie überquerten den Schachten und setzten sich auf die Bank an der Wand des kleinen Blockhauses. Kai holte seine Thermoskanne mit dem Tee heraus. Die feuchte Luft kroch ihm in den Nacken, und seine Wangen glühten. Es tat gut, sich ein wenig auszuruhen, doch schon wenig später trieb Johanna ihn zum Weitergehen an. »Die Sonne kommt«, sagte sie. »Wir machen gleich noch eine längere Pause.«

Tatsächlich lichtete sich das Grau, und hinter den milchigen Schwaden ließ sich die Sonne erahnen. Der Weg führte schon wieder leicht bergauf. Dann öffnete sich der Wald und mit ihm der Himmel: Eine lichte, mit Gräsern bewachsene Fläche lag vor ihnen. Die Luft war jetzt klar und blau; die alten Bäume zeichneten sich scharf gegen den Himmel ab. Kai war überwältigt.

»Das hat sich ja wirklich gelohnt!«

Johanna lächelte. »Natürlich!«

Sie ließ ihren Rucksack von den Schultern gleiten, schnürte ihn auf und holte eine Campingdecke heraus, die auf einer Seite beschichtet war. Ungeniert breitete sie sie auf der Wiesenfläche aus.

»Sehr praktisch«, sagte Kai und ließ sich auf die Decke fallen.

»Da drüben ist der Arber«, sagte Johanna und deutete auf einen bläulichen Hügel jenseits der Bäume. Doch Kai hatte sich schon ausgestreckt und die Augen geschlossen. Er hörte nur noch den Wind, der über die Hochebene strich. Dann veränderte sich der Luftzug, und eine Decke landete auf ihm. Kurz darauf plumpste Johanna neben ihn. Er war zu erschöpft, um sich nach ihr umzusehen, doch er spürte ihre Nähe. Einmal streifte ihre Hand sein Knie. Vielleicht wusste sie, dass ihm die Energie für einen Annäherungsversuch fehlte. Oder wartete sie darauf?

Als er wieder zu sich kam, roch es nach Kaffee. Er richtete sich auf und suchte Johannas Blick. Sie reichte ihm einen Thermobecher mit Milchkaffee und ein Käsebrot.

»Geht es dir besser?«

Kai konnte nicht gleich antworten; seine Gedanken bewegten sich im Schneckentempo. Dann fiel es ihm ein.

»Meine Kopfschmerzen sind weg!«, sagte er.

Sie teilte den Apfelkuchen, den sie aus der Speisekammer ihrer Mutter stibitzt hatte, mit dem Taschenmesser in zwei Hälften und gab ihm eine.

»Weißt du noch, unser Picknick bei Nieblum am Strand?«, fragte er.

»Ja … ein herrlicher Sonnenuntergang.«

»Ich habe es genossen. Wie den ganzen Sommer mit dir«, sagte er. Er setzte sich auf und legte den Arm um ihre Taille. Sie lehnte sich gegen ihn. Ihr Gesicht war nur wenige Zentimeter von seinem entfernt, und er spürte ihre Wärme. Von ihrem Körper schien ein Summen auszugehen wie von einer Hochspannungsleitung.

»Aber es war auch eine anstrengende Zeit für dich«, sagte sie.

Er schüttelte den Kopf. »Es war einfach nur viel Arbeit. Erst seit du weg bist, fühlt es sich wie Burnout an. Ich vermisse dich. Ich liebe dich seit dem Tag, als du am Fähranleger auf mich zukamst. Damals wusste ich es nur noch nicht.«

So, endlich war es raus!

Sie starrte ihn an. Ihre Augen wirkten so tief und unergründlich wie ein Moorsee. Warum reagierte sie nicht? Er brauchte nur noch leicht den Kopf zu neigen, dann würden seine Lippen ihren Mund berühren.

Da stieß sie sich ruckartig von ihm ab, und die Seite, auf der sie eben noch gesessen hatte, fühlte sich eiskalt an. Sie kniete jetzt einen halben Meter entfernt von ihm.

»Tut mir leid«, sagte sie. »Ich kann das jetzt nicht. Es hat nichts mit dir zu tun.«

Wie konnte es nichts mit ihm zu tun haben?

»Ich warte seit Tagen auf eine Gelegenheit, mit dir unter vier Augen zu sprechen«, sagte er, mühsam um Fassung ringend. »Meinst du, es war einfach für mich, Steffen und Anne ausgerechnet jetzt allein zu lassen? Ich muss wissen, ob es eine Zukunft für uns gibt.«

Sie hatte die Arme um sich gelegt und biss sich auf die Lippen. Es sah aus, als würde sie jeden Moment zu weinen anfangen, und sein Herz wurde weich. Was war nur mit ihr los?

»Lass uns zurückgehen«, sagte sie schließlich. »Wir reden unterwegs, okay?« Ihre Stimme geriet ins Schwanken, und sie drehte sich um. Nachdem sie sich ausgiebig geschnäuzt hatte, begann sie ihre Sachen einzusammeln. Die Thermoskanne, die Plastikdose mit dem Kuchen, ihr Taschenmesser. Kai seufzte und schnürte ebenfalls seinen Rucksack. Dann gingen sie los.

»Ich hatte eigentlich eine größere Runde geplant«, sagte Johanna, »aber wenn wir jetzt hier runtergehen, kommen wir direkt auf unseren alten Weg zurück.«

Kai widersprach nicht, ihm reichte es für heute. Auch wenn er sich bergab weniger anstrengen musste. Das gleichförmige Gehen beruhigte ihn. Er nahm an, dass Johanna es ebenso empfand, und wartete darauf, dass sie zu reden anfing. Im Wald begann er zu frieren, und er blieb stehen, um seinen Pulli aus dem Rucksack zu holen. Johanna schien die Kälte nichts auszumachen. Sie hatte sogar ihre Hemdsärmel aufgekrempelt.

»Für einen ersten November ist es ziemlich mild«, sagte sie. »In ein paar Tagen liegt hier Schnee.«

»Und ich bin wieder in Flensburg. Steffen erwartet mich übermorgen Abend. Er war stinksauer, dass ich so kurzfristig weggefahren bin.«

»Habt ihr seitdem noch mal gesprochen?«

»Nein. Es ärgert mich jedes Mal, wenn ich mich von ihm unterbuttern lasse. Vielleicht hätte ich beizeiten etwas Eigenes anfangen sollen.«

»So ein Schmarrn. Du magst doch die Firma. Bald bist du der Chef, und du kannst froh sein, dass deine Eltern beide noch leben. Was willst du eigentlich noch?«

»Hängst du so an Steffen, weil du selbst keinen Vater mehr hast?«, fragte er, schneller, als er denken konnte. Sofort kamen ihr die Tränen, und sie schluchzte auf. Anscheinend hatte er ins Schwarze getroffen.

»Entschuldige«, sagte er, und dann nahm er sie einfach in die Arme. Erst spürte er Widerstand, doch als er sie loslassen wollte, klammerte sie sich an ihn und weinte in seinen Pullover.

»Als ob mir jemand meinen Vater ersetzen könnte! Heute ist sein Todestag. Aber das kannst du ja nicht wissen.«

»Deshalb bist du also so durch den Wind.«

»Genau. Lass mir einfach etwas Zeit.«

Sie sah ihn bittend an, und sein Herz schmolz dahin. Er dachte daran, wie liebevoll Gunther und Franz von ihrem Vater gesprochen hatten. Als ob er ein ganz außergewöhnlicher Mensch war. Rückblickend gerieten die weniger guten Eigenschaften eines Menschen meistens in Vergessenheit – Gott sei Dank. Würde es ihm mit Steffen auch einmal so gehen? Er erschrak über sich selbst. Er hatte sich noch nie mit dem Tod auseinandergesetzt, und er wünschte sich seine Eltern noch lange bei guter Gesundheit. Beruhigend irgendwie, bei all den Differenzen, die sie miteinander hatten.

Er beschloss, Johanna für den Moment nicht weiter zu bedrängen. Sonst würde er vielleicht noch etwas zu hören bekommen, das er nicht hören wollte.

»Okay. Danke, dass du es mir gesagt hast. Jetzt wird mir einiges klar«, sagte er.

»Ich hätte es dir schon heute Morgen erzählen sollen.« Sie wickelte sich behutsam aus seiner Umarmung, und eine Hand rutschte abwärts auf sein Gesäß. Die Berührung ließ sein Herz schneller schlagen, doch da hatte sie schon die Packung Papiertaschentücher aus seiner Hosentasche gezogen und grinste ihn tapfer an: »Ich weiß doch, dass du immer welche dabei hast.«

Sie gingen weiter, ohne zu reden, doch wo immer der Weg es zuließ, blieben sie dicht nebeneinander. Scheinbar ewig trotteten sie an der Talsperre entlang, und auch der Weg zur Pension zog sich hin. Dann standen sie endlich vor Sofies Haus. Johannas Gesicht war rosig von der frischen Luft und sah gesund aus; niemand würde auf die Idee kommen, dass sie geweint hatte.

»Lass uns noch was essen gehen«, sagte er, doch sie schüttelte den Kopf.

»Sorry, aber ich möchte den Abend lieber mit meiner Mutter verbringen. Sie ist eh schon traurig, weil ich nicht mit ihr ans Grab wollte. Wir sehen uns morgen. In Ordnung?«

Kai nickte. Was blieb ihm anderes übrig?

Dann fiel die Haustür hinter ihr ins Schloss. Er fühlte sich buchstäblich vor den Kopf gestoßen, und eigentlich verstand er überhaupt nichts.

Es schien sie wenig zu beeindrucken, dass er ihretwegen seine Karriere aufs Spiel setzte. Er musste dringend zu Hause anrufen.

46

Johanna wollte hinauf in ihr Zimmer und unter die Dusche gehen, aber ihre Mutter stand in der offenen Küchentür und sah sie vorwurfsvoll an. »Wo bist du gewesen?«, fragte sie.

»Auf den Schachten«, antwortete Johanna. Ihre Füße schmerzten, und sie haderte mit sich selbst, ob es richtig gewesen war, Kai wegzuschicken.

»Du hättest doch auch an einem anderen Tag mit deinem Freund wandern gehen können.«

Johanna schwieg. Alles, was sie jetzt sagen konnte, würde ihre Mutter nur verletzen. Aber die ließ nicht locker.

»Ganz allein bin ich dagestanden mit Gunther und Annemarie. Was sollen denn die Leute denken? Am Todestag vom Papa!«

»Im Wald bin ich ihm näher als irgendwo sonst«, sagte Johanna. »Und die Leute reden viel, wenn der Tag lang ist.«

»Dir kann es ja egal sein, du bist ja die meiste Zeit in Regensburg. Aber ich …«

Jetzt reichte es Johanna. Überwältigt von Trauer, Müdigkeit und dem nagenden Gefühl, das Kais Blick in ihr hinterlassen hatte, schrie sie: »Es geht dich nichts an, wie und wo ich trauere. Der Papa weiß, dass ich ihn nicht vergessen habe. Aber für dich zählt ja bloß, was die Leute sagen!«

Einen Moment lang starrte ihre Mutter sie an. Dann schlug sie die Hand vor den Mund, und ihre Schultern begannen zu zucken.

»Mama!« Hilflos stand Johanna im Flur, die dreckigen Stiefel noch an den Füßen. »Es tut mir leid«, sagte sie immer wieder. »Ich habe es nicht so gemeint.«

Anscheinend konnte sie heute nicht anders, als die Menschen zu verletzen, die ihr am nächsten standen. Ihr war plötzlich so kalt, dass sie mit den Zähnen zu klappern anfing. Die Kälte kam tief aus ihrem Inneren und erfasste nach und nach ihren ganzen Körper. Sie konnte gar nicht mehr aufhören zu zittern.

Da spürte sie die Hand ihrer Mutter auf der Schulter. »Schon gut«, sagte sie leise. »Sei nicht so dramatisch. Komm lieber rein und iss was Warmes.«

Sofie ging in die Küche, holte einen großen Topf heraus und setzte Wasser auf. Dann trat sie an den Kühlschrank.

»Ich mache uns schnell Nudeln mit Gemüse«, sagte sie, als wäre nichts gewesen. »Will Kai vielleicht mitessen?«

Johanna putzte sich die Nase. Ihre Mutter hatte ein großes Herz. Genau wie Papa es gehabt hatte, nur auf ihre eigene, schnörkellose Art.

»Danke, Mama. Ich gehe rüber und frage ihn.«

Die Rezeption war nicht besetzt, aber sie hörte Kais Stimme. Er saß auf der Couch im Foyer mit dem Rücken zu ihr und hatte sie noch nicht bemerkt.

»Nein, Judith«, raunte er ins Telefon. »Es ist nicht deinetwegen. Mach dir keinen Kopf.« Jetzt lachte er – beinahe zärtlich.

Johannas Gedanken rasten. Judith, das war doch dieses champagnertrinkende Lehrmädchen. Wie vertraut er mit ihr sprach! Sie arbeiteten ja auch jeden Tag zusammen. Da konnte leicht Nähe entstehen, und dann …

Irgendwo im Haus wurde eine Tür geöffnet, und Schritte näherten sich. Johanna trat eilig den Rückzug an. Sie wollte nicht von Annemarie oder Franz dabei überrascht werden, wie sie ihren eigenen Freund belauschte. Während sie leise durch die Eingangstür nach draußen schlüpfte, hörte sie die Worte »verliebt« und »Chef«. Dann sagte er noch: »Natürlich komme ich zurück.«

Sie wünschte, sie hätte nicht auf ihre Mutter gehört.

47

Kai lachte in sich hinein. Judith hatte doch tatsächlich geglaubt, er sei ihretwegen so überstürzt weggefahren. Und sie meinte, ihn informieren zu müssen, dass sie jetzt mit Lukas zusammen war – dem vier Jahre jüngeren, schüchternen Lehrling. Wahrscheinlich hatte der sich einfach nicht gegen Judith wehren können.

»Wie schön, dass du verliebt bist«, sagte er. »Viel Glück euch beiden. Und jetzt gib mir bitte mal den Chef.«

Sie senkte die Stimme. »Ich habe ihn zur Chefin sagen hören, dass er die Firma behalten und einen externen Geschäftsführer einstellen will, wenn du bis Freitag nicht wieder da bist.«

»Natürlich komme ich zurück«, sagte er, dann stellte Judith ihn durch.

»Moin«, bellte Steffen. »Wo steckst du? Die Bank braucht eine Unterschrift von dir, und wir müssen noch mit dir reden, bevor wir zum Notar gehen. Das bist du uns schuldig.«

Kai protestierte: »Es ist doch alles besprochen! Zur Bank gehe ich nächste Woche.«

»Ich erwarte dich am Donnerstagmorgen hier im Büro«, sagte Steffen. Dann legte er auf.

Kai starrte missmutig auf sein Handy. Hatte sein Vater ihm soeben ein Ultimatum gestellt? Das warmherzige Gefühl, das er heute Nachmittag ihm gegenüber empfunden hatte, löste sich in Luft auf. Warum bestand er darauf, dass Kai einen Tag früher zurückkam? Das hieß, dass er spätestens morgen Mittag losfahren musste.

Er stemmte sich aus dem Sofa hoch und kam schwankend zum Stehen. Seine Beine und Füße schmerzten höllisch. Er hätte gleich die Treppe hinaufgehen sollen, statt sich hier unten eine Verschnaufpause zu gönnen. Ächzend hielt er sich an der Sofalehne fest. Gleichzeitig fasste eine starke Hand nach seinem Oberarm. Neben ihm stand Franz und lachte.

»Hat Johanna einen Gewaltmarsch mit dir gemacht? Das sieht ihr ähnlich.«

»Weißt du, ob Gunther heute Abend zu Hause ist?«, fragte Kai.

Franz schaute ihn überrascht an. Wahrscheinlich fragte er sich, warum Kai den Abend nicht mit Johanna verbrachte, doch er kommentierte es nicht.

»Der hat abends fast nie was vor. Er war heute mit dem Kirchenchor auf dem Friedhof, und jetzt ist er wahrscheinlich daheim.«

Kai nickte. Erst jetzt fiel ihm ein, dass Allerheiligen in Bayern ein Feiertag war. »Wart ihr heute alle an den Gräbern?«, fragte er.

»Ja«, mischte sich Annemarie ein. »Alle außer Johanna und den Zwillingen.« Ihrem Ton nach zu urteilen handelte es sich dabei um ein schlimmes Vergehen.

»Sie gehen bestimmt morgen noch an Papas Grab«, sagte Franz. Er trat hinter die Theke und strich kurz über Annemaries Schulter, dann schrieb er etwas auf einen Zettel und reichte ihn Kai. »Hier, Gunthers Nummer. Er freut sich bestimmt.«

Kai nickte und bedankte sich, dann ging er auf sein Zimmer, ließ sich auf das Bett fallen und rief Gunther an. Er war tatsächlich zu Hause in Zwiesel, wollte aber nicht essen gehen.

»Warum kommst du nicht bei mir vorbei?«, fragte Gunther. »Ich koche uns was.«

Nach einer sehr heißen, sehr entspannenden Dusche rauchte Kai die erste Zigarette des Tages, dann machte er sich auf den Weg.

Gunther wohnte direkt über seiner Bankfiliale in Zwiesel. Kai rollte auf den Parkplatz und öffnete den Kofferraum, um sein Mitbringsel herauszuholen: den italienischen Rotwein, den der seit Flensburg im Kombi spazieren fuhr. Ebenso wie das Rudergerät. Wahrscheinlich musste er es wieder mit nach Hause nehmen. Oder er schenkte es einem von Johannas Brüdern. Mit der Kiste unter dem Arm trat er an das Schaufenster der Bank. Tagesgeld, Baukredit und Immobilien waren Gunthers täglich Brot. Der Eingang zur Wohnung lag um die Ecke. Kai klingelte.

Gunther erwartete ihn an der Wohnungstür, über seiner Jeans trug er eine Küchenschürze im Schottenkaro. Es duftete nach Reis und Pilzen.

»Das riecht gut!«, sagte Kai. Gunther lachte und führte ihn ins Wohnzimmer, dann verschwand er wieder in der Küche, während Kai die Weinkiste abstellte und eine Flasche herausholte. Auf dem Esstisch lag eine weiße Tischdecke, das Geschirr war ebenfalls weiß und sehr schlicht. Nur die Antipasti waren bunt, und die Servietten in Grün-Weiß-Rot.

»Zufällig habe ich italienischen Rotwein dabei«, sagte Kai, und Gunther lächelte. Dann suchte er nach einem Korkenzieher.

»Ich trinke fast nie Alkohol«, sagte er.

Kai öffnete die Flasche und schenkte ihnen beiden ein. »Ich habe mir das Schaufenster angesehen. Vermittelt ihr auch Gewerbeimmobilien?«

»Gelegentlich. Warum fragst du?«

»Nur so interessehalber.«

Er nahm einen tiefen Schluck aus dem Rotweinglas.

Nach dem Essen wechselten sie auf die Couchgarnitur, und Gunther legte eine CD mit schwermütiger Musik ein. Italienische Trauermärsche. Kai lümmelte sich dankbar auf das Sofa.

»Du bist ein echter Freund«, sagte er mit schwerer Zunge, während er noch einmal nach dem Rotwein griff. Doch Gunther nahm ihm die Flasche aus der Hand.

»Echte Freunde sagen einem auch, wann es genug ist.«

»Johanna mag mich nicht mehr. Aus, vorbei. Ich habe die Nase voll. Ab jetzt leb ich zölibatös.«

Gunther lachte. »Zölibatär, meinst du wohl. Wünsch dir das nicht.«

»Wieso nicht? Nichts als Ärger mit den Frauen.«

»Glaub mir, Alleinsein macht auch keinen Spaß.«

»Warum tust du's dann?«, erkundigte sich Kai, dessen Feingefühl irgendwo zwischen der ersten und zweiten Flasche Wein stecken geblieben war. Gunther hatte fast nichts davon getrunken.

»Es hat sich so ergeben«, sagte er.

»Warst du nie verliebt?«

»Doch, schon. Aber irgendwie immer in die Falschen. Die erste war meine Musiklehrerin. Da war ich zehn.« Gunther lächelte. »Auf dem Gymnasium hatte ich mit den Mädchen irgendwie kein Glück – ich war fast der Einzige ohne Akademikereltern und hatte wohl den falschen Stallgeruch. Seitdem habe ich keine getroffen, die mir gefallen hätte. Im Chor gab's mal eine, aber der war ich wohl zu brav …«

»Ach, Gunther. Ich bin ganz und gar nicht brav gewesen. Ich hatte immer 'ne Menge Mädels zur Auswahl. Aber an Johanna beiße ich mir die Zähne aus. Meine Geduld ist zu Ende.«

Gunther nickte wissend. »Ja, Geduld braucht man schon mit ihr.«

»Ihretwegen bin ich tausend Kilometer gefahren, und mein Vater droht, mich zu enterben. Und was sagt sie? Sie hätte jetzt gerade keinen Kopf dafür. Typische Frauen-Ausrede.«

Gunther schaute ihn nachdenklich an. »Um Vaters Todestag herum sind wir alle etwas schwermütig.«

Der Alkohol dämpfte Kais Denken und Fühlen wie schwerer Nebel. Dennoch pikste ihn das schlechte Gewissen.

»Du kannst dir was drauf einbilden, dass sie dich mitgenommen hat«, fuhr Gunther fort. »Sie mag an dem Tag nicht unter die Leute und schon gar nicht auf den Friedhof. Tassilo und Flori gehen auch nicht hin. Letztes Jahr hat sich Sofie total aufgeregt, heuer hat sie sich für stilles Leiden entschieden. Der Umgang mit der Trauer spaltet regelrecht unsere Familie. Aber ich hoffe, dass es jedes Jahr leichter wird. So heißt es jedenfalls. Schön, dass du mir heute Abend Gesellschaft leistest.«

»Und ich dachte schon, es wäre egoistisch von mir, mich von dir bekochen zu lassen.«

Gunther lächelte. »So kann man sich täuschen.«

»Ich wusste das alles nicht. Ich habe keine Erfahrung … mit Todesfällen. Es tut mir leid.«

Kai rappelte sich mühsam vom Sofa hoch und trat ans Fenster. Dabei merkte er, wie viel er schon getrunken hatte. Er würde wohl ein Taxi brauchen. Außerdem hatte es angefangen zu schneien, und er war noch mit Sommerreifen unterwegs.

»Wahnsinn«, sagte er, »der liegt schon knöcheltief. Kaum zu glauben, dass ich heute Mittag noch auf einer Picknickdecke in der Sonne gesessen habe.«

48

Johanna träumte von einer Achterbahn. Sie fuhr mit ihrem Auto auf und ab und legte sich in halsbrecherische Kurven. An einer besonders rasanten Stelle platzten die Reifen, und sie flog aus der Bahn. Bevor sie auf dem Boden aufschlug, wachte sie auf.

Stöhnend wühlte sie sich durch das Bettzeug. Der Ofen im Zimmer war ausgegangen, und die alten Fenster waren von innen beschlagen. Auf dem Weg zur Dusche auf der anderen Seite des Flures klapperte sie mit den Zähnen. Wenigstens funktionierte der elektrische Boiler zuverlässig. Sie ließ sich das Wasser über den Körper laufen, bis es lauwarm wurde, und zog sich in Rekordzeit an. Dann ging sie nach unten. Ihre Mutter war schon aus dem Haus.

Johanna überquerte den Hof in Richtung Pension. Die Autos der Gäste auf dem Parkplatz hatten weiche, weiße Konturen angenommen, und ihr Bruder Franz schaufelte Schnee.

Annemarie saß an der Rezeption. »Guten Morgen, Johanna. Dein Kai ist ja ein pflegeleichter Gast.«

Johanna ärgerte sich. »Er ist nicht mein …«, begann sie. Dann drang die eigentliche Botschaft zu ihr durch. »Wie meinst du das?«, fragte sie irritiert.

»Er war über Nacht nicht im Haus. Aber seine Sachen sind noch da.« Sie grinste, und Johanna ging ein Licht auf.

»Glaubst du, ich wäre alleine hier, wenn er bei mir übernachtet hätte?«, fragte sie und drehte sich noch einmal um zur Eingangstür.

Annemaries Gesichtszüge erstarrten. »Dann muss er seit gestern Abend weg sein. Ich hoffe, ihm ist nichts passiert!« Ihre Stimme klang jetzt wirklich besorgt. Da kam Franz herein. Er hatte eine dicke Fellmütze auf und Handschuhe an.

»Sprecht ihr von Kai? Er wollte zu Gunther, vielleicht hat er dort übernachtet.«

Johanna zuckte mit den Schultern, dann betrat sie den Frühstücksraum. Doch innerlich kochte sie: Wie konnte er einfach so verschwinden? Oder war ihm wirklich etwas zugestoßen? Hatte er überhaupt Winterreifen? Das Klima in Flensburg war ja milder als hier, und vielleicht hatte er sich bei all dem Stress noch gar nicht darum gekümmert.

Ihre Mutter deckte gerade die Frühstückstische ab. Zu Johanna sagte sie: »Ich habe dir in der Küche was aufgehoben. Ich komme gleich zu dir, wenn ich hier fertig bin.«

Als Johanna den gedeckten Tisch im Nebenzimmer sah, war sie gerührt. Auf dem Herd stand heiße Milch, und Johanna machte sich heiße Schokolade. Als ihre Mutter fertig war, setzte sie sich zu ihr.

Eine Weile plauderten sie über den Schnee, die Milchpreise, Johannas neue Frisur und andere Belanglosigkeiten. Bis Sofie fragte: »Gehst du heute aufs Grab?«

Schon wieder stieg Ärger in Johanna hoch. Warum wollte sie hier eigentlich jeder bevormunden? Dann sah sie Sofies bittenden Blick.

»Ja, klar. Gleich nach dem Frühstück«, sagte sie.

Eine Viertelstunde später nahm sie ihre Jacke, schlüpfte in ihre warmen, wetterfesten Wanderstiefel und machte sich auf den Weg.

Als sie gerade in Richtung Friedhof abbiegen wollte, hielt ein großer, dunkelgrüner Wagen neben ihr. Die Scheibe glitt herunter, und der Fahrer beugte sich zu ihr herüber. Es war Simon.

»Servus Johanna. Hast du einen Moment Zeit für mich?«

Johanna überlegte nicht lang, sie öffnete die Tür und stieg

ins Auto. Die Episode vom Sonntag fiel ihr wieder ein. Simons Blumen standen noch immer auf dem Küchentisch ihrer Mutter.

»Entschuldige, dass ich mich nicht gemeldet habe«, sagte sie.

»Kein Problem, ich hatte auch genug um die Ohren. Lass uns ins Museumscafé gehen.«

»Gute Idee.«

Simon heftete den Blick auf die Straße und fuhr los, das Gesicht ernst und konzentriert. Im Gegensatz zu Kai sah er am besten aus, wenn er nicht lächelte. Entschlossen und beinahe verwegen. In Momenten wie diesem begann ihr Herz immer noch zu klopfen, fast wie in alten Zeiten. Zeiten, in denen sie heimlich verliebt und sehr naiv gewesen war. So naiv, dass sie ihre Chance nicht erkannt hatte.

Im nächsten Moment bogen sie schon in den Parkplatz des Glasmuseums ein. Es lag nur ein paar hundert Meter vom Friedhof entfernt.

Erst als sie sich im Café gegenüber saßen, schauten sie einander in die Augen. Johanna hielt seinem Blick stand, und plötzlich war es ganz einfach. Es fühlte sich an wie Nachhausekommen. Simon gehörte zu ihrer Heimat und ihrer Vergangenheit, und er kannte sie immer noch besser als viele andere Menschen. Sonst hätte er nicht bemerkt, wie durcheinander sie war.

»Was ist los?«, fragte er. »Du wirkst angeschlagen. Was ist denn nun mit Kai?«

Johanna kamen die Tränen. Simon reichte ihr ein Taschentuch und sorgte dafür, dass sie eine heiße Schokolade mit viel Sahne bekam. Er war so fürsorglich, dass Johanna ihm alles erzählte.

»Dass er ausgerechnet hier auftauchen muss! Und dann auch noch am Todestag vom Papa. In Regensburg geht es mir nicht so nahe, nur hier … Ich liebe meine Familie, und trotzdem passe ich irgendwie nicht mehr dazu. Ach, das ist alles zu kompliziert, um es zu erklären.«

»Du musst das nicht erklären«, sagte Simon sanft. »Ich fühle mich auch wie abgeschnitten, seit Melanie mit Lina ausgezogen ist. Zum ersten Mal in meinem Leben bin ich verunsichert. Soll ich weiter Politik machen oder lieber versuchen, beruflich weiterzukommen? Sollte ich nach Regensburg ziehen, um näher bei Lina zu sein? Oder würde sich Melanie dadurch bedrängt fühlen … Ich denke viel nach, seit ich allein bin. Zu viel vielleicht.«

Johanna bekam ein schlechtes Gewissen. »Oh Gott, bin ich egoistisch. Ich habe überhaupt nicht gefragt, wie es dir geht. Wolltest du nicht etwas mit mir besprechen?«

Zu ihrer Erleichterung erschien ein Lächeln auf seinem Gesicht. »Danke, das hat sich von alleine gelöst. Ich wollte dich bitten, in Regensburg bei Melanie vorbeizuschauen und mit ihr von Frau zu Frau zu reden. Ihr seid doch auf Facebook befreundet. Aber jetzt hat sie sich von selbst bei mir gemeldet. Sie kommt nächstes Wochenende hierher zu ihren Eltern, und ich kann Lina dort besuchen.«

»Das sind ja tolle Neuigkeiten. Ihr findet bestimmt eine gute Lösung für ein gemeinsames Sorgerecht. Falls du nach Regensburg gehen willst, wüsste ich auch schon eine Wohnung für dich. In Regensburg gibt es keinen Meisterkurs für Schreiner, und meine WG löst sich demnächst auf.«

»Dann solltest du zu deinem Nordlicht ziehen. Du liebst ihn doch, oder?«

Johanna schluckte. Sie wollte ihm noch von dem Telefongespräch erzählen, das sie gestern belauscht hatte, aber auf einmal kam es ihr nicht mehr so wichtig vor. Ihr Kopf war vollkommen leer. Gleichzeitig spürte sie einen Kloß im Hals, und in der Herzgegend entfaltete sich ein warmes Gefühl. Sie atmete tief durch.

»Ja«, flüsterte sie. »Ich glaube schon.«

Simon knuffte sie mit der Faust in den Oberarm, so wie er es früher immer gemacht hatte. »Dann weißt du ja, was du zu tun hast«, sagte er. »Er liebt dich nämlich auch. So, wie der mich jedes Mal anschaut, wenn er mich sieht. Als würde er mich gleich zu einem Duell herausfordern. Nicht, dass das Krischperl eine Chance gegen mich hätte.«

Jetzt versetzte Johanna ihm einen Boxhieb. Nicht spielerisch, sondern so fest, dass er einen blauen Fleck davontragen würde.

»Aua!« Simon lachte. »Bloß vor dir habe ich richtig Angst.«

Er sah auf die Uhr. »Ich muss los. Ich habe eine Waldführung. Das wird lustig bei dem Schnee.«

Sie standen beide auf und umarmten sich.

»Mach's gut«, sagte er. »Behalt den Kai, wenn du kannst. Netter Kerl. Auch wenn's kein Waldler ist.«

Verwirrt ließ Johanna sich wieder auf ihren Stuhl fallen und sah zu, wie Simon das Café verließ. Als er draußen an der Fensterfront vorbeiging, winkte er ihr noch einmal zu, dann verschwand er um die Ecke.

Johanna bestellte sich noch eine heiße Schokolade und dachte nach. Als sich ihre Gefühle ein wenig beruhigt hatten, schickte sie eine Nachricht an Kai: *Tut mir leid wegen gestern. Möchtest du heute Abend mit mir essen gehen?*

Dann beschloss sie, noch eine Runde durch das Glasmuseum zu drehen – das hatte sie schon lange nicht mehr getan. Im Zeitraffer durchlief sie die Geschichte der Glasherstellung und verweilte dann etwas länger bei den Zeitzeugenberichten. Sie lauschte den O-Tönen – einer davon hätte auch ihr Vater sein können. In den späten Sechzigern hatte er bei einer Glashütte angefangen und war dort geblieben, bis die Hütte Personal abzubauen begann. Er war früh in den Ruhestand gegangen und hatte sich darauf gefreut, seine künstlerische Seite stärker ausleben zu können. Doch wenige Monate später war er gestorben. Er hatte nur wenige neue Glasobjekte hinterlassen.

Johanna ließ den historischen Ausstellungsbereich hinter sich und ging die Treppe hinauf in die Sammlung internationaler Glaskunst. Die Räume waren weit und hell, durch die gläsernen Wände konnte sie sehen, dass es wieder zu schneien begonnen hatte, und sie fühlte sich, als säße sie in einer von Bettinas Glaskugeln. Sie schlenderte zwischen den Vitrinen hindurch.

Und da sah sie es: Ein einfaches Objekt aus leicht geschwungenen, farblosen Glasflächen, wie zwei aneinandergelegte Blütenblätter. Im Innern war eine unregelmäßig geformte, tiefblaue Glaskugel eingeschlossen. Unverkennbar die künstlerische Handschrift ihres Vaters. Und tatsächlich stand sein Name darunter.

Warum hatte sie nichts davon mitbekommen? Ihre Mutter erzählte ihr doch sonst alles, was in Frauenau und in der Familie vorging. Johanna spürte, wie Wut in ihr hochstieg. Doch so plötzlich sie gekommen war, verpuffte sie auch wieder und wich einer Traurigkeit, so tiefblau wie die Kugel am Grund des Glasgefäßes. Ihr Vater war gestorben, und sie trauerte, doch wie viel schlimmer musste es für ihre Mutter sein? Sie hatte ihren Lebenspartner verloren. Den Mann, mit dem sie alt werden wollte. Solange Johanna denken konnte, war Sofie im Hintergrund geblieben und hatte doch in ihrer pragmatischen Art die Familie zusammengehalten. Während Johannas Vater Verständnis für alles und jeden aufzubringen schien, übernahm Sofie die undankbare Aufgabe, zu erziehen und zu kritisieren. Und auch jetzt, wo sie selbst Unterstützung nötig hatte, sorgte sie sich um Johanna – das jüngste und vermutlich auch das widerspenstigste ihrer Kinder.

Ich bin aber kein Kind mehr, dachte Johanna. Und eine innere Stimme antwortete von weit her: »Warum führst du dich dann kindisch auf?«

Sie verdrängte die unangenehme Erkenntnis und ging in die Garderobe, um ihren Mantel zu holen. Dann machte sie sich auf den Weg zum nahen Friedhof.

Mit glühenden Wangen stand sie vor dem schneebedeckten Grab ihres Vaters und ließ die letzten Monate im Geist Revue passieren. Sie stellte sich vor, wie sie ihrem Vater davon erzählte. Hätte er Kai gemocht? Plötzlich war sie sich dessen ganz sicher.

Sie meinte fast, seine Stimme zu hören, wie er sagte: »Geh, mach keinen Schmarrn, Hanna.«

Wie oft hatte sie das aus seinem Mund gehört. Auch, als sie Glasmacher werden wollte, so wie er. Nicht nur, weil die Glasindustrie in der Region schrumpfte, sondern weil er wusste, dass Holz ihr Material war. Niemand hatte sie so gut verstanden wie er. Schließlich sprach sie ein stilles Gebet und verabschiedete sich vom Grab. Als sie zur Pension zurückkam, war Kais Auto immer noch nicht da.

Ihre Mutter Sofie saß an der Rezeption.

»Wo warst du so lange?«, fragte sie. »Du hast Kai verpasst. Vor einer guten Stunde hat er seine Sachen abgeholt, dann ist er abgefahren.«

»Was, jetzt schon?« Johanna war entsetzt. Auch über sich selbst – das hatte sie nun davon. Sofie legte ihr eine Hand auf den Arm.

»Er musste dringend in die Firma zurück, sein Vater braucht ihn. Er hat einen Brief für dich dagelassen.«

Sie schob einen braunen DIN-A4-Umschlag mit dem Logo von Gunthers Bank über den Tresen. Johanna musste sich sehr beherrschen, um den Brief nicht sofort aufzureißen. Sie wollte allein sein, wenn sie den Brief öffnete.

»Das muss ich erst mal verdauen«, sagte Johanna. »Ich fahre nach Regensburg zurück.«

»Heißt das, es ist Schluss zwischen euch?«, fragte Sofie.

Johanna nickte. »Vielleicht.«

»Schade.«

Das war alles, was sie dazu sagte, aber Johanna wusste, dass ihre Mutter sicher noch darauf zurückkommen würde. Jetzt wechselte sie erst einmal das Thema.

»Flori hat angerufen, er schafft es diese Woche nicht mehr, dein Auto zu reparieren. Seit dem Wintereinbruch ist in der Werkstatt die Hölle los.«

»Dann nehme ich den Zug.«

Johanna ging in ihr Zimmer, um zu packen. Anschließend zog sie das Bett ab und legte die Laken in den Schmutzwäschekorb im Bad. Danach war es schon Zeit zu gehen.

Sie verabschiedete sich von ihrer Mutter, Franz und Annemarie und ging den kurzen Weg zum Bahnhof zu Fuß. Die Waldbahn kam pünktlich, und sie ließ sich erleichtert auf ihren Sitz fallen.

Draußen zogen weiß bedeckte Felder vorbei, dann tauchte die Bahn in den dunklen, verschneiten Wald ein. Es sah wunderschön aus, und etwas wie Abschiedsschmerz durchzog ihre Brust. Würde das ihr Leben lang so weitergehen? Erst konnte sie es kaum erwarten, nach Frauenau zu kommen, nach ein paar Tagen schon wurden ihr die Familienbande zu eng und kaum ließ sie Frauenau hinter sich, regte sich neues Heimweh.

Die Fahrt dauerte nur fünfzehn Minuten, doch sie hielt es nicht mehr länger aus. Sie holte Kais Brief aus der Tasche, schlitzte das Kuvert mit dem Zeigefinger auf und zog eine Reihe von Computerausdrucken heraus.

Es waren Miet-Angebote für Gewerbeimmobilien in Ostbayern, der Vermittler war Gunthers Bank.

Kleines Ladenlokal mit Büro in Passau, las sie, oder: *Gewerbeimmobilie in der Welterbestadt*. Was hatte das zu bedeuten? Auf dem letzten Ausdruck klebte ein Zettel: *Ich lege dir mein Königreich zu Füßen.*

Und doch war Kai auf dem Rückweg nach Flensburg. Würde er die Firma übernehmen wie geplant? Oder wollte er seinem Vater sagen, dass daraus nichts wurde, weil er im Süden sein eigenes Geschäft gründete?

Panik stieg in ihr auf. Sie hätten natürlich schon längst über alles reden sollen, aber Johanna hatte mal wieder nichts begriffen. Sie hoffte, dass es noch nicht zu spät war. Sie nahm das Handy und wählte seine Nummer. Es ging nur die Mailbox ran.

»Hallo Kai, hier ist Johanna. Ich habe deinen Brief bekommen. Bitte ruf mich so schnell wie möglich zurück«, sagte sie. Dann dachte sie an Bettinas imaginäre Liste: Mehrmals hintereinander anrufen ging gar nicht. Außer im Notfall! Sie drückte auf seinen Namen in der Anrufliste. Er ging immer noch nicht ran.

Zehn Minuten später kam sie in Zwiesel an, doch die Waldbahn nach Plattling fuhr nicht: Offenbar waren mehrere Bäume unter der Schneelast auf die Gleise gestürzt.

»Scheiße. Hat sich denn heute alles gegen mich verschworen?«, schimpfte sie. Zusammen mit einem Dutzend anderer Reisender stapfte sie hinaus auf den Bahnhofsvorplatz und wartete auf den Ersatzbus, doch wegen des Wetters hatte Johanna wenig Hoffnung.

Ein älterer Mann schaute sie an und sagte optimistisch: »Nur mit der Ruhe, der kommt schon.« Dann zündete er sich seelenruhig eine Zigarette an. Natürlich zog der Rauch genau in Johannas Richtung. Sie wandte sich ab und drückte kurz entschlossen noch einmal Kais Nummer.

Nach dem zweiten Klingeln hob er ab.

»Ich liebe dich, Kai.«

»Ich dich auch. Falls du es noch nicht gewusst hast.« Seine Stimme klang müde, und Johannas Herz machte einen Satz. Es war tatsächlich noch nicht zu spät.

»Wo bist du?«, fragte er.

»In Zwiesel am Bahnhof.«

»Das trifft sich gut.«

Und dann schob sich eine dunkelblaue Motorhaube in ihr Blickfeld. Alles schien plötzlich wie in Zeitlupe abzulaufen. Ruhig nahm sie die Szene in sich auf: Den dunklen Innenraum des Autos, in dem sie den Fahrer kaum erkennen konnte. Die Schneeschicht auf dem Dach, die blank gewischte Scheibe. Das leicht nagelnde Geräusch eines noch kalten Motors. Das Flensburger Nummernschild und die neuen, blitzsauberen Reifen.

»Jetzt steig schon ein«, hörte sie ihn durch das Telefon sagen. Und dann war er bei ihr, nahm ihr den Rucksack ab und schob Johanna auf den Beifahrersitz. Als sie endlich drinsaß, hörte sie hinter sich den Bus hupen.

49

Kai fuhr los, und Johanna wurde in den Sitz gedrückt. Wer hätte gedacht, dass der alte Kombi so viel Kraft auf den Asphalt brachte – und das auch noch bei diesen Straßenverhältnissen?

»Winterreifen sind schon was Feines«, sagte Kai. Es fühlte sich ganz selbstverständlich an, hier neben ihm zu sitzen. Als wären sie verabredet gewesen.

»Warst du bei Flori?«, fragte sie.

»Ja, er hat meinen Reifenwechsel dazwischengequetscht.« Er schaute kurz zu ihr hin und grinste. »Dein Auto konnte er dafür leider nicht mehr machen.«

»Woher wusstest du, dass ich den Zug nehme?«

»Ich wusste es nicht. Reiner Zufall, dass ich hier vorbeikomme.«

»Und das soll ich dir glauben?«

»Glaub, was du willst. Wann und wo geht dein Anschlusszug?«

»In Plattling, aber …«

»Du willst doch nach Regensburg, oder?«

Johannas Herz rutschte tiefer. »Ja. Kommst du nicht mit?«, fragte sie enttäuscht.

»Das geht nicht. Mein Vater erwartet mich schon morgen, und ich habe noch mindestens neun oder zehn Stunden vor mir.«

Er blickte geradeaus auf die Straße und schien völlig gelassen, während Johanna sich zusammenreißen musste, um nicht laut herauszuschreien. Warum hatte er überhaupt angehalten, wenn er sie bei nächster Gelegenheit wieder loswerden wollte? Sie biss sich auf die Lippen. Lieber würde sie schweigen, als alles kaputtzumachen.

Sie starrte aus dem Fenster. Die Straße war bereits wieder von einer dünnen Schneeschicht bedeckt. Über die weichgezeichnete Landschaft ringsum wirbelten Schneeflocken, und vor ihnen fuhr ein Räumfahrzeug, so dass Kai die Geschwindigkeit drosseln musste. Das verschaffte ihnen jede Menge Zeit zum Reden, aber Johanna hatte schon alles gesagt, was sie sagen wollte. Sie liebte Kai. Und jetzt?

Kurz vor Deggendorf gab er den Bahnhof Plattling als Ziel in sein Navi ein und fuhr auf die Autobahn. Johannas Gedanken rasten. Schließlich fasste sie sich ein Herz.

»Hast du schon eine Waschmaschine in deiner neuen Wohnung?«

»Im Keller steht ein Münzgerät. Warum fragst du?«

»Ich könnte ein paar Tage bei dir bleiben.«

Sie waren jetzt fast am Autobahnkreuz, und er schaute kurz zu ihr herüber. Seine Augen waren dunkler als je zuvor, mehr Kohle als Graphit, und sein Gesichtsausdruck verschlossen. Keine Spur eines Lächelns.

Doch er setzte den Blinker und bog ab auf die A3 Richtung Norden.

50

Flensburg

Anne saß im Wohnzimmer und hatte die Beine hochgelegt, als Steffen mit einem Tablett hereinkam.

»Eine Tasse Tee, meine Liebe?«, fragte er.

Sie setzte die Lesebrille ab und sah ihn erstaunt an. Meist war sie es, die ihm den Tee brachte, und auch Kosenamen gebrauchte er selten.

»Hast du etwas von Kai gehört?«, fragte er. »Bei mir geht er nämlich nicht ans Telefon.«

»Wundert dich das? Du hast ihn angebrüllt, bevor er abgereist ist.« Sie war selbst keineswegs sicher, dass Kai zum Notartermin kommen würde. Doch ihre größte Sorge galt im Moment dem Wetter. »Mir wäre es sogar lieber, er bleibt wo er ist. In ganz Ostbayern herrscht Schneechaos, und ich möchte nicht, dass ihm was passiert.«

»Ich war ja von Anfang an dagegen, dass er jetzt wegfährt.«

»Ich weiß«, sagte Anne und unterdrückte den Impuls, ihn anzuschreien. Nach außen hin blieb sie fast immer beherrscht, aber niemand ahnte, wie viel Kraft es sie kostete. Manchmal war es so anstrengend, dass sie Kopfschmerzen davon bekam. Kai hatte diese Neigung von ihr geerbt – ebenso wie den Mut, seinem Herzen zu folgen. Als junge Frau hatte sie geahnt, dass es nicht einfach werden würde mit Steffen. Trotzdem war sie immer noch glücklich mit ihm. Meistens jedenfalls.

»Falls Kai nicht zurückkommt, machen wir selbst noch ein

paar Jahre weiter«, sagte Steffen plötzlich, und Anne war überrascht, wie gelassen seine Stimme klang. Sie hatte fast den Eindruck, es würde ihm gefallen, wenn es so käme.

»Und unser Segeltörn?«

»Machen wir später. Wir sind doch noch fit.«

Er schenkte ihr Tee ein, und auch Anne begann sich zu entspannen. Sie konnte ihm nicht lange böse sein.

»Wir sind ein gutes Team«, sagte er. »Ich weiß, was ich an dir habe. Kein anderer Geschäftspartner hätte es so lange mit mir ausgehalten.«

»Was bleibt mir übrig?«, sagte sie. »Wir sind schließlich verheiratet.«

Er lachte, doch als er ihren Blick auffing, wurde er ernst und griff nach ihrer Hand.

»Meine Liebe«, sagte er leise. Da klingelte das Telefon auf dem Wohnzimmertisch. Anne warf einen Blick auf das Display und reichte Steffen den Hörer.

»Geh du ran.«

Seine Augen wurden groß, als er die Nummer sah. Anne hoffte, dass er sich wenigstens jetzt zusammenriss.

»Kai, Gott sei Dank! Wir haben uns Sorgen gemacht.« Er stellte den Lautsprecher an, so dass sie mithören konnte.

»Macht euch keinen Kopf. Ich bin auf dem Weg nach Hause.«

»Eben – wir haben die Bilder aus Bayern im Fernsehen gesehen, es gab ja Dutzende von Unfällen.«

»Nur auf dem ersten Stück. Hier bei Nürnberg liegt kein Flöckchen Schnee.«

»Dann ist es ja gut. Aber du hast noch einige Stunden Fahrt vor dir. Schlaf dich morgen erst mal aus. Es reicht, wenn du am Nachmittag ins Geschäft kommst.«

Dann entstand eine unangenehme Pause, und Steffen dachte schon, Kai hätte aufgelegt. Doch dann sagte er: »Danke, Papa. Danke für deine Geduld.«

Anne lächelte in sich hinein. Ein warmes Gefühl breitete sich in ihrem Körper aus, und ihr Kopfschmerz war plötzlich wie weggeblasen. Kai würde nach Hause kommen, und Steffen wirkte ebenfalls versöhnt.

»Wir hatten Angst, dass du alles hinwirfst«, sagte er.

Kais Stimme klang ehrlich verwundert. »Wie kommst du darauf?«, sagte er.

51

Unterwegs

Nachdem er aufgelegt hatte, sah Kai zu Johanna hinüber. Sie hatten inzwischen die Plätze getauscht, und Johanna saß am Steuer, während er telefonierte. Ihre ruhige, besonnene Art, Auto zu fahren, stand in einem seltsamen Kontrast zu ihrem sonstigen Verhalten, und er genoss es, dass er sich ausruhen konnte. Die Erschöpfung drückte ihn wie ein tonnenschweres Gewicht in seinen Sitz, als käme er gegen die Schwerkraft nicht mehr an. Der Stress mit der Firma und Johannas Ausweichtaktik hatten ihn an den Rand seiner Kräfte gebracht.

»Du gehst also doch zurück«, sagte Johanna.

»Das hängt von dir ab. Wenn es die einzige Möglichkeit ist, mit dir zusammen zu sein, ziehe ich zu dir. Auch wenn mein Vater mich lynchen wird. Ich wollte ihn nur nicht weiter beunruhigen, bevor ich nicht weiß, wie es mit uns weitergeht.«

»Echt?«

»Ja, echt. Aber so langsam bin ich am Ende. Hast du das vorhin ernst gemeint?«

»Was denn?«

»Dass du mich liebst.«

»Ja.«

»Dann sag mir, was du dir vorstellst.«

»Du musst deine Pläne nicht ändern. Es gibt eine Meisterschule in Flensburg. Ich … ich habe schon vor ein paar Tagen nachgesehen.«

»Und?« Kai begann zu schwitzen, und er zitterte leicht. Sein ganzer Körper signalisierte höchste Gefahr. Er klammerte sich an seinem Sitz fest. Dabei lief der Verkehr ganz ruhig, und Johanna setzte souverän zum Überholen an.

»Ich melde mich morgen dort an und ziehe zu dir«, sagte Johanna. Dann fügte sie etwas leiser hinzu: »Wenn du willst.«

»Das wäre großartig!«, jubelte Kai, doch dann fiel ihm ihre Abmachung vom Sommer wieder ein. Um ganz sicherzugehen, sagte er: »Ich möchte, dass wir ein Paar sind. Mit allem Drum und Dran.«

Sie antwortete nicht gleich, und Kai spürte Wut und Resignation in sich aufsteigen.

»Wenn du jetzt einen Rückzieher machst, setze ich dich auf dem nächsten Rastplatz aus und drehe mich nicht mehr nach dir um«, sagte er.

Da lachte sie laut und stieg aufs Gas. »Das kannst du nicht. Ich fahre«, sagte sie. Der alte Kombi beschleunigte. Was hatte sie denn nun schon wieder?

»Pass auf, die Reifen sind nur für hundertachtzig zugelassen«, sagte er, und sie verringerte die Geschwindigkeit ein wenig.

»Keine Sorge«, sagte sie. »Tief im Herzen bin ich langsam. Aber wenn ich einmal Fahrt aufnehme, kannst du mich nicht mehr bremsen. Ich bleibe, solange du mich bei dir haben willst.«

Kai sank in den Sitz zurück, als hätte ihm jemand die Luft abgelassen.

»Also bis auf Weiteres für immer«, sagte er.

52

Flensburg

Sieben Stunden später waren sie zu Hause. Kai wartete, bis das Tor der Tiefgarage sich öffnete und das Licht auf Grün sprang. Dann rollte er langsam auf seinen Stellplatz. Das Scheinwerferlicht erlosch an der zerschrammten Betonwand.

»Endlich«, sagte er.

Johanna antwortete nicht. Während der Stunden auf der Autobahn hatten sie geredet und geredet; jetzt wusste sie nichts mehr zu sagen. Manchmal, wenn auf der Autobahn Stau herrschte und nichts mehr vorwärtsging, hatte Kai kurz seine Hand auf ihren Oberschenkel gelegt, und sie lehnten sich aneinander, so gut es ging. Das Reden und die zärtlichen Gesten hatten geholfen, die Kluft zu schließen, die sich in den letzten Wochen zwischen ihnen aufgetan hatte.

Irgendwann während der letzten Stunde war Johanna eingeschlafen, und jetzt hatte sie Mühe, sich zu orientieren. Sie fühlte sich steif und ungelenkig und musste erst ihre Muskeln dehnen, bevor sie aus dem Auto steigen konnte. Kai war ebenso kaputt wie sie, doch er zerrte tapfer das Gepäck aus dem Kofferraum.

»Jetzt noch eine kleine Runde auf dem Rudergerät, und der Kreislauf ist wieder in Schwung.«

Johanna stellte sich neben ihn und starrte auf den stabilen Karton. »Oh je«, sagte sie. »Du hast es die ganze Zeit spazieren gefahren.«

»Ja, und ich habe mich gefühlt, als würde ich gegen den Strom rudern.«

Da drehte sie sich zu ihm und küsste ihn. Sofort ließ er das Gepäck fallen. Sekunden später waren seine Hände auf ihrer Haut unter dem Pullover. Behutsam schob er sie gegen das Auto, und eine heiße Welle rollte durch ihren Körper. Ihre Hände folgten der Linie seines Rückens, legten sich fest auf seine Hüfte und zogen ihn noch fester an sich. Die Intensität ihrer Gefühle überraschte sie, und sie war beinahe erleichtert, als er sie losließ und tief Atem holte.

»Nicht hier«, sagte er.

Sie nickte. »Bring mich nach Hause«, flüsterte sie.

Doch in der Wohnung war es beinahe so ungemütlich wie in der Tiefgarage. Zähneklappernd folgte sie ihm in die Küche.

»Möchtest du einen Tee?«, fragte er. Sie schüttelte den Kopf und griff nach dem Thermostat. Der stand schon auf Maximaltemperatur, trotzdem war die Heizung kalt. Johanna seufzte schwer. Doch da lächelte Kai. »Wie wär's mit einem heißen Bad?«

Als Erstes drehte Kai den Wasserhahn auf. Während der Dampf das Bad zu wärmen begann, zog er Johanna langsam die Kleider aus. Sie begann zu zittern – vor Kälte.

»Los, rein mit dir«, flüsterte er, und sie stieg nur zu gern in die Wanne.

»Herrlich«, sagte sie. Dann fiel ihr auf, dass Kai immer noch angezogen war. »Kommst du nicht mit rein?« Die Wanne war überraschend groß für eine einfache Mietwohnung.

Er schüttelte den Kopf. »Wenn ich das tue, schlafe ich direkt ein. Ich wärme lieber schon mal das Bett vor.« Er gab ihr einen zärtlichen Kuss, und Johanna sank mit einem Seufzer in den lavendelduftenden Schaum. Sie dachte an den Abend in Kais Wohnung auf Wyk, als sie selbst beim Baden eingeschlafen war, doch heute würde ihr das bestimmt nicht passieren. Sie konnte es kaum erwarten, sich zu Kai ins Bett zu kuscheln.

Als sie wenig später in ein Handtuch gewickelt ins Schlafzimmer kam, hörte sie seine regelmäßigen Atemzüge. Er schlief tief und fest und bemerkte nicht einmal, wie sie zu ihm unter die dicke Decke schlüpfte. Erst war sie enttäuscht, doch dann erinnerte sie sich an ihre neue Abmachung: Sie hatten alle Zeit der Welt. Endlich war sie an dem Ort, an dem sie sein sollte.

53

Föhr, acht Monate später

Rose lag an Deck der *Violante* und döste vor sich hin. Leise plätscherten die Wellen an die Bootswand und schaukelten ihr Bett. Solange sie die Stimme ihres Vaters hören konnte, war alles in Ordnung. An das Klicken der Kamera hatte sie sich gewöhnt. Meistens ertönte es, wenn er dachte, dass sie schlief. Jetzt kamen seine Schritte näher und er setzte sich neben sie.

»Schläft sie?«, flüsterte Roses Opa und beugte sich ebenfalls über die Tragetasche.

Malte lächelte. »Jedenfalls gefällt es ihr an Bord.«

»Anne würde die Kleine am liebsten mitnehmen. Als wir die Reise planten, hatten wir nicht damit gerechnet, vorher noch Großeltern zu werden.«

»Wenn alles gutgeht, treffen wir uns im Winter auf Malta.«

»Wollt ihr wirklich schon eine Flugreise mit ihr machen?«

»Bettina ist fest entschlossen. Ich selbst bin froh, wenn wir es schaffen, unsere Arbeitszeiten aufeinander abzustimmen. Alles andere lasse ich auf mich zukommen.«

»Ich wünschte, wir hätten es damals auch so gemacht wie ihr. Ich konnte nicht mal Windeln wechseln.«

»Du kannst es gerne ausprobieren.«

»Ach, das überlasse ich lieber dir. Aber ich werde deinem Mädchen das Segeln beibringen.«

»Ich finde, dass sie erst mal laufen und sprechen lernen sollte – und schwimmen.«

»Laufen und sprechen wird sie ja wohl können, wenn wir zurückkommen.«

Roses Oma und ihre Freundin Dörte kamen ebenfalls an Bord, gefolgt von Onkel Kai und Tante Johanna.

»Ich hätte nicht gedacht, dass ich so schnell freiwillig wieder an Bord eines Schiffes gehe«, sagte Johanna. »Mir ist ja noch schlecht von der Überfahrt.«

Malte lachte. »Also, hier schaukelt es nun wirklich nicht.« Er gab ihr einen freundschaftlichen Kuss auf die Wange. »Moin erst mal. Schön, dich wiederzusehen!«

Johanna setzte sich neben das Baby.

»Hallo Rosie«, sagte sie. Rose hob die kleinen Augenlider und griff nach einer von Johannas Locken.

»Autsch!« Johanna lachte und hob vorsichtig den Kopf, so dass ihre Haare wieder freikamen. »Wo ist Bettina?«, fragte sie.

Malte sah auf die Uhr. »Sie dürfte gleich mit der Arbeit fertig sein und kommt dann direkt ins Café. Am Wochenende bin ich für Rose zuständig.«

Johanna grinste. »Steht dir gut, die Vaterschaft«, sagte sie.

»Danke. Und wie läuft es bei euch? Du siehst fit aus, Kai.«

»Ja, seit unserem Urlaub hier könnte ich Bäume ausreißen.« Er lächelte Johanna zu.

Nachdem die Firmenübergabe geregelt war, hatte Steffen ihn geradezu gedrängt, noch einmal eine Auszeit zu nehmen. Erst hatten Johanna und er an eine Fernreise in den Süden gedacht, doch aus unerklärlichen Gründen konnten sie sich für nichts entscheiden – bis Anne ihnen das Ferienhaus auf Föhr anbot. Sie hatten wunderbare Winterwochen dort verbracht, mit langen Spaziergängen und gemütlichen Stunden auf dem warmen Sofa.

»Bist du schon Meisterin?«, wollte Steffen wissen.

Johanna lachte. »Ich habe doch gerade erst angefangen. Ich musste mich erst wieder ans Lernen gewöhnen, aber es macht mir Spaß.«

»Dann mal auf zu unserem Abschiedsessen«, sagte Dörte. »Im Klein Helgoland warten sie schon auf uns.«

Malte griff nach der Babytasche, und Rose spürte, wie ihr Bett angehoben wurde und durch die Luft schwebte. Sie war hungrig, also holte sie tief Atem und brüllte los, während Malte eilig die Tasche auf dem Kinderwagen befestigte.

»Jetzt aber flott«, sagte Steffen.

»Darf ich?«, fragte Johanna, und als Malte nickte, sprintete sie mit dem Wagen davon.

Rose stellte das Schreien ein – allerdings nur so lange, bis sie das Café am anderen Ende des Yachthafens erreicht hatten. Dort wartete schon Roses Mutter, die Tante Johanna stürmisch umarmte.